Tod im Aargau

Ina Haller wurde 1972 geboren. Sie lebt mit ihrer Familie im Kanton Aargau, Schweiz. Nach dem Abitur studierte sie Geologie. Seit der Geburt ihrer drei Kinder ist sie «Vollzeit-Familienmanagerin» und Autorin. Zu ihrem Repertoire gehören Kurz- und Kindergeschichten sowie Kriminalromane. www.inahaller.ch

Dieses Buch ist ein Roman. Handlungen und Personen sind frei erfunden. Ähnlichkeiten mit lebenden oder toten Personen sind nicht gewollt und rein zufällig.

INA HALLER

Tod im Aargau

KRIMINALROMAN

emons:

Bibliografische Information der Deutschen Bibliothek
Die Deutsche Bibliothek verzeichnet diese Publikation
in der Deutschen Nationalbibliografie; detaillierte bibliografische
Daten sind im Internet über http://dnb.d-nb.de abrufbar.

MIX
Papier aus verantwortungsvollen Quellen
FSC® C083411
FSC
www.fsc.org

Umschlagmotiv: fotolia.com/Adamus
Umschlaggestaltung: Tobias Doetsch
Satz: César Satz & Grafik GmbH, Köln
Druck und Bindung: CPI – Clausen & Bosse, Leck
Printed in Germany 2013
ISBN 978-3-95451-076-4
Originalausgabe

Für
Urs, Pascale, Rebecca und Manuela

EINS

Das Kurtheater Baden summte wie ein Bienenschwarm, und das Summen setzte sich in Andrinas Körper fort. Die Leute strömten herein. Das an einem Sonntag. Sie wurde immer nervöser, je mehr sich der Zuschauerbereich füllte.

Andrina schielte zu Brigitta Clemens, die neben ihr sass.

«Schau dir das an», sagte Brigitta. «Nie hätte ich mir das zu träumen gewagt. Eines der Bücher des Cleve-Verlags wird als Musical aufgeführt. Es ist einfach unglaublich.»

«Kneif mich mal», meinte Elisabeth Veldt, die auf Andrinas anderer Seite auf einen Stuhl rutschte. «Nie hätte ich gedacht, dass Ulrichs historischer Krimi so ein Potenzial hat.»

«Noch fünf Minuten!», zischte Brigitta und stiess Andrina mit dem Ellenbogen in die Seite.

Andrina wischte die schweissnassen Handflächen an ihrem Abendkleid ab. Die Nervosität war nicht mehr auszuhalten.

In diesem Moment wurde das Licht dunkler gedimmt, bis es ganz erlosch. Das Stimmengewirr um sie herum verebbte. Hier und da war ein Räuspern oder ein Hüsteln zu hören. Im nächsten Augenblick brandete tosender Applaus auf. Der Dirigent erschien. Mit einem Lächeln verbeugte er sich und wandte sich dem Orchester im Graben vor der Bühne zu. Er hob den Taktstock, und Trommelwirbel erklang. Trompeten und Geigen setzten ein. Die roten Samtvorhänge glitten auseinander.

Auf der Bühne war eine Schiffskabine nachgestellt. Andrina richtete sich auf, um besser sehen zu können. Plötzlich schnappte sie nach Luft. In der Bühnenmitte lag ein Mann, in dessen Brust senkrecht ein Schwert steckte. Die Musik brach abrupt ab. In der einsetzenden Stille hätte man eine Stecknadel fallen gehört. In diesem Moment polterte im Orchestergraben ein Instrument zu Boden. Von irgendwoher kam ein Aufschrei.

«Licht an!», brüllte der Dirigent. «Macht endlich die Vorhänge zu!»

«Oh mein Gott», flüsterte Elisabeth.

Sie ergriff Andrinas Hand, sprang auf und zog sie hinter sich her.

«Was?», setzte Andrina an.

«Mach schon», zischte Brigitta und stiess sie in den Rücken.

Sie rannten zur Bühne und schlüpften hinter den Vorhang, der inzwischen geschlossen worden war.

Ein Scheinwerfer war eingeschaltet worden und blendete Andrina im ersten Moment. Sie konnte ihren Blick nicht von dem Mann, der in einer Blutlache auf dem Holzboden lag, abwenden.

Es war Ulrich Strahm. Das Hemd und der Anzug waren blutdurchtränkt. Andrina trat auf ihn zu. Alles um sie herum klang mit einem Mal dumpf.

Die Augen des Mannes waren starr zur Decke gerichtet. Schrecken spiegelte sich in ihnen wider. Sein Mund war aufgerissen.

Andrina raffte ihr langes Kleid hoch und kniete neben ihn. Sie streckte die Hand aus und tastete seinen Hals entlang.

Die Haut fühlte sich weder warm noch kalt an. Aber unter der Haut gab es kein Pochen. Andrinas Augen glitten zum Schwert. Strahms Finger krallten sich um den Schaft. Ganz so, als wolle er es herausziehen. Andrina griff nach dem Gelenk der rechten Hand. Diese rutschte hinunter und fiel auf Strahms Bauch. Andrina schloss die Augen und presste ihren Finger auf die Haut, die sich beinahe wie Leder anfühlte. Nichts. Kein Puls. Eine Hand wurde auf Andrinas Schulter gelegt.

«Kommen Sie», sagte einer der Bühnenbildner. «Wir können für ihn nichts mehr tun. Die Polizei ist verständigt, und es ist besser, wenn wir nichts mehr anfassen.» Er zog an ihrem Arm. «Ausserdem sollten wir diesen Bereich verlassen, damit wir keine wertvollen Spuren verwischen.»

Andrina erhob sich und blieb auf wackeligen Beinen neben Strahm stehen. Von der anderen Seite des Vorhangs hörte sie die Stimme des Regisseurs. Sie nahm nur einzelne Wortfetzen wahr.

«Es tut uns leid ... Bitte verlassen Sie ... nachholen.»

Andrina sass auf einem Stuhl in der Garderobe. In den Händen hielt sie eine Tasse Tee, aus der sie aber nichts trank, denn sie traute ihrem Magen nicht. Sie hob den Kopf und starrte vor sich hin, ohne wirklich etwas wahrzunehmen. Mit den Fingern zupfte sie in ihren hochgesteckten Haaren.

Nach und nach lösten sich einzelne Strähnen aus der Haarspange. Andrina zog sie ganz heraus, und die Haare fielen über ihre Schultern auf den Rücken. Sie schüttelte den Kopf und legte die Spange neben die Tasse auf den Tisch.

Es klopfte. Andrina fuhr hoch. Bevor sie etwas sagen konnte, betraten zwei Männer den Raum.

«Frau Kaufmann?», fragte der Ältere der beiden.

Er trug die Uniform der Aargauer Kantonspolizei. Mit dem Zeigefinger schob er seine Brille auf der Nase zurecht.

«Ja?», antwortete Andrina. Sie stand auf und stützte sich mit einer Hand auf dem Tisch ab. Mit der anderen zwirbelte sie eine Haarsträhne zwischen den Fingern.

«Ich bin Erich Landolt, und das ist Marco Feller von der Kriminalpolizei Aargau.»

Der Beamte wies auf den zweiten Mann, der in das Licht der Deckenlampe trat. Er trug Jeans und Hemd.

Andrina stockte der Atem. Ihr Herzschlag beschleunigte sich. Warum, konnte sie sich nicht erklären. Eigentlich war er gar nicht ihr Typ. Sie stand auf blonde und blauäugige Männer.

Feller hatte jedoch dunkelbraune Haare wie sie. Das Einzige, das ihrem Schönheitsideal für Männer entsprach, waren seine Augen, die trotz der schummrigen Beleuchtung intensiv blau waren. Er war nicht viel älter als Andrina. Sie schätzte ihn auf Mitte dreissig. Als Begrüssung nickte er ihr zu.

«Dürfen wir Ihnen einige Fragen stellen?», fragte Landolt und holte Andrina in die Gegenwart zurück.

«Ja», brachte sie hervor und starrte wieder Feller an.

Seine Mundecken zuckten leicht nach oben, und in seinen Augen blitzte etwas auf, das Andrina als Spott deutete.

Sie sah zur Seite. Peinlich. Vermutlich reagierten alle Frauen so auf ihn, und er machte sich einen Spass daraus.

«Bitte setzen Sie sich», sagte Landolt und wies auf den Stuhl.

Andrina kam der Aufforderung nach und wich dabei Fellers Blick aus. Aus den Augenwinkeln nahm sie wahr, wie er ein kleines Heft und einen Stift hervorholte.

«Sie kannten den Toten?», begann Landolt. Er sprach einen Mix aus Aargauer Dialekt und Zürichdeutsch.

Andrina nickte. «Ulrich Strahm», sagte sie. Ihre Stimme klang rau, und sie räusperte sich.

«Woher kennen Sie ihn?»

«Er ist einer unserer Autoren. Ich meine, er ist Autor von dem Verlag, bei dem ich arbeite.»

«Dem Cleve-Verlag?», fragte Landolt. Andrina nickte. «Er hat das Buch geschrieben, zu dem das Musical aufgeführt werden sollte?»

«Richtig, er ist der Autor des historischen Fantasykrimis ‹Unter dem Wind›. Nick Bold hat den Roman als Grundlage für sein Musical genommen.»

«Können Sie uns bitte erklären, worum es in dieser Geschichte geht?»

Andrina schaute an ihm vorbei zur Tür. «Der Roman spielt zur Zeit der Entdeckung Amerikas», gab sie mit monotoner Stimme Auskunft. «Es gibt eine Meuterei an Bord, bei der der Kapitän ermordet wird. Das sollte die erste Szene sein.»

Landolt runzelte die Stirn. «Darf ich nochmals nachhaken? Die Geschichte beginnt mit einer Leiche?» Er verzog seinen Mund.

«Claudio, der Kapitän, sitzt auf einem Stuhl. Er ist erschossen worden.»

«Nicht erstochen?» Andrina schüttelte den Kopf. «Wenn ich das richtig verstehe, soll dieser Claudio eine der Hauptrollen sein. Wie geht das, wenn die Hauptfigur gleich am Anfang stirbt?»

«Er kehrt später als Geist zurück und zieht die für seinen Tod Verantwortlichen zur Rechenschaft.» Ein Ausdruck der Verwirrung huschte über Landolts Gesicht. «Es ist ein Fantasykrimi. Da sind solche Sachen möglich.» Andrina zuckte mit den Schultern. Sie wunderte sich, wie ruhig und sachlich ihre Stimme klang.

«Okay, wir werden das Buch lesen.» Er blickte kurz Feller an, bevor er fortfuhr. «Welche Funktion haben Sie in dem Verlag? Sind Sie ebenfalls Autorin?»

Andrina schüttelte den Kopf. «Nein, ich bin Sekretärin.»

«Soviel ich weiss, gibt es den Verlag erst seit fünf Jahren. Waren Sie von Anfang an dabei?»

«Nein, ich arbeite erst ein knappes Jahr für Elisabeth und Brigitta.»

«Sie meinen Frau Clemens und Frau Veldt?»

«Ja. Sie sind die Verlegerinnen.»

«Bitte erläutern Sie Ihre Aufgaben.»

Andrina fragte sich, warum er das wissen wollte, begann aber eine kurze Zusammenfassung ihrer Tätigkeiten.

«Ich bin für alles Organisatorische zuständig. Damit meine ich den ganzen Schreibkram. Eingehende Manuskripte sichten, Absagen schreiben, erste Ansprechpartnerin für die Autoren. Zusätzlich bin ich für Veranstaltungen wie Lesungen zuständig. Seit Kurzem unterstütze ich unsere Lektorin. Wenn Sie so wollen, bin ich das Mädchen für alles.»

Andrinas Augen begegneten denen von Feller. Er lächelte sie an. Der Spott, oder was es auch immer gewesen war, war verschwunden.

«Das klingt sehr abwechslungsreich», sagte er.

Eindeutig ein Aargauer, wie sie selbst. Seinem Dialekt nach zu urteilen, ordnete sie ihn in den Westen des Kantons, nahe der Grenze zu Solothurn, ein.

«Ja, das ist es, und es macht Spass.»

«Was für eine Ausbildung muss man haben, um bei einem Verlag zu arbeiten. Ein Studium in Germanistik?»

Andrina schüttelte den Kopf. «Nein. Ich habe Geologie studiert, fand aber nach meinem Abschluss keine Arbeit. Über Umwege und durch eine Menge Zufälle bin ich beim Cleve-Verlag gelandet.»

Fellers Augenbrauen hoben sich. «Also hätte ich als Kripo-Beamter eine Chance?»

«Untersteh dich», fuhr Landolt dazwischen. «Max wäre bestimmt nicht begeistert.» Er schaute Andrina an. «Wohnen Sie in Baden?»

«Nein, in Aarau», entgegnete sie.

Fellers Augenbrauen zuckten noch ein Stück weiter nach oben. «Der Cleve-Verlag ist ebenfalls in Aarau, wenn ich mich richtig entsinne», sagte er.

«Ja. Wir sind heute wegen der Aufführung des Musicals hier.»

«Bitte erzählen Sie, was genau heute Abend passiert ist», schaltete sich Landolt wieder ein.

«Wir ...» Andrina stockte. Wo sollte sie beginnen?

«Am besten von vorne», sagte Landolt, als habe er ihre Gedanken erraten. «Fangen wir damit an, wann Sie Strahm zum letzten Mal gesehen haben.»

Verdächtigt er etwa mich?, fragte sich Andrina. Das konnte nicht sein, denn die beiden Beamten schauten sie freundlich an.

Mit den Händen strich Andrina über den dunkelgrünen Stoff ihres Abendkleids. Fellers Augen folgten ihrer Bewegung, und sie wurde sich bewusst, was für eine elegante Erscheinung sie im Gegensatz zu ihm abgab.

«Gegen sieben Uhr am Abend bin ich hier angekommen. Wir waren in der Garderobe verabredet.»

«Wir?», hakte Landolt nach.

«Brigitta, Elisabeth, Ulrich und ich. Elisabeth hatte Champagner und Salzstangen mitgebracht. Nick Bold, der Komponist des Musicals, konnte heute Abend leider nicht kommen. Er hatte einen Autounfall und liegt im Spital.»

«Das stand in allen Zeitungen», bestätigte Landolt, und Feller nickte.

«Wir stiessen auf das Musical und Strahms Erfolg an. Ich blieb bis circa Viertel vor acht und ging anschliessend in den Zuschauerraum. Um Viertel nach acht sollte das Musical beginnen.»

«Danach haben Sie Ulrich Strahm nicht mehr gesehen?»

Andrina schüttelte den Kopf. «Ich meine nicht mehr ...» Sie stockte.

Landolt nickte, während Feller mitschrieb.

«Haben Sie die Garderobe allein verlassen, oder ist jemand mitgekommen?»

«Ich ging allein. Elisabeth und Brigitta kamen später. Was ist eigentlich mit Klaus Mäder, der den Claudio spielen sollte?»

«Er wurde bewusstlos in seiner Garderobe aufgefunden und musste mit schweren Kopfverletzungen ins Spital eingeliefert werden.» Andrinas Augen weiteten sich. «Allerdings ist er nicht in Lebensgefahr», beruhigte Landolt sie. «Später haben Sie den Zuschauerraum nicht mehr verlassen?» Das klang eher wie eine Feststellung als wie eine Frage. Andrina schüttelte den Kopf. «Was passierte danach?»

«Es wurde dunkel, und das Musical begann. Als der Vorhang aufging, lag Ulrich auf der Bühne.»

«Das haben Sie sofort bemerkt?» Erstaunen blitzte in Landolts Augen auf.

«Nein. Die erste Szene sollte den ermordeten Schiffskapitän

zeigen. Ich dachte zuerst, es wäre Klaus Mäder, und fragte mich, warum sie das Drehbuch in letzter Sekunde abgeändert hatten.» Andrina schluckte. Übelkeit stieg auf. «Plötzlich rief der Dirigent, man solle den Vorhang schliessen. Gleich darauf hat Elisabeth mich gepackt und zur Bühne gezogen.»

«Warum? Ich meine, warum hat sie Sie mit zur Bühne genommen?»

Andrina schaute den Beamten verwirrt an. Gute Frage. Das wusste sie selbst nicht. «Keine Ahnung», sagte sie.

«Als Sie auf der Bühne waren, erkannten Sie, dass es nicht Klaus Mäder, sondern Ulrich Strahm war?»

«Ja.»

«Was geschah dann?»

«Ich weiss es nicht mehr genau. Ich glaube, ich habe seinen Puls gefühlt.»

Die Beamten wechselten einen Blick.

«Sie haben die Leiche berührt?», hakte Landolt nach. Zwischen seinen Augenbrauen bildete sich eine steile Falte.

Der Miene des Beamten nach zu urteilen, hatte sie einen Fehler gemacht. Zaghaft nickte sie.

«Haben Sie etwas verändert?»

«Verändert?», wiederholte Andrina.

«Ich meine, haben Sie die Leiche bewegt oder sonst etwas unmittelbar neben Herrn Strahm weggenommen oder hingelegt?»

Andrina überlegte. «Ich glaube nicht. Er hatte seine Hände um das Schwert gekrallt, und alles war voll Blut. Ich wollte seine Hand nehmen ...»

«Warum?», unterbrach Landolt sie.

«Ich wollte schauen, ob dort Puls zu fühlen ist. Am Hals habe ich nichts gespürt. Die rechte Hand ist vom Schaft auf den Bauch gerutscht.»

Landolts Miene verfinsterte sich zusehends.

«Hatte er beide Hände um das Schwert gelegt?»

Andrina nickte. «Habe ich jetzt einen riesigen Fehler gemacht?»

Es war Feller, der antwortete. «Ihre Reaktion ist natürlich und lobenswert. Wenn Sie nichts Weiteres gemacht haben, ist das kein Problem.»

Landolts Kopf fuhr herum. Er öffnete den Mund, schloss ihn aber sogleich wieder.

Plötzlich kam Andrina sich dämlich vor. Wer mit einem Schwert erstochen worden war, konnte unmöglich noch leben. Sie schüttelte den Kopf. Ihr Handeln war also überflüssig gewesen und hatte eventuell sogar Spuren verwischt. Wichtige Spuren, die bei der Ergreifung des Täters helfen konnten.

«Es tut mir leid. Mir war es in diesem Augenblick nicht bewusst.» Sie wusste, wie lahm das klang.

«Es ist okay», sagte Feller. Landolts Miene hingegen verriet, dass es nicht in Ordnung war.

«Was ist danach passiert?», fragte Feller.

«Einer der Bühnenbildner hat mich weggeführt», sagte sie. «Er meinte, ich könne nichts mehr für ihn tun, und Sie kämen gleich.» Feller nickte, und Landolts Gesicht nahm einen entspannteren Ausdruck an. «Ich glaube, er hat mich hierhin gebracht und mir Tee gekocht. Da ich nicht wusste, was ich machen sollte, habe ich hier gewartet. Dann sind Sie gekommen.»

Die Beamten schwiegen und wechselten einen Blick. Landolt ergriff das Wort. «Ich denke, das reicht für den Moment. Wir werden bestimmt weitere Fragen an Sie haben. Halten Sie sich bitte zur Verfügung.»

«Ich kann gehen?»

«Ja. Bitte kommen Sie morgen zu Herrn Feller in das Polizeikommando in Aarau.»

«Oder ich kann direkt zu Ihnen in den Verlag kommen», meinte Feller. «Ich denke, das ist einfacher. Sagen wir, so gegen neun Uhr. Ist das für Sie in Ordnung?»

«Ja, klar», erwiderte sie.

Landolt reichte Andrina die Hand. Feller nickte ihr zu und folgte Landolt. Die Tür fiel hinter den Beamten ins Schloss, und Andrina war wieder allein.

Gedämpft drang das Stimmengemurmel aus dem Gang zu ihr herein. Andrina fiel mit einem Mal auf, wie heiss und stickig es in der Garderobe war. Sie konnte beinahe nicht atmen.

Nach und nach sickerte in ihr Bewusstsein, was geschehen war und was es bedeutete. Andrina presste die Hand auf den Mund und rannte zur Toilette.

ZWEI

Andrina stieg die Treppe zum Büro hoch, das Elisabeth und Brigitta für den Verlag gemietet hatten. Obwohl sie ein leichtes Sommerkleid trug, schwitzte sie bereits. Zwar hatte sie es gerne warm, aber die Temperaturen, die momentan vorherrschten, waren selbst ihr zu viel. Alle sprachen von einem Rekordsommer. Und das schon Anfang Juni. Sie konnte sich nicht erinnern, wann es im Juni um diese Zeit bereits so heiss gewesen war.

Andrina blieb kurz stehen und rieb mit den Zeigefingern über ihre Schläfen, hinter denen es schmerzhaft pochte. Sie fühlte sich völlig ausgelaugt und hatte das Gefühl, sie könne ihre Augen nicht richtig offen halten. Brigitta hatte sie erst gegen vier Uhr zu Hause abgesetzt. Schlaf hatte sie allerdings nicht finden können.

Kurz nach sechs Uhr war sie eingenickt, um eine Stunde später vom Wecker aus dem Schlaf gerissen zu werden.

Der Schock sass nach wie vor in ihren Gliedern. Sie bewegte sich wie durch Nebel und fragte sich, wie es Strahms Frau gehen musste.

Andrina hielt inne, als sie von oben Schritte hörte. Sie hob den Kopf und erkannte Feller. Bei Tageslicht sah er noch attraktiver aus als gestern in der schummrigen Beleuchtung der Garderobe.

Er warf einen Blick auf die Uhr. War sie zu spät? Nein, es war erst zehn vor neun.

«Wir sind ein wenig zu früh», sagte Feller anstelle einer Begrüßung.

«Ist noch niemand da?»

«Nein. Aber das ist kein Problem. Für Sie alle ist es gestern vermutlich sehr spät geworden.»

Ein zweiter Mann erschien in ihrem Blickfeld. Er trug wie Feller ein Hemd und Jeans. Allerdings war er bestimmt fünfzehn Jahre älter. Er strich sich mit der Hand über die grauen Haare, die nur einige Millimeter lang waren und wie Borsten aussahen. Der Mann setzte seine Brille auf, die er gerade geputzt zu haben schien. Mit einem Lächeln nickte er Andrina zu.

«Das ist Max Wagner», stellte Feller ihn vor.

Andrina schloss die Tür zu den Büroräumen auf und bat die beiden Beamten herein.

«Möchten Sie einen Kaffee», fragte sie.

«Gerne», antwortete Wagner.

Andrina führte die Männer zu ihrem Büro, stiess die Tür auf und blieb wie angewurzelt stehen. Ihr Büro war ein einziges Chaos. Blätter, Briefe, Manuskripte lagen quer durch den Raum verteilt. Schranktüren standen weit offen. Die Schubladen waren herausgezogen. Der Drucker war auf den Boden geworfen worden.

Andrina wirbelte herum und stiess mit Feller zusammen.

«Wie es aussieht, wird erst einmal nichts aus dem Kaffee», meinte er. «Fassen Sie bitte nichts mehr an.»

Er holte Latexhandschuhe hervor und öffnete die Tür neben Andrinas Büro.

«Wem gehört das?», wollte er wissen.

«Gabi Hug. Sie ist unsere Lektorin. Heute hat sie frei.»

Andrina folgte ihm. Der Raum war ähnlich verwüstet wie ihr Büro.

«Bleiben Sie bitte, wo Sie sind», wies Feller sie nochmals an.

Wagner hatte inzwischen auch Handschuhe hervorgeholt und verschwand in einem anderen Raum.

Andrina versuchte ruhig zu atmen. In diesem Moment öffnete sich die Eingangstür.

«Hallo, Andrina», rief Elisabeth. «Gut, dass du da bist. Wir dachten, die Polizisten müssten vor der Tür warten. Sind sie schon da?»

«Was ist denn passiert?», fragte Brigitta, die nach ihrer Schwester eintrat. «Du bist ja weiss wie eine Wand.»

Andrina antwortete nicht. Sie starrte die beiden Zwillingsschwestern an, und ihr wurde wieder bewusst, wie unterschiedlich die beiden Frauen eigentlich waren.

Die hoch aufgeschossene, hagere Brigitta bildete einen starken Kontrast zu der gedrungenen Gestalt ihrer Schwester. Elisabeths braune Haare, die kinnlang geschnitten waren, waren mit grauen Strähnen durchzogen. Wohingegen in Brigittas sportlichem Kurzhaarschnitt kein einziges graues Haar zu finden war.

«Was ist passiert», wiederholte Brigitta. «Wer sind Sie denn!», rief sie dann, als Wagner aus ihrem Büro trat.

«Wagner, Kripo Aargau.»

«Dann ist es ja gut», sagte Brigitta erleichtert. «Ich dachte, Sie wären ein Einbrecher.»

«Die waren bereits vor uns da», meinte Feller, der aus Elisabeths Büro kam.

Die Schwestern sahen sich an und brauchten scheinbar eine Sekunde, bis der Sinn des Satzes zu ihnen vorgedrungen war. Dann stürmte Elisabeth zu ihrem Büro, wurde aber von Feller am Arm festgehalten.

«Da können Sie momentan nicht rein. Wir müssen erst auf die Spurensicherung warten.»

«Möchten Sie eine?», fragte Feller und hielt Andrina ein Zigarettenpäckchen hin.

Andrina starrte einige Sekunden darauf, dann schüttelte sie den Kopf. «Nein.»

Sie befanden sich in Fellers Büro im Polizeikommando im Telliquartier. Feller sass hinter seinem Schreibtisch. Andrina hatte auf einem der beiden Stühle Platz genommen, die davor standen. Obwohl Feller das Fenster geöffnet hatte, war es stickig und heiss im Raum.

Nachdem die Spurensicherung eingetroffen war, waren sie hierhin gefahren. Wagner hatte Elisabeth und Brigitta in sein Büro genommen. Also musste Andrina mit zu Feller.

«Es ist wirklich kein Problem, wenn Sie rauchen möchten», meinte er.

Erneut schüttelte Andrina den Kopf. «Ich rauche nicht.»

Feller legte das Zigarettenpäckchen in die Schublade zurück.

«Aber Sie können gerne rauchen», sagte Andrina. «Ich bin es gewohnt. Mein Ex hat sehr viel geraucht.»

«Ich rauche auch nicht. Die Zigaretten habe ich hier, wenn jemand, den wir befragen, eine benötigt.» Er stiess die Schublade zu. «Zur Beruhigung», fügte er an und lächelte. «Wir beide bleiben jedoch lieber beim Kaffee. Es tut mir leid, wenn ich Ihnen nichts Besseres als dieses Gebräu anbieten kann, aber unsere Kaffeemaschine hat letzten Freitag ihr Leben ausgehaucht.»

Er beugte sich vor. «Fangen wir an», sagte er und setzte damit dem Small Talk ein Ende.

Plötzlich fühlte Andrina sich unwohl, konnte sich aber nicht erklären, warum.

«Wann waren Sie zum letzten Mal im Büro?»

«Gestern Nachmittag.»

«An einem Sonntag?», fragte er nach.

«Ich hatte die Karten für das Musical auf meinem Schreibtisch liegen gelassen.»

«Wann war das genau?»

«Gegen drei Uhr», erwiderte sie. «Ich habe die Karten genommen und bin danach sofort nach Hause gefahren, damit ich duschen und mich für das Musical herrichten konnte.»

Tolle Wortwahl, dachte sie. In Fellers Augen blitzte etwas auf, das Andrina nicht deuten konnte.

«War sonst jemand im Büro?»

«Nein, ich war die Einzige.»

«Ich nehme an, Sie haben abgeschlossen.»

«Ja, schliesslich habe ich die Tür heute Morgen aufgeschlossen. Sie waren dabei.»

Andrina konnte nicht verhindern, dass sich ein aggressiver Unterton in ihre Stimme mischte. Warum hatte sie das Gefühl, sich verteidigen zu müssen?

«Das muss nichts heissen. Wer hat alles einen Schlüssel?»

«Brigitta, Elisabeth, Gabi und ich.»

«Sind das die einzigen Schlüssel?»

«Nein, es gibt einen Notschlüssel, wenn mal jemand seinen vergessen hat und keiner da ist.»

«Wo befindet der sich?»

«Eine Fliese, rechts neben der Eingangstür, ist lose. Die gebrauchen wir als Versteck.»

«Moment.» Feller nahm den Telefonhörer. «Bruno, ich bin es. Habt ihr die Eingangstür untersucht?»

Er griff nach einem Kugelschreiber und drehte ihn in den Fingern der linken Hand.

«Nein? In diesem Fall schaut mal bitte rechts. Da sollte eine lockere Fliese sein.»

Er hob den Kopf und schaute Andrina an.

«Ja, genau. Liegt dort etwas darunter? Nein?»

Andrinas Herz machte einen Sprung.

«Auch kein Schlüssel?»
Er neigte den Kopf.
«Gut. Danke.»
Feller legte auf.
«Der Schlüssel ist nicht da. Ist er immer dort? Ich meine, nimmt ihn nie jemand nach Hause?»
Andrina schüttelte den Kopf. «Wir haben Anweisung, ihn immer zurückzulegen.»
«Wer weiss sonst von dem Versteck?»
«Nur wir vier. Vielleicht Elisabeths Mann, die beiden Söhne und Gabis Freund.» Sie zuckte mit den Schultern. «Ich denke, der Hausmeister weiss es auch.»
«Weiss Frau Clemens' Familie auch davon?»
Verständnislos neigte Andrina den Kopf. «Ihre Schwester weiss davon, denn …»
«Ich meine damit nicht ihre Schwester, sondern ihren Mann und die Kinder», unterbrach er sie.
«Brigitta ist nicht mehr verheiratet.»
«Wie lange war sie es denn?»
«Nur kurz», meinte Andrina. «Sie hat sich scheiden lassen, bevor …» Erschrocken brach sie ab.
«Bevor was?», hakte Feller nach.
Andrina verfluchte sich. Bevor ich sie kennengelernt habe, hatte sie sagen wollen, aber das hätte weitere Fragen nach sich gezogen. Es gab Dinge, die gingen ihn nichts an.
«Die Scheidung muss beinahe zwanzig Jahre her sein», sagte sie stattdessen und verwünschte sich, weil ihre Stimme zitterte. «Kinder hat sie ebenfalls keine.»
Feller lehnte sich nach vorne, stützte sein Kinn auf der Handfläche ab und musterte Andrina. Sie fühlte sich immer unwohler.
«Okay», meinte er nach einer Weile. «Lassen wir das erst einmal. Was könnte ein Einbrecher bei Ihnen gesucht haben?»
«Das weiss ich nicht.» Andrina trank einen Schluck vom Kaffee, der zu ihrem Erstaunen nicht so schlimm war, wie Feller angekündigt hatte. «Wertvolle Dinge haben wir nicht im Büro.»
«Wenn die Spurensicherung fertig ist, müssen Sie nachschauen, ob etwas fehlt.» Er nahm den Kugelschreiber wieder in die Hand und drehte ihn zwischen den Fingern. «Es ist seltsam, gestern

wird einer Ihrer Autoren auf recht spektakuläre Art und Weise ermordet, und heute sind die Verlagsräume verwüstet. Das kann Zufall sein, aber ich kann es nicht glauben. Gibt es etwas, das Sie mir sagen müssten?»

«Ich?», sagte Andrina mit belegter Stimme. Schweiss brach aus allen Poren.

«Auch wenn es Ihnen noch so banal erscheint?»

Sie schüttelte den Kopf. «Ich wüsste wirklich nicht, was. Cleve ist ein kleiner Verlag, der Belletristik, Kinderbücher und einige Sachbücher verlegt, mehr nicht.»

«Wie lange kennen Sie die Verlegerinnen?»

«Ich habe sie letztes Jahr kennengelernt, als ich zu einem Vorstellungsgespräch gebeten wurde.»

Sie wich seinem Blick aus. Feller schwieg und zwang Andrina, ihn wieder anzusehen. Andrina wurde heiss.

Er merkt, dass ich lüge, fuhr es ihr durch den Kopf.

Warum sie es tat, konnte sie sich nicht erklären. Es war kein Verbrechen, die Schwestern länger zu kennen. Trotzdem scheute Andrina die Fragen, denn die Umstände, wie sie die beiden kennengelernt hatte und in welchem Verhältnis sie zueinander standen, wollte sie nicht erklären. Es ging niemanden etwas an und hatte ausserdem nichts mit dem Fall zu tun.

«Sie haben sich ganz normal auf diese Stelle beworben?»

Andrina nickte. Eine weitere Lüge. Dieses Mal schaffte sie es jedoch, seinem Blick standzuhalten. Ein Ausdruck huschte über Fellers Gesicht, der Andrina frösteln liess.

«Als Geologin, oder habe ich da gestern etwas falsch verstanden?», fragte er. Die Skepsis in seiner Stimme war nicht zu überhören.

«Ich habe Geologie studiert, das stimmt.» Sie bewegten sich auf sicheres Terrain zurück. «Vor drei, nein, inzwischen sind es vier Jahre, habe ich das Diplom gemacht. Als frische Hochschulabsolventin hatte ich keine Chance, einen Job zu finden. Eineinhalb Jahre war ich arbeitslos. Schliesslich fing ich bei einer Versicherung an. Dort wurde kurz darauf umstrukturiert, und ich war eine der Ersten, denen gekündigt wurde.» Andrina atmete auf. Vielleicht hatte Feller ihre Lügen nicht bemerkt. «Eine Mitbewohnerin …»

«Mitbewohnerin?», unterbrach er sie.

«Ich wohne mit zwei anderen Frauen in einer Wohngemeinschaft.»

«Okay, fahren Sie fort.»

«Sie meinte, ich solle es beim Cleve-Verlag versuchen, so als Überbrückung, bis ich etwas Besseres finde.»

Ganz so war es nicht gewesen. Es stimmte jedoch, dass Lisa und Barbara sie bekniet hatten, Brigittas Angebot anzunehmen.

«Ausserdem war das die bessere Alternative, als erneut arbeitslos zu werden.»

Feller nickte. «Verdienen Sie gut?»

Andrina holte Luft. «Ich glaube, das geht Sie nichts an!», rief sie.

«Hier geht es um Mord und Einbruch, Frau Kaufmann. Da geht es mich sehr wohl etwas an.»

«Verdächtigen Sie etwa mich?», rutschte es Andrina heraus.

Sogleich wurde ihr bewusst, wie ungeschickt das gewesen war. Fellers Augenbrauen ruckten hoch.

«Sollte ich das?», fragte er. Seine Stimme klang ruhig. Gefährlich ruhig.

«Nein! Ich habe damit nichts zu tun.»

Er neigte den Kopf. «Sie haben meine Frage nicht beantwortet.»

«Ich verdiene genug, damit ich über die Runden kommen kann, aber für grosse Sprünge reicht es nicht.»

Feller blinkte und fuhr in die Einfahrt. Er stellte den Motor des schwarzen BMWs ab und wandte sich Andrina zu.

«Schönes Haus», meinte er. «Sie wohnen nicht schlecht.»

Andrina schaute an ihm vorbei. Sie schätzte sich glücklich, in diesem ruhigen Quartier in der Nähe des Kantonsspitals Aarau wohnen zu können. «Es gehört einer Mitbewohnerin der WG. Ihre Mutter ist zu ihrem Freund gezogen und hat das Haus Lisa überlassen. Da der Unterhalt für sie zu viel ist, hat sie Barbara und mich gefragt, ob wir für einen kleinen Betrag bei ihr wohnen wollen. Da ich kein Stadtmensch bin und einen Garten brauche, habe ich sofort zugesagt.»

Warum erzählte sie ihm das?

«Einen Garten brauche?», hakte Feller nach.

«Nun, ich», Andrina verfluchte sich, weil sie ins Stottern geriet.

«Ich muss eine grüne Oase um mich herum haben. Der Alltag ist hektisch genug, und im Grünen kann ich am besten abschalten.»

«Das kann ich verstehen. Darf ich Sie bitten, morgen nochmals bei mir vorbeizukommen?»

«Warum?», rutschte es Andrina heraus.

«Ich habe weitere Fragen.» Er neigte den Kopf. «Vermutlich sehen wir uns in der nächsten Zeit öfter.»

Andrina zuckte zusammen. Das klang wie eine Drohung.

«Es tut mir leid, dass ich gestern den, wie sagt man, den Tatort verändert habe», unterbrach sie das eingetretene Schweigen.

«Das ist kein Problem.»

«Herr Landolt war anderer Ansicht.»

«Sie haben uns gesagt, was Sie verändert haben, insofern ist es zwar ungeschickt, aber es behindert unsere Arbeit nicht weiter.»

«Ich weiss nicht, wieso ich auf die Idee kam, er könnte noch leben.»

«Sie wollten helfen, und das ehrt Sie. So etwas ist heute nicht selbstverständlich.» Er reichte Andrina die Hand. «Zerbrechen Sie sich bitte nicht weiter den Kopf darüber. Bis morgen.»

«Vielen Dank fürs Bringen», sagte sie und stieg aus dem angenehm klimatisierten Inneren des Wagens aus.

Die schwüle Luft war wie eine Wand, gegen die sie prallte.

Feller fuhr rückwärts aus der Einfahrt. Andrina blickte ihm nach, bis der schwarze BMW um die Kurve fuhr und aus ihrem Blickfeld verschwand.

Tolles Auto, dachte sie. Bei der Kripo musste man gut verdienen. Sei nicht neidisch, schalt sie sich. Vermutlich war es ein Dienstwagen.

Warum hatte er darauf bestanden, sie nach Hause zu fahren? Wollte er sehen, wo sie wohnte, um sich ein genaueres Bild von ihr zu machen? Andrina strich mit der Hand über ihre Stirn. Es wurde immer schwüler. Und es würde wärmer werden, wie der Wetterbericht am Morgen angekündigt hatte.

Sie schulterte ihren schwarzen, ledernen Rucksack und ging auf das Haus zu. Vor der Tür blieb sie stehen und holte ihren Schlüssel hervor. Bevor sie ihn ins Schloss stecken konnte, wurde die Tür aufgerissen.

«Hallo, Andrina.» Andrina blieb mit dem Schlüssel in der Hand stehen. «Ich bin kein Geist.» Lisa grinste und schüttelte ihren roten Wuschelkopf. «Schön, dass du endlich kommst. Jetzt haben wir uns einmal zum Mittagessen zu Hause verabredet und du kommst zu spät. Wir haben bereits gegessen. Es ist ein Rest von der Lasagne übrig geblieben. Sie steht im Kühlschrank.» Sie neigte den Kopf. «Was war das übrigens für ein Typ? Ist er der Grund, dass du uns versetzt hast?»

«Fesch sah er jedenfalls aus», rief Barbara, die hinter Lisa erschien. Sie band ihre blonden Haare im Nacken zusammen.

«Was für einen tollen Schlitten er fährt», fügte Lisa verträumt an. «Gibt es da etwas, was wir wissen sollten?»

«Er ist Polizist.»

«Da wird Eric ziemlich frustriert sein. Mit so einem Wagen kann er sowieso nicht mithalten.» Barbara grinste.

«Er ist Kripobeamter», setzte Andrina nochmals an.

«Da hast du dir den Richtigen an Land gezogen. Endlich jemand, der Eric auf Distanz halten kann. Wie lange geht das schon zwischen euch?»

«Da ist nichts!»

«Mensch, Andrina, genug mit der Heimlichtuerei.» Lisa und Barbara lachten. «Es wurde endlich mal Zeit.»

«Hört ihr mir mal zu?», brauste Andrina auf. «Wir. Sind. Nicht. Zusammen! Herr Feller untersucht den Mord an Ulrich Strahm und den Einbruch im Verlag.»

«Einbruch?», kam es von Barbara. «Was für einen Einbruch?»

Lisa griff Andrinas Arm. «Komm, ich mache dir erst einmal einen Kaffee, und dann erzählst du am besten, was genau passiert ist.» Sie zog Andrina in die Küche.

DREI

«Verflixte Polizei», schimpfte Elisabeth. «Sie blockieren unser Büro seit vier Tagen. Heute ist immerhin Donnerstag. Ich frage mich, was sie die ganze Zeit da machen.»

«Spuren sichern», murmelte Gabi.

Elisabeths Gesicht verzog sich zu einer Grimasse.

Sie hatten sich bei Brigitta zu Hause getroffen, damit sie eine kurze Besprechung abhalten konnten.

«Reg dich bitte nicht auf», meinte Brigitta. «Herr Wagner hat gesagt, ab morgen Vormittag dürfen wir in die Büroräume zurück.»

«Trotzdem frage ich mich, was sie die ganze Zeit machen. Sie verschleudern nur unsere Steuergelder», regte Elisabeth sich weiter auf. «Und was sie alles für Fragen stellen.» Sie hob die Hände in die Höhe.

«Sie ermitteln eben», sagte Gabi. «Jemand hat Ulrich umgebracht und das Büro verwüstet.»

«Dich fragen sie nicht so seltsame Dinge», knurrte Elisabeth. «Dauernd steht einer von ihnen vor der Tür.»

«Immerhin sind sie mit der Obduktion schnell gewesen», mischte Andrina sich ins Gespräch ein. «Morgen ist bereits Ulrichs Beerdigung.»

«Guter Punkt», sagte Elisabeth. «Wer von uns fährt nach Winterthur?»

Schweigen.

«Jemand vom Verlag muss anwesend sein. Wer organisiert den Blumenschmuck? Einen Kranz müssen wir spendieren.»

Brigitta seufzte. «Gut, ich fahre.» Sie schaute in die Runde, und ihre Augen blieben an Andrina hängen. «Aber nicht allein. Kannst du mitkommen?» Andrina verzog das Gesicht, nickte aber. «Kannst du dich um den Blumenschmuck kümmern? Du hast ein gutes Händchen für solche Sachen.»

«Das kann ich machen. Gibt es eigentlich Neuigkeiten?»

Brigitta und Elisabeth wechselten einen Blick.

«Ich kann mir nach wie vor nicht erklären, wie der Mörder es geschafft hat, Ulrich zu töten und danach zu verschwinden.»

«Die Polizei hält sich sehr bedeckt», brummte Elisabeth. «Fragen stellen können sie, aber Informationen herausrücken, das ist eine andere Sache.»

«Soviel wie mir Herr Wagner berichtet hat, ist immer noch nicht klar, wie der Mord geschehen konnte, ohne dass jemand etwas bemerkt hat», sagte Brigitta. «Sie befragen das gesamte Personal des Kurtheaters. Das dauert eben.»

«Zusätzlich sind sie mit unserem Büro beschäftigt», erinnerte Gabi.

Elisabeth verdrehte die Augen. «Die Ironie an dem Ganzen ist, dass die Verkaufszahlen von Ulrichs Buch in die Höhe geschnellt sind. Hoffentlich kommt die Polizei nicht auf die Idee, wir könnten etwas mit der Sache zu tun haben.»

«Mal mal nicht schwarz», sagte Brigitta. «Möchte noch jemand einen Kaffee?»

Alle nickten. Sie sammelte die Tassen ein und verschwand in der Küche. Gabi nahm den Teller mit dem Gebäck, suchte sich einen Brownie aus und biss hinein.

«Was machen wir jetzt?», fragte sie kauend und reichte den Teller an Andrina weiter. Sie schüttelte den Kopf. «Komm schon, du kannst es vertragen. Im Gegensatz zu mir.» Sie strich über ihren fülligen Bauch.

Andrina griff zu und biss in das Gebäck.

«Wir machen wie bisher weiter und arbeiten von zu Hause aus», sagte Brigitta, die mit dem Tablett, auf dem vier Tassen standen, zurückkehrte. «Das hat die letzten Tage gut funktioniert.» Sie verteilte den Kaffee. «Ab morgen können wir ins Büro zurück.»

«Ich habe morgen früh eine Besprechung mit einem Autor», meldete sich Elisabeth zu Wort. «Ich komme später. Vermutlich erst nach dem Mittagessen.»

«Die von der neuen Druckerei wollten morgen kommen», meinte Gabi.

«Richtig», rief Brigitta. «Das habe ich beinahe vergessen.»

«Sie haben sich gegen halb zehn angemeldet, wenn ich mich richtig erinnere», sagte Andrina.

«Ich denke, dazu muss ich nicht anwesend sein», meinte Elisabeth.

Brigitta schüttelte den Kopf. «Ich übernehme sie. Sonst noch was?»

Gabi und Andrina schauten einander an und schüttelten den Kopf.

«In diesem Fall, ab nach Hause mit euch und an die Arbeit. Wir sehen uns morgen im Büro.»

***

Andrina trabte die Bachstrasse entlang. Sie überquerte den Aarauer Stadtbach und bog beim Brügglifeld in den Wald ab. Zwar war es zum Joggen viel zu heiss und schwül, aber sie brauchte dringend die Bewegung. Beim Joggen konnte sie vielleicht ihre Gedanken sortieren. Nachdem sie Brigittas Haus verlassen hatte, war sie direkt nach Hause gefahren, hatte sich aber nicht auf die Arbeit konzentrieren können.

Der Mord an Ulrich. Der Einbruch. Feller.

Warum drängte er sich immer in den Vordergrund? Er hing einfach mit allem zusammen. Andrina beschleunigte und war bald schweissgebadet.

Für den Abend waren schwere Gewitter angesagt, daher hatte sie beschlossen, schon jetzt loszuziehen. Das T-Shirt klebte bereits nach der kurzen Strecke am Rücken, aber sie genoss jeden einzelnen Schweisstropfen, der aus ihren Poren trat. Es war, als würde sie das Geschehene ausschwitzen.

Im Wald war es ein wenig kühler, jedoch nicht wirklich angenehm. Nur wenige Menschen waren unterwegs. Sie blieben bei dieser Hitze lieber zu Hause. Andrinas Puls hämmerte in den Schläfen, dennoch rannte sie weiter. Auch wenn es bei dem Wetter vermutlich nicht gesund war, wählte sie die grosse Runde. Plötzlich wurde sie von hinten gepackt und zur Seite gedreht. Beinahe wäre sie hingefallen, konnte sich aber gerade auffangen.

«Eric!», keuchte sie, als sie den blonden Mann erkannte. «Hast du mich erschreckt.»

«Hallo, Süsse. Warum antwortest du nicht auf mein SMS?»

«Ich bin es einfach leid. Verstehst du es denn nicht? Wie lange willst du das Theater weiterspielen?»

«Theater?» Eric trat dichter an sie heran. «Ich habe es nicht gerne, versetzt zu werden.» Andrina roch den Alkohol und Zigarettenrauch in seinem Atem und wich zurück.

«Das haben wir bereits so oft diskutiert», sagte sie. «Zweimal habe ich dir eine Chance gegeben, aber nun ist es vorbei. Endgültig. Begreif das endlich!»

Erics Augen verengten sich. Er packte Andrinas Schultern und schob sie gegen einen Baum.

«Das wollen wir mal sehen», zischte er und presste sich gegen sie.

Die Angst schlug wie eine grosse Welle über Andrina zusammen.

«Was soll das?» Ihre Stimme klang schrill.

Eric beugte sich vor und versuchte sie zu küssen. Andrina drehte den Kopf zur Seite, und seine Lippen streiften ihre Wange. Sie versuchte ihn wegzustossen.

«Lass mich los!», schrie sie.

Die Angst verwandelte sich in Panik. Niemand war da, der ihr helfen konnte. Eric drückte seinen Körper fester gegen ihren. Andrina versuchte, Arme und Beine freizubekommen. Kurz gelang es ihr, den rechten Arm aus seiner Umklammerung zu lösen. Sie drückte ihn gegen sein Kinn und schob sein Gesicht ein Stück zurück.

Warum hatte er sogar im betrunkenen Zustand so viel Kraft?

«Hör auf!»

Sie holte aus, aber er fing ihre Hand auf, bevor sie seine Wange traf.

«Das hat dir früher immer so gefallen», keuchte er. «Du machst mich an.»

Er rieb seinen Oberkörper an ihrem.

Andrina wurde schlecht. Sie wand ihre Hand erneut heraus und kratzte über seine Wange.

«Hexe! Das wirst du büssen.»

Er drehte ihre Hände auf den Rücken und schob sie zwischen ihren Rücken und den Baumstamm. Die raue Rinde schürfte die Haut an ihren Armen ab.

«Das wollen wir einmal sehen.»

«Nein!» Ihre Stimme überschlug sich.

«Ein Nein sollte eigentlich deutlich genug sein», erklang mit einem Mal eine Männerstimme.

Eric liess sie los. Andrina erblickte Feller, ebenfalls mit Joggingsachen bekleidet, und eine Woge der Erleichterung durchflutete sie.

«Was willst du?», nuschelte Eric.

«Lassen Sie die Frau in Ruhe.» Feller machte einen Schritt auf ihn zu.

«Du hast mir nichts zu sagen. Das ist unsere Privatangelegenheit.»

«Da bin ich anderer Meinung. Eine andere Möglichkeit wäre, Sie gleich mitzunehmen und zu verhaften.»

«Verhaften?» Erics Augen weiteten sich.

«Wegen versuchter Vergewaltigung und Körperverletzung.»

Eric prustete los vor Lachen. «Der Witz ist ja richtig gut. Verzieh dich!»

«Ich bin Marco Feller von der Kripo Aargau.» Er hatte immer noch keine Miene verzogen.

«Scheisse!» Eric rannte so schnell, wie es in seinem Zustand möglich war, davon.

Andrina stand an den Baum gelehnt und versuchte ruhiger zu atmen. Sie zitterte am ganzen Körper.

«Ist alles in Ordnung?» Andrina stiess sich vom Baum ab und nickte. «Wollen Sie ihn anzeigen?»

Andrina schüttelte den Kopf. «Eric ist harmlos.»

Eine Falte bildete sich zwischen Fellers Augenbrauen. «Besonders harmlos erschien mir das nicht. Ist das der Eric, den Frau Kraus erwähnt hat?»

«Lisa hat was?», keuchte Andrina.

Ihr fiel ein, dass Lisa sie am Nachmittag angerufen und ihr berichtet hatte, Feller habe auch mit ihr und Barbara gesprochen. Zunächst hatte Andrina sich gewundert, aber am Ende nicht weiter darüber nachgedacht. Was hatte er sie gefragt? Hatte Lisa den Mund nicht halten können? Sie würde dringend mit ihr reden müssen. Es gab Dinge, die gingen Fremde nichts an, auch wenn sie von der Polizei waren.

Feller blickte sie unverwandt an. Das Schweigen zog sich in die Länge.

«Ja, das ist mein Ex», sagte Andrina. Sie betrachtete ihre Unterarme, auf denen einige Kratzer, die die raue Rinde des Baums verursacht hatte, zu sehen waren. «Aber ich möchte nicht darüber reden.» Sie wandte sich ab, wurde aber von Feller am Arm zurückgehalten. «Nach dem, was geschehen ist, lasse ich Sie bestimmt nicht allein weiter im Wald joggen.»

«Ich bin eh auf dem Heimweg.»

«Das trifft sich gut. Ich auch.»

Donner grollte, und Andrina schaute nach oben. Zwischen dem Blattwerk der Bäume sah sie, wie der Himmel eine schwarze Farbe angenommen hatte. Jetzt fiel ihr auf, wie dunkel es geworden war. Ihr Herz begann wild zu schlagen.

Ein Gewitter, und sie waren mitten im Wald.

«Ich glaube, wir sollten uns beeilen», meinte Feller und lief los.

Widerwillig folgte Andrina ihm.

Als sie den Wald verlassen hatten, öffnete der Himmel seine Schleusen. Nach wenigen Metern waren sie völlig durchnässt. Feller bog links ab. Es blitzte und donnerte ununterbrochen.

Was passierte, wenn ein Blitz sie traf? Andrina drängte den Gedanken zur Seite und konzentrierte sich aufs Laufen. Feller legte an Tempo zu. Andrina folgte ihm, ohne gross nachzudenken. Erst als er ein weiteres Mal links abbog, stutzte sie. Feller blieb vor einem Haus stehen.

«Kommen Sie mit rein», forderte er sie atemlos auf.

«Nein», sagte sie, ebenfalls ausser Atem. «Ich habe nicht mehr weit.»

«Soviel ich weiss, ist es ein Stück von hier.»

In diesem Moment erhellte ein Blitz den Himmel. Sie hob die Hände. Es knisterte rings um sie herum. Ein neuer Blitz. Andrina wurde geblendet und sah für einen Moment nur Sterne. Der Donner folgte augenblicklich.

Ohne ein weiteres Wort zu verlieren, packte Feller Andrinas Arm und zog sie zum Haus. Er schloss die Tür auf und stiess sie ins Innere. Feller schlug die Tür zu. Ein weiterer Blitz, dem sofort der Donner folgte. Der Regen peitschte gegen die Fenster und wurde immer mehr zu einem Prasseln.

«Da haben wir ziemlich Glück gehabt», meinte er und wies auf das Fenster.

Baumnussgrosse Hagelkörner schlugen auf den Boden, und im Nu war alles schneeweiss.

Andrina zitterte am ganzen Körper. Sie schloss die Augen. Ihr

Grossvater war gestorben, nachdem er von einem Blitz getroffen worden war. Andrina war damals acht Jahre alt gewesen.

«Merke dir eins: Halte dich bei Gewittern nie im Freien auf», hatte ihre Mutter Andrina nach der Beerdigung eingeschärft.

Eine Berührung am Arm liess Andrina zusammenfahren.

«Ist alles in Ordnung mit Ihnen? Sie sind kreideweiss.»

«Der Schreck», stammelte sie.

«Stimmt, das war nah», meinte Feller. «Ich schlage vor, wir duschen zuerst.»

«Duschen?»

Feller streifte die Turnschuhe und Socken ab und lief barfuss die Treppe hoch. Unschlüssig, was sie machen sollte, blieb Andrina dort stehen, wo sie war. Zu ihren Füssen bildeten sich kleine Seen.

Feller kehrte zurück und reichte Andrina ein Badetuch, Shorts und ein T-Shirt.

«Vermutlich ist Ihnen das zu gross, aber es ist immerhin trocken.»

«Ich kann nicht einfach bei Ihnen duschen», protestierte Andrina.

«Warum nicht? Das Bad ist geradeaus, die zweite Tür rechts.»

«Ich denke, Ihre Frau …», Andrina schaute auf seine linke Hand. Kein Ring. Feller war ihrem Blick gefolgt und lächelte. «… oder Ihre Freundin wird nicht begeistert sein, wenn sie eine fremde Frau in der Dusche vorfindet.»

Feller hob eine Augenbraue. Ein amüsierter Ausdruck erschien in seinem Gesicht.

«Momentan gibt es weder Frau noch Freundin in meinem Leben. Es ist also kein Problem, wenn Sie mein Bad benutzen. Ich dusche in der Zwischenzeit oben.»

Er nickte ihr zu und verschwand im oberen Stock.

Unschlüssig blieb Andrina stehen, streifte nach einer Weile aber ebenfalls ihre Schuhe und Socken ab. Sie öffnete die zweite Tür rechts und staunte. Der Boden war mit anthrazitfarbenen Fliesen und die Ablage mit Labradorit ausgelegt. In die Decke eingelassene Spotlampen beleuchteten den Raum. Rasch entledigte sie sich der nassen Kleider und schlüpfte unter die Dusche, die mit einer Regenduschenbrause ausgestattet war.

Andrina liess das Wasser auf ihren Kopf prasseln. Es fühlte sich wirklich wie bei einem sanften Regenschauer an. Sie drehte die

Temperatur ein wenig höher, bis sie es fast nicht mehr aushalten konnte. Ihre Gedanken verselbstständigten sich.

Was wäre, wenn Feller zu ihr in die Dusche kommen würde? Sie erschrak über ihre Gedanken und stellte das Wasser ab.

«Kommen Sie ruhig herein», forderte Feller sie auf. «Meine Kleider sind Ihnen wirklich zu gross.» Er lächelte.

Die dunkelblauen Shorts hatten zum Glück ein Band, um den Bund enger zu ziehen. Feller war zwar nicht dick, sondern durchtrainiert, aber Andrina war sehr zierlich. Das hellblaue T-Shirt reichte beinahe bis zu ihren Knien.

«Es sind immerhin trockene Sachen», meinte sie.

«Möchten Sie etwas trinken?»

«Gerne ein wenig Wasser», antwortete sie und warf einen Blick zum Fenster.

Es hatte aufgehört zu hageln, aber der Regen prasselte immer noch gegen das Fenster. Die Dämmerung hatte eingesetzt, und man konnte nicht mehr viel erkennen.

«Wie es aussieht, hört es die nächste Zeit nicht auf», sagte Feller und reichte ihr ein Glas Wasser. «Setzen Sie sich doch.» Er wies auf den Esstisch.

Andrina kam der Aufforderung nach und überlegte, wie sie am besten Small Talk machen konnte. Sie strich eine nasse Haarsträhne hinter ihr Ohr.

«Sie haben ein schönes Haus», meinte sie.

Das Wohnzimmer war ohne viel Schnickschnack eingerichtet. Vor einem beigefarbenen Ecksofa stand ein niedriger Glastisch, auf dem einige Zeitschriften lagen. Gegenüber befand sich ein Specksteinofen.

«Ich habe es von meinen Eltern übernommen, als sie ins Tessin gezogen sind. Meine Mutter stammt aus Ascona, und sie wollte weg aus dem Aargau und dem nasskalten Wetter.» Feller schaute zum Fenster. «Momentan merken wir zwar nicht viel davon, aber der nächste nebelreiche und ungemütliche Winter kommt bestimmt.» Er lächelte.

«Ich habe Holzböden sehr gerne. Das ist ein alter Holzriemenboden, nicht wahr?»

Feller nickte. «Wer war der Mann im Wald?», wechselte er

abrupt das Thema. «Sie erwähnten, er sei Ihr Ex. Was? Exmann oder Exfreund?»

Andrina senkte den Kopf und starrte auf das Glas zwischen ihren Händen. «Darüber möchte ich nicht reden.»

«Der Polizist in mir kann diese Sache nicht einfach im Raum stehen lassen.»

«Eric ist mein Exfreund», begann sie leise zu erzählen. «Wir waren fast ein Jahr zusammen, bis ich merkte, dass er mich nach Strich und Faden betrog. Ich habe Schluss gemacht. Nachdem seine neue Freundin ebenfalls mit ihm Schluss gemacht hatte, kam er kleinlaut zu mir zurück. Zweimal habe ich das Spiel mitgemacht. Danach war es endgültig aus.»

«Nun lässt er Sie nicht in Ruhe.»

Andrina schüttelte den Kopf. «Immer wenn ihn eine Neue in die Wüste geschickt hat. Ich meine …»

«Schon klar», sagte Feller. Er hatte sich vorgebeugt und die Arme auf den Tisch gelegt.

«Dann kommt er wieder zu mir. Er ruft an oder schickt ein SMS, ob wir uns nicht treffen können.»

«Was meint Ihr Freund dazu?»

«Mein Freund?», fragte Andrina verständnislos. Dann begriff sie. «Ich habe keinen Freund. Nach Eric habe ich genug von Männern.»

In Fellers Augen blitzte etwas auf, was sogleich wieder verschwand.

«Wie ist sein vollständiger Name?» Das war eindeutig die Frage eines Polizeibeamten.

Andrina zögerte.

«So weit wie heute ist er bis jetzt nie gegangen.»

«Sein vollständiger Name», wiederholte Feller.

Andrina schaute an ihm vorbei zum Fenster. Das Schweigen zog sich in die Länge.

«Eric Zuber», sagte sie kaum hörbar.

Feller nickte. Er sah aus, als habe er im Kopf eine Notiz gemacht.

«Eric ist harmlos.»

«Das habe ich heute gesehen.»

«Es ist nur lästig.»

«Lästig? Das ist wohl untertrieben.»

Feller beugte sich weiter vor und ergriff ihre Hände. Andrina zog ihre rasch zurück.

«Sie können Anzeige erstatten. Das vorhin war sexuelle ...»

«Ich weiss selbst, was das war», brauste Andrina auf. Sie senkte den Kopf. «Entschuldigung», murmelte sie.

Feller stand auf, verliess das Zimmer und kehrte einen kurzen Augenblick später zurück. Er setzte sich neben Andrina.

«Mir gefällt das nicht, Frau Kaufmann.» Er legte eine Visitenkarte auf den Tisch. «Wenn er Ihnen noch einmal zu nahe kommt, rufen Sie mich bitte an.» Er schob ihr die Karte zu. «Auf der Rückseite habe ich meine Handynummer notiert. Meine Mailadresse steht ebenfalls darauf, falls Ihnen das lieber ist.»

Andrina schüttelte den Kopf. «Ich meine es ernst.»

«Ich kann niemanden bei der Polizei verleumden», sagte sie und schob die Karte zurück.

Feller ergriff ihre Hand. «Das ist keine Verleumdung. Ich muss Ihnen nicht sagen, was hätte passieren können, wenn ich nicht zufällig vorbeigekommen wäre.»

Mit der anderen Hand nahm er die Karte, drückte sie Andrina in die Hand und schloss ihre Finger darum.

«Ich möchte nicht eines Tages zu einem Tatort gerufen werden, an dem man eine vergewaltigte Frau tot aufgefunden hat. Und dann muss ich feststellen, dass es Ihre Leiche ist.»

Andrinas Herz klopfte bis zum Hals.

«So etwas traue ich ihm nicht zu», sagte sie mit rauer Stimme.

«Offenbar reicht es ihm nicht mehr, Sie telefonisch zu belästigen.»

«Er war betrunken.»

«Egal. Erstaunlicherweise hat er sogar in diesem Zustand genug Kraft, gegen die Sie nichts ausrichten konnten. Sie stecken meine Karte ein und rufen mich an, wenn er sich wieder bei Ihnen melden sollte. Auch wenn es ein harmloses SMS ist.» Er stand auf. «Jetzt fahre ich Sie nach Hause.»

«Vielen Dank», sagte Andrina, als Feller vor Lisas Haus anhielt. Sie legte die Hand auf den Türgriff. «Was mache ich mit Ihren Kleidern?»

«Es eilt nicht. Bringen Sie sie einfach einmal vorbei.»

Andrina stieg aus und liess beiläufig Fellers Visitenkarte auf den Beifahrersitz fallen. Sie schlug die Autotür zu und rannte durch den Regen auf das Haus zu. Sie durchwühlte den Plastiksack, in dem ihre nassen Joggingsachen steckten, und klaubte den Haustürschlüssel hervor.

«So haben wir das nicht abgemacht.»

Andrina fuhr herum und meinte, Eric vor sich stehen zu sehen. Es war aber Feller, der ihr die Visitenkarte hinhielt.

«Ich muss sie …»

«… absichtlich fallen gelassen haben.»

Den Ausdruck in seinem Gesicht konnte Andrina nicht erkennen, weil es im Schatten lag.

Wortlos nahm Andrina die Karte und schlüpfte ins Haus. Sie schlug die Tür zu und lehnte sich dagegen. Draussen hörte sie schnelle Schritte. Feller war offensichtlich zu seinem Wagen zurückgerannt.

Tränen brannten in ihren Augen. Bisher hatte sie niemandem die ganze Geschichte erzählt. Auch Lisa und Barbara nicht. Die beiden wussten nur, dass sie mit Eric zusammen gewesen war. Das war lange bevor Andrina zu Lisa und Barbara in die WG gezogen war. Sie wussten nur, dass er nicht einsehen konnte, dass es vorbei war.

Nun war sie gezwungen gewesen, die Geschichte ausgerechnet vor einem Mann auszubreiten, der obendrein Polizist war. Bisher hatte sie immer das Gefühl gehabt, die Sache mit Eric im Griff zu haben. Der Überfall heute im Wald hatte der Sache jedoch eine andere Dimension verliehen. Sie hatte Angst vor ihm. Besonders beunruhigend empfand sie es, nicht allein mit ihm fertiggeworden zu sein. Dabei schätzte sie ihre körperliche Kraft eigentlich als recht passabel ein.

Andrina stiess sich von der Tür ab. Es war ruhig im Haus. Zum Glück waren Barbara und Lisa unterwegs. Sie huschte im Dunkeln die Treppe hoch und rannte in ihr Zimmer. Dort warf sie sich der Länge nach aufs Bett. Das Licht der Strassenlaterne erhellte ihr Zimmer. Regen prasselte gegen die Fensterscheibe.

Das Handy auf ihrem Nachttisch gab einen kurzen Klingelton von sich. Ein SMS. Andrina setzte sich auf und erstarrte. Es war von Eric.

«Entschuldige bitte. Frieden», las Andrina.

Andrinas Blick wechselte zwischen Fellers Visitenkarte, die sie nach wie vor in ihrer Hand hielt, und dem Handy hin und her.

Was hatte er gesagt? Sie solle ihn sofort anrufen.

Nein.

Wegen einem SMS – das wäre lächerlich. Ausserdem war es ihre private Angelegenheit und ging ihn wirklich nichts an, auch wenn er Polizeibeamter war.

Sie musste allein einen Weg finden, Eric dazu zu bringen, sie endlich in Ruhe zu lassen.

Andrina zerknüllte Fellers Karte und warf sie in die Richtung des Papierkorbs, den sie allerdings verfehlte. Sie stiess eine Verwünschung aus und sackte zurück aufs Bett.

In diesem Moment klingelte das Handy. Mechanisch klappte sie es auf und rechnete fest damit, Erics Handynummer zu sehen. Allerdings leuchtete die Nummer ihrer älteren Schwester Seraina auf dem Display.

Andrina stiess die Luft, die sie angehalten hatte, aus und nahm das Gespräch entgegen.

«Hallo, Schwesterherz. Ich hoffe, ich störe nicht.»

«Du störst nie, auch wenn du immer zu den unmöglichsten Zeiten anrufst.»

Seraina lachte. «Wie geht es dir?»

«Es geht so.»

«Das klingt gar nicht gut. Ärger?»

«Ja, nein. Ich meine, der Mord an Ulrich liegt mir sehr auf dem Magen.»

«Davon habe ich in der Zeitung gelesen. Das ist wirklich der Hammer. Wie geht es Brigitta und Elisabeth?»

«Sie sind völlig durch den Wind. Besonders, weil am Montag zu allem Überfluss im Verlag eingebrochen worden ist.» Sie seufzte. «Momentan steht alles Kopf.» Andrina berichtete in kurzen Zügen, was alles passiert war, verschwieg jedoch Erics Übergriff.

«In diesem Fall ist meine Idee genau die richtige. Wie du weisst, haben wir ein Hausboot gemietet. Dummerweise haben sich Mikes Bruder und seine Freundin getrennt. Den beiden ist nicht mehr nach gemeinsamen Ferien. Hast nicht *du* Lust mitzukommen?»

«Ich weiss nicht», antwortete Andrina gedehnt. «Nach Ferien ist mir momentan eher nicht zumute.»

«Komm schon. Wann warst du das letzte Mal weg?»

«Keine Ahnung», meinte Andrina. «Es ist ungefähr zwei Jahre her.»

«Also wird es dringend Zeit. Ein Tapetenwechsel würde dir guttun.»

«Ich habe kein Geld.»

«Das stimmt doch nicht.»

«Seraina! Ich spare für ein Haus. Da liegen Ferien nicht drin.»

«Also, wenn wir die Kosten teilen, ist das wirklich nicht mehr viel. Man muss sich zwischendurch mal etwas gönnen. Sparen hin, sparen her.»

«Ich weiss nicht.»

Schweigen. Andrina seufzte.

«Überleg es dir», meinte Seraina.

«Okay, ich denke darüber nach.»

Andrina legte das Handy zurück auf den Nachttisch und streckte sich auf ihrem Bett aus.

Eigentlich musste sie Seraina recht geben. Sie war sehr lange nicht mehr in den Ferien gewesen. Mit ihrer Schwester und Michael, den sie sehr schätzte, würde es bestimmt lustig sein. Ausserdem würde es guttun, das momentane Chaos hinter sich zu lassen.

Seraina – sie hatten sich schon lange nicht mehr getroffen, aber sie telefonierten regelmässig miteinander. Meistens zu den unmöglichsten Zeiten, so wie heute.

Andrina beneidete ihre Schwester. Sie war mit einem wunderbaren Mann verheiratet und im vierten Monat schwanger.

Bei ihr lief alles in geordneten Bahnen, was man bei Andrina nicht behaupten konnte. Würde sie jemals eine Familie haben?

In diesem Moment ging ein Rütteln durch ihren Körper. Andrina hatte das Gefühl, auf einem Schüttelsieb zu liegen. Die Stehlampe hinter dem weissen Schaukelstuhl schwankte. Etwas klirrte im Schrank. Nach einigen Sekunden war der Spuk vorbei.

Andrina blieb bewegungslos liegen. Sie konnte ihren Herzschlag spüren. Es war länger her, seitdem das letzte Mal die Erde gebebt hatte.

Sie richtete sich auf, schwang die Füsse auf den Boden und

schaltete die Nachttischlampe ein. Das Licht blendete sie, und es dauerte einen Moment, bis sie etwas erkennen konnte.

Das Zimmer sah immer noch gleich aus. Der alte, wackelige Kleiderschrank, den sie aus ihrem Kinderzimmer mitgenommen hatte, stand noch. Auch das Chaos auf ihrem Schreibtisch war unverändert. Nichts war heruntergefallen. Auf einmal kam Andrina ihr Zimmer mit den alten Möbeln trostlos vor. Solche Möbel wie Feller würde sie sich nie leisten können.

Auf dem Boden lag Fellers zusammengeknüllte Visitenkarte. Andrina hob sie auf, strich sie glatt und legte sie auf ihren Schreibtisch. Dann schlüpfte sie aus seinen Kleidern und streifte sich den Pyjama über.

Sie widerstand dem Drang, den Laptop einzuschalten und im Internet zu surfen, wie stark dieses Beben gewesen war.

Andrina verließ ihr Zimmer und brachte Fellers Kleider in die Waschküche. Zusammen mit anderer Wäsche stopfte sie sie in die Waschmaschine.

Als sie zu ihrem Zimmer zurückkehren wollte, bemerkte sie einen Brief, der auf dem Fussboden vor der Garderobe lag. Er musste Barbara hinuntergefallen sein, als sie heute die Post geholt hatte.

Andrina hob ihn auf. Nur ihr Name stand darauf – mit einem Etikett aufgeklebt. Sie riss den Brief auf und entnahm das einzelne Blatt.

Ich weiss immer, wo du bist.

Andrina starrte den mit Computer geschriebenen Satz an. Wut keimte in ihrem Inneren auf. Eric!

Das konnte nur Eric sein. Sie zerriss den Brief und den Umschlag und warf beides in den Abfalleimer in der Küche. Sie schlug die Schranktür zu und lehnte sich gegen die Anrichte.

Eric! Wenn er glaubte, er könne ihr Angst einjagen, dann hatte er sich getäuscht.

Andrina schaute sich in der aufgeräumten Küche um. Auch hier hatte das Erdbeben keine Spuren hinterlassen. Wasserkocher und Kaffeemaschine befanden sich an ihrem Platz neben dem Waschbecken. Esstisch und Stühle waren nicht verrutscht. Die Blumentöpfe mit den Kräutern standen nach wie vor auf der Fensterbank. Der Kühlschrank gab ein Brummen von sich. Andrina verspürte einen riesigen Hunger und stiess sich von der Anrichte ab.

VIER

«Elisabeth ist bei einem Autor», sagte Andrina. Sie fächelte sich mit einem Heft Luft zu.

Das Gewitter vom Vorabend hatte keine Abkühlung gebracht. Es brodelte weiter in der Wetterküche, und vermutlich würde es heute neue Gewitter geben.

«Das kann sie nicht machen», rief Gabi. «Gleich kommen die von der Druckerei. Ich kann nicht verhandeln.»

«Ich auch nicht. Sie hat es allerdings gestern angedeutet, dass sie erst gegen Mittag oder später kommt.»

«Stimmt, ich habe es vergessen.»

«Tröste dich, Brigitta ist ja auch noch da.»

«Und wo?», wollte Gabi wissen und machte mit der Hand eine ausladende Bewegung.

«Sie hat sich eben verspätet.»

Das Telefon klingelte. Andrina nahm ab und legte bald darauf wieder auf. «Das Schicksal meint es gut mit uns. Die von der Druckerei verspäten sich. Sie stehen im Stau.»

Gabi verdrehte die Augen.

«Warum bist du so nervös?», wollte Andrina wissen. «Es ist eine Verhandlung mit einer neuen Druckerei.»

«Wenn die in die Hose geht, haben wir keine mehr.»

Nach einigen Diskussionen wegen der schlechten Qualität hatte der Cleve-Verlag der alten Druckerei den Vertrag gekündigt.

«Mal nicht gleich den Teufel an die Wand», sagte Andrina und schaltete ihren Laptop ein.

«Hast du gestern das Beben gespürt?», fragte Gabi und trat hinter sie.

Andrina nickte.

«Im Radio haben sie gesagt, es habe eine Stärke von 4,2 auf der Richterskala gehabt. Was meint die Geologin dazu?»

«Nichts», murmelte Andrina und tippte ihr Passwort ein.

«Ich habe einen Heidenschreck bekommen.»

«Es war nicht so stark. Ausserdem ist nichts Schlimmes passiert.»

«Das haben sie im Radio auch gesagt. Das Epizentrum sei

irgendwo in Süddeutschland gewesen. Können weitere Beben folgen?»

Im Gang hörten sie das Klicken einer Tür. Darauf folgten einige Schritte.

«Es ist durchaus möglich», meinte Andrina und warf einen Blick zu ihrer Bürotür, die sie immer offen liess.

«Sei nicht so einsilbig», murrte Gabi. «Was ist mit dem Rheingraben?»

«Was soll damit sein?»

Gabi verdrehte die Augen. «Da kennt man eine Geologin, die davon Ahnung hat, und sie sagt nichts. Was ist, wenn es in Basel bebt. Im Mittelalter hat es ein verheerendes Beben gegeben.»

«Das könnte theoretisch wieder passieren.»

«Und dann?», rief Gabi.

«Was dann?»

«Was passiert in so einem Fall in Aarau?»

Schritte näherten sich ihrer Bürotür.

«In so einem Fall bebt auch in Aarau die Erde.»

«Himmel, Andrina!», rief Gabi. «Ich habe einfach einen riesigen Respekt davor.»

«Machen kann man eh nichts. Man kann nur hoffen, dass man nicht gerade in einem Haus ist, das zusammenstürzt.»

«Deine Ruhe möchte ich haben. Wenn es in Basel bebt, wie stark ist das Erdbeben hier zu spüren?»

«Vermutlich ähnlich stark. Sei froh, dass du nicht in Los Angeles am Sankt-Andreas-Graben wohnst.»

Gabi schnitt eine Grimasse. Im Gang raschelte es.

«Siehst du», lachte Andrina. «Brigitta ist gekommen. Wir haben genügend Zeit, uns für die Leute von der Druckerei vorzubereiten. Und», fügte sie mit einem Zwinkern in den Augen hinzu, «lassen Erdbeben Erdbeben sein.»

Gabi sprang auf und rannte zur Tür hinaus. «Mensch, Brigitta, endlich!», rief sie und verschwand aus Andrinas Blickfeld.

Andrina schüttelte den Kopf und wandte sich dem Brief zu, den sie heute unbedingt fertigstellen wollte. Er lag ihr seit geraumer Zeit auf dem Magen, weil sie nicht wusste, wie sie ihn formulieren sollte. Sie legte die Hände auf die Tasten und begann zu tippen.

«Andrina! Komm», brüllte Gabi aus dem Gang.

Andrina lehnte sich zurück und schloss für einen kurzen Moment die Augen. Warum war Gabi heute so ein Nervenbündel? Das Erdbeben musste sie aus der Bahn geworfen haben.

«Gabi! Ich will endlich den Brief fertig schreiben.»

«Es ist nicht Brigitta, sondern …»

«… die von der Druckerei sind da», unterbrach Andrina sie. «Mach ihnen einen Kaffee. Süsses haben wir auch im Küchenschrank.» Sie begann erneut zu tippen.

«Nein, es ist die Polizei.»

«Dann mach eben der Polizei einen Kaffee, und Schokolade haben sie bestimmt auch gern», antwortete Andrina und drückte auf Enter. Dann wirbelte sie in ihrem Drehstuhl herum. «Was?», rief sie. «Wer ist da?»

«Es ist etwas mit Brigitta», stammelte Gabi. Sie war in der Tür erschienen. Hinter ihr standen Wagner und Feller.

«Wir müssen mit Ihnen reden», sagte Wagner. «Ist Frau Veldt da?»

Andrina stand auf. «Nein. Sie sollte in einer Stunde zurück sein.»

«Können wir sie irgendwo erreichen?»

«Sie hat mit einem Autor eine Besprechung.»

«Wo?»

Gabi und Andrina sahen einander an.

«Elisabeth hat uns nicht gesagt, wo sie ihn trifft», antwortete Andrina. Sie nahm den Telefonhörer in die Hand und wählte. Die Combox von Elisabeths Handy schaltete sich nach dem ersten Klingelton ein. «Sie hat ihr Handy abgeschaltet. Soll ich was ausrichten?» Andrina stellte das Telefon zurück auf die Station.

Wagner schüttelte den Kopf. «Sprechen wir zuerst miteinander.»

«Wir können ins Besprechungszimmer gehen», meinte Andrina, nahm ihre Kaffeetasse und trat einen Schritt vor.

«Das ist nicht nötig», sagte Wagner. «Wir können genauso gut hierbleiben. Frau Clemens hat sich vergangene Nacht das Leben genommen.»

«Was?», stiess Andrina hervor und liess die Tasse fallen. «Nie!»

Nachdem Andrina die Scherben der Tasse aufgesammelt und den Kaffee aufgewischt hatte, hatten die Beamten gebeten, mit ihr und Gabi reden zu können. Zuerst wollten sie mit Andrina sprechen. Gabi sollte solange in ihrem Büro warten. Andrina sass an ihrem Tisch. Feller hatte zwei Stühle aus dem Besprechungszimmer geholt, und die Männer sassen ihr gegenüber.

Andrina streckte ihr rechtes Bein. Es tat weh, wo die Scherben ihr Schienbein getroffen hatten. Sie hatten einige leichte Kratzer hinterlassen. Schlimmer war allerdings der heisse Kaffee gewesen, der ihre nackte Haut verbrüht hatte.

«Wann haben Sie Frau Clemens das letzte Mal gesehen», wollte Wagner wissen.

«Gestern Nachmittag, bevor ich nach Hause gegangen bin», antwortete sie.

«Um welche Zeit war das?», hakte Wagner nach.

Andrina überlegte. «Es muss kurz nach zwei Uhr gewesen sein. Wir waren bei Brigitta zu Hause, da wir nicht ins Büro konnten. Unter anderem haben wir abgemacht, wer zu Ulrichs Beerdigung heute Nachmittag geht.»

«Sie meinen Ulrich Strahm?», hakte er nach.

Andrina nickte.

«Wer sollte gehen?»

«Brigitta und ich», entgegnete sie.

«Hatten Sie später nochmals Kontakt mit ihr? Haben Sie vielleicht telefoniert?»

Andrina schüttelte den Kopf. «Wir haben nicht mehr miteinander gesprochen. Aber wir haben uns ein Mail geschrieben.»

«Wann?»

«Kurz nach fünf», antwortete sie.

«Worum ging es?»

«Brigitta wollte wissen, ob ich einen Kranz für die Beerdigung organisieren konnte. Ausserdem haben wir abgemacht, welchen Zug wir nehmen und wann wir uns treffen.»

«Und sonst?», fragte Wagner.

«Sie hat mir einen schönen Feierabend gewünscht.»

Andrina bemerkte, wie mechanisch sie die Antworten gab. Sie war völlig betäubt und reagierte wie ein Roboter ohne Gefühle. Die lauerten aber unter der Oberfläche, war sie sich im Klaren. Sie hoffte, die Beamten würden weg sein, wenn sie an die Oberfläche gelangten.

«Was machte sie für einen Eindruck, bevor Sie um zwei Uhr nach Hause gingen? War sie niedergeschlagen?» Wagner lehnte sich nach hinten.

«Natürlich», rief Andrina. «Wie wir alle. Ulrichs Tod hat uns allen zugesetzt. Zumal es ja kein normaler Tod war.» Sie hielt inne.

«Hat sie jemals Äusserungen gemacht, die darauf hindeuteten, dass sie sich das Leben nehmen könnte?»

«Brigitta? Nie.»

«Sie sagen das so überzeugt», stellte Wagner fest.

«Das passt überhaupt nicht zu ihr.» Andrina wunderte sich, wie ruhig sie war – sie war beinahe gelassen. Der Zusammenbruch liess auf sich warten.

Wagner fuhr mit der Hand über das Kinn.

«Bitte beschreiben Sie Frau Clemens. Wie war sie als Mensch?»

Andrina schluckte. Reiss dich zusammen, ermahnte sie sich. «Ich mochte sie. Sie war gut und hilfsbereit. Unrecht konnte sie nicht ausstehen. Das Wohl der anderen war ihr wichtiger als ihr eigenes.» Andrina sah etwas in Wagners Augen aufblitzen. «Ich weiss, das klingt wie eine Lobeshymne, aber sie war wirklich so.» Wagner kratzte sich am Kopf, sagte jedoch nichts. «Selbstmord fand sie feige. Es gibt immer etwas, wofür es sich zu leben lohnt, hat sie gesagt. Ich kann mir beim besten Willen nicht vorstellen, dass sie sich selbst umgebracht haben soll.»

Wagner und Feller wechselten einen Blick. «Was haben Sie gestern Abend gemacht?», wollte Wagner wissen.

«Ich?», rief Andrina verblüfft.

«Ja. Wo waren Sie, nachdem Sie Feierabend gemacht haben? Damit meine ich ab fünf Uhr bis ungefähr Mitternacht.»

Andrinas Herz begann zu klopfen. Warum fragte er das?

«Routinefragen», kam Feller ihr zuvor. Es war das erste Mal, dass er das Wort ergriff.

«Ich bin gegen sechs Uhr joggen gegangen.»

«Bei dieser Hitze?», rief Wagner.

«Normalerweise hätte ich gewartet, aber gestern waren Unwetter vorausgesagt. Danach war ich bei Ihnen, Herr Feller.»

Feller runzelte die Stirn, dann glätteten sich die Falten wieder. Ein Ausdruck des Erinnerns trat in sein Gesicht.

«Bei dir?», fragte Wagner ungläubig.

Feller nickte. «Wir haben uns im Wald getroffen.»
«Warst du etwa auch joggen?»
«Klar.»
«Sportfanatiker», brummte Wagner und schüttelte den Kopf. «So etwas würde ich mir nicht antun. Warum war Frau Kaufmann bei dir?» In Wagners Stimme schwang eine Schärfe mit, die Andrina sich nicht erklären konnte.
Feller lehnte sich nach hinten. «Ganz einfach», sagte er ruhig, «das Gewitter war schneller.»
«Moment. Warum trefft ihr euch im Wald?» Wagner verschränkte die Arme vor der Brust. «Habt ihr euch etwa verabredet?» Andrinas Herz hämmerte in ihrer Brust.
«Es war Zufall.» Feller warf Andrina einen Seitenblick zu. Er hatte Wagner offenbar nichts von Eric gesagt. «Wir sind gemeinsam zurückgelaufen, als es anfing zu gewittern. Ihr Heimweg führte an meinem Haus vorbei.» So ganz stimmte das nicht, dachte Andrina. Log er bewusst, oder war es ihm nicht klar? «Ich habe Frau Kaufmann hereingebeten.»
«Warum?», schoss Wagner seine nächste Frage ab.
«Sollte ich sie etwa im Regen stehen lassen? Ausserdem hat es kurz darauf zu hageln begonnen.»
«Was habt ihr gemacht?»
«Gewartet, bis es aufhört.» Feller schien amüsiert. Ihm war ebenso klar, was in Wagners Kopf vor sich ging.
«Marco.»
Wenn nicht Brigittas Tod der Grund für dieses Gespräch gewesen wäre, wäre die Situation direkt komisch gewesen.
«Wie lange war Frau Kaufmann bei dir?»
Feller schaute Andrina an. «Kurz nach zweiundzwanzig Uhr habe ich sie mit dem Auto nach Hause gefahren, weil es immer noch regnete.»
«So lange war sie bei dir? Das sind, wenn ich mich nicht täusche, fast drei Stunden. Was habt ihr in dieser Zeit gemacht?»
«Wir haben uns unterhalten und gewartet, dass es aufhört zu regnen.» Fellers Augen verengten sich. «Ist das etwa verboten?» In seiner Stimme lag eine Schärfe, die Andrina frösteln liess.
«Nein, natürlich nicht», machte Wagner einen Rückzieher. «Du hast Frau Kaufmann also später nach Hause gefahren?»

«Ja. Gegen Viertel nach müssten wir bei ihrem Haus gewesen sein.»

«Hast du gesehen, wie sie ins Haus gegangen ist?»

«Ja. Ich habe sie zur Tür gebracht.»

Wiederum warf er Andrina einen Seitenblick zu. So ganz stimmte das auch nicht, aber Andrina war ihm dankbar, weil er nicht ins Detail ging.

«Und danach?», wollte Wagner wissen.

«Anschliessend bin ich wieder nach Hause gefahren.»

Wagner wandte sich Andrina zu. «Was haben Sie danach gemacht?»

«Ich bin zu Hause geblieben.»

«Kann das jemand bezeugen?»

Warum fragte er das? Warum wollte er alles so genau wissen?

«Nein. Meine WG-Kolleginnen waren nicht da. Allerdings hat mich meine Schwester angerufen.»

«Wann war das?»

«Ich habe nicht auf die Uhr gesehen. Es muss ungefähr fünf Minuten später gewesen sein, nachdem Herr Feller mich nach Hause gebracht hatte.»

Wagner machte eine Notiz. «Wie lange haben Sie miteinander gesprochen?»

Andrina zuckte mit den Schultern. «Gefühlte zehn Minuten, würde ich sagen.»

Fellers Mundwinkel zuckten nach oben, und Andrina musste sich auf die Lippe beissen. Für einen Moment waren sie Verbündete.

Wagner warf Feller einen Seitenblick zu, und seine Miene wurde sofort ausdruckslos.

«Kurz nachdem ich aufgelegt hatte, hat es gebebt», fiel Andrina ein.

Wagner nickte. «Was haben Sie nach dem Telefon getan?»

«Ich habe mir etwas zu essen gemacht und bin danach schlafen gegangen.»

«Auf die Uhr haben Sie dabei nicht geschaut?»

«Hätte ich gewusst, dass es wichtig sein könnte, hätte ich das gemacht.»

Andrina biss sich auf die Lippe. Das war schärfer gewesen als beabsichtigt. Schärfer, als sie sich in dieser Situation erlauben konnte.

Wagner kniff die Augen zusammen und öffnete den Mund. Aber er schloss ihn sogleich wieder. «Okay. Das reicht fürs Erste», meinte er. Seine Stimme klang neutral. «Wenn Ihnen etwas einfällt, das Brigitta Clemens' Selbstmord erklären könnte, lassen Sie es uns bitte wissen.» Wagner stand auf und wandte sich zur Tür.

«Darf ich sie noch einmal sehen?»

Der Beamte fuhr in der Tür herum. Als Andrina den Ausdruck in seinem Gesicht sah, war ihr klar, dass diese Frage ein Fehler gewesen war.

«Warum?»

«Ich möchte mich verabschieden», sagte sie und wunderte sich über ihren sachlichen Tonfall.

Wagner machte einen Schritt auf sie zu und musterte sie.

«Dazu gibt es Beerdigungen.»

«Das ist nicht das Gleiche.»

«Warum nicht?»

«In dem Tongefäss ist nur ein Haufen Asche. Ich möchte ihr aber noch einmal ins Gesicht sehen.» Und sie fragen, warum sie das gemacht hat, dachte Andrina.

Warum sie sie einfach im Stich liess und sich aus dem Leben stahl. Brigitta sollte am besten wissen, was es für Andrina hiess, einen Menschen zu verlieren, der ihr viel bedeutete.

Wagner schwieg. An seinem Hals konnte Andrina das Pochen des Pulses erkennen. Das Schweigen zog sich in die Länge. Andrina schaffte es, seinem prüfenden Blick standzuhalten.

«Nein.» Andrina sank in sich zusammen. «Das steht, wenn überhaupt, nur den Angehörigen zu.»

Er marschierte zur Tür hinaus und bog in Gabis Büro ab.

Tränen schossen in ihre Augen. Andrina zwinkerte sie weg. Die Gefühle drängten mit aller Macht an die Oberfläche. Noch nicht, ermahnte sie sich.

Feller musterte sie einen Moment, bevor er Wagner folgte.

Andrina schloss die Tür. Zitternd stiess sie die Luft aus und wankte zu ihrem Schreibtisch. Sie setzte sich auf ihren Stuhl, legte die Arme auf den Tisch und liess ihren Kopf daraufsinken. Endlich konnte sie den Tränen freien Lauf lassen.

FÜNF

Andrina stellte sich in den Schatten der grossen Weide und lehnte ihren schwarzen, ledernen Rucksack gegen ihre Beine.

Es war heiss und stickig. Die Trauergäste hatten sich über den Friedhof verteilt. Einige kondolierten Strahms Frau und seinen beiden Töchtern. Ein Stück hinter Strahms Frau standen Wagner und der Polizist, der am Abend des Mordes mit Feller in die Garderobe gekommen war. Sie beobachteten die Menschenmenge.

Immer wieder spürte Andrina, wie Blicke an ihr haften blieben. Das musste an dem schwarzen Kleid liegen.

«Du solltest so etwas öfter anziehen», hörte sie Brigittas Stimme im Ohr. «Du verdrehst sämtlichen Männern den Kopf.»

Es stimmte, elegante Kleider brachten Andrinas schlanke und zierliche Figur noch mehr zur Geltung, als es Jeans und Alltagskleidung ohnehin taten. Inzwischen hatte sie gelernt, sich an diese Blicke zu gewöhnen und sie an sich abprallen zu lassen. Sehr zum Missfallen von Brigitta. «So findest du nie einen Mann.»

Andrinas Hand berührte den Kettenanhänger an ihrem Hals, den Brigitta ihr zu ihrem achtzehnten Geburtstag geschenkt hatte.

Brigitta. Eigentlich sollte sie hier neben ihr stehen. Andrina schluckte. Am liebsten wäre sie gar nicht gekommen.

«Du musst gehen», hatte Elisabeth beharrt. «Zieh etwas Anständiges an. Schliesslich vertrittst du unseren Verlag.»

Also hatte Andrina sich für das Kleid entschieden, das sie einmal mit Brigitta gekauft hatte, als diese sie zu einer Shoppingtour überredet hatte. Normalerweise gehörte dazu eine dunkelgrüne Jacke, aber auf diese hatte Andrina verzichtet. Zuerst hatte sie befürchtet, zu elegant gekleidet zu sein, aber die meisten Trauergäste waren ähnlich angezogen. Andrina tastete mit der Hand nach einer Strähne, die sich aus ihren hochgesteckten Haaren gelöst hatte und in ihrem Nacken kitzelte. Sie schob sie zurück und lehnte gegen den Baum.

Brigitta. Nur mit Mühe hatte Andrina die Zeremonie überstanden. Bald würde es für Brigitta einen ähnlichen Gottesdienst geben.

Sie war froh gewesen, hinten einen Platz gefunden zu haben.

Halb von einer Säule verdeckt. An das, was der Pfarrer gesagt hatte, konnte sie sich nicht mehr erinnern. Am liebsten wäre sie gleich nach der Zeremonie gegangen. Der Anstand erlaubte es allerdings nicht. Sie musste warten. Inzwischen hatten alle kondoliert, und Strahms Frau kam auf Andrina zu.

«Danke, dass Sie trotzdem gekommen sind.»

«Brigitta hätte es so gewollt», antwortete Andrina.

Sie musste sich zusammenreissen, um nicht ausgerechnet vor der Frau, die eben ihren Mann zu Grabe getragen hatte, in Tränen auszubrechen.

«Auch möchte ich Ihnen danken, weil mein Mann bei Ihnen ein Buch veröffentlichen durfte. Das Schreiben war sein Hobby und hat ihm sehr viel bedeutet. Für ihn war es die Krönung, veröffentlicht zu werden.»

Andrina spürte einen Kloss im Hals. Vermutlich würde er ohne diese «Krönung» noch leben.

Ulrich Strahm war Geschichtslehrer gewesen. Nach seiner Pensionierung vor fünf Jahren hatte er sich ganz dem Schreiben gewidmet. Mehr aus Spass hatte er den Roman «Unter dem Wind» an den Cleve-Verlag geschickt.

Es war eine Wette unter Freunden gewesen, wie er Elisabeth später einmal anvertraut hatte. Er hatte allerdings nie erwartet, dass sein Manuskript einmal veröffentlicht würde. Umso grösser war die Überraschung gewesen.

«So bleibt wenigstens etwas von ihm der Welt erhalten», sagte Frau Strahm und wischte eine Träne aus den rot geränderten Augen. Spontan umarmte sie Andrina. «Gehen Sie mit Gott, mein Kind. Ulrich hat Sie sehr gemocht. Er hat mir einmal gesagt, wenn wir eine dritte Tochter bekommen hätten, wäre sie hoffentlich so wie Sie geworden.»

Die Frau kehrte zu ihren Töchtern zurück.

Wenn ich endlich hier wegkönnte, dachte Andrina. Bisher hatte sich niemand verabschiedet, und Andrina wollte nicht die Erste sein, die ging. In diesem Moment kamen die beiden Beamten zu ihr herüber. «Guten Tag, Frau Kaufmann», sagte der Badener Polizist, und Andrina erinnerte sich jetzt, dass er Landolt hiess. «Es tut mir leid, zu hören, was mit Frau Clemens passiert ist. Bitte richten Sie Frau Veldt mein aufrichtiges Beileid aus.»

«Das werde ich machen, vielen Dank», erwiderte Andrina.

«Wir werden noch einmal mit Ihnen wegen Frau Clemens reden müssen», meinte Wagner.

«Mit mir? Warum?»

Wagner neigte den Kopf. «Es gibt da einige Fragen, und ich möchte gerne auch die Ansichten anderer hören, die nicht zur Familie gehören.» Da Andrina ihrer Stimme nicht traute, schwieg sie. «Wann würde es Ihnen passen? Am Montagmorgen?»

Andrina nickte und fragte sich, warum sie sich wie eine Verräterin vorkam.

«Kommen Sie bitte um halb neun Uhr ins Polizeikommando.»

Andrina nickte erneut.

«Ich wünsche Ihnen trotz allem ein schönes Wochenende», meinte Landolt, und die Beamten verabschiedeten sich.

***

Andrina schulterte ihren Rucksack und stieg in Zürich Hauptbahnhof aus der S-Bahn. Sie nahm die Rolltreppe nach oben. In zehn Minuten fuhr ein Zug nach Aarau, sie musste also glücklicherweise nicht warten. Andrina eilte den Bahnsteig entlang, stieg ein und setzte sich ans Fenster.

Kurz darauf nahm ihr gegenüber ein Mann Platz. Er musste Fellers Alter haben, sah aber bei Weitem nicht so gut aus. Seine blassgrauen Augen waren kleine Punkte hinter den dicken Brillengläsern. Das strähnige blonde Haar hing wirr in sein Gesicht, in dem einige Pickel zu sehen waren.

Der Zug fuhr an und verliess den Bahnhof. Der Billettkontrolleur kam den Gang entlang, und Andrina zeigte ihm ihr GA. Als sie ihr Abonnement in ihr Portemonnaie schob, begegnete ihr Blick dem ihres Gegenübers.

«Wohnen Sie in Aarau?», begann der Mann ein Gespräch und neigte den Oberkörper vor. Seine Hände berührten beinahe Andrinas Knie.

Was geht dich das an, dachte Andrina, sagte aber nichts.

«Wir könnten uns ja mal treffen und gemeinsam essen gehen.»

Bloss das nicht. Andrina holte aus ihrem Rucksack den iPod heraus, klemmte die Hörer auf ihre Ohren und wandte sich demonstrativ dem Fenster zu. Aus den Augenwinkeln sah sie, wie sich das Gesicht ihres Gegenübers zu einer säuerlichen Miene verzog. Der Mann stand auf und verschwand.

Erleichtert stellte Andrina die zufällige Musikreihenfolge auf dem iPod ein. Sie zuckte zusammen, als «Sous le Vent» mit Céline Dion und Garou erklang. Tränen schossen in ihre Augen. Mit Mühe zwinkerte Andrina sie weg.

«Unter dem Wind», wie passend, dachte sie und wollte das Lied wegklicken. Sie hielt inne. Nein, wenn sie einmal damit anfing, konnte sie den Song nie mehr hören.

Andrina starrte nach draussen auf die vorbeihuschenden Häuser, die sie nicht wahrnahm, und lauschte dem Lied. Sie spürte Unruhe um sich herum. Andrina erwachte aus ihrem Trancezustand. Der Zug stand in einem Bahnhof. Leute stiegen aus und ein.

Sie erschrak und beugte sich vor. Nein, nicht Aarau, sondern Lenzburg stand auf dem Bahnhofschild. Andrina atmete auf. Als der Zug anfuhr, erhob sie sich und bahnte sich einen Weg durch den Gang zur Tür, damit sie den nächsten Halt Aarau nicht verpasste. Eine Bewegung hinter ihr zog ihre Aufmerksamkeit auf sich. Es war glücklicherweise nicht der pickelige, sondern ein rotblonder Mann, der durch sie hindurchzuschauen schien.

In Aarau verliess Andrina den klimatisierten Zug und wurde von der Schwüle empfangen. Am Abend würde es bestimmt wieder ein Gewitter geben.

Sie liess sich mit der Menschenmenge treiben, bog dann aber zur Hinteren Bahnhofstrasse ab, wo sie ihr Velo abgestellt hatte. Sie warf einen Blick auf ihre Uhr. Sollte sie bei Feller vorbeifahren und seine Kleider zurückbringen? Eigentlich sollte er um diese Zeit bei der Arbeit sein. Andrina überlegte. Bevor sie zur Beerdigung gefahren war, hatte sie die getrockneten Kleider von der Wäscheleine genommen, gefaltet und eingepackt. Es hatte aber zeitlich nicht mehr gereicht, sie ihm zu bringen. Sie war knapp dran gewesen und hatte auf den Bahnhof eilen müssen, um den Zug nicht zu verpassen.

Sie wägte das Für und das Wider ab. Ja, entschied sie, dann hatte sie es hinter sich.

Andrina holte ihr leuchtend rotes Velo zwischen den anderen hervor und klemmte den Rucksack auf den Gepäckträger. Sie stieg auf und strampelte den Hang hinauf zur Bachstrasse. Das kurze Stück reichte bereits aus, dass sie nass geschwitzt war. Wie schon oft verfluchte sie, dass ihr altes Velo nur eine Drei-Gang-Schaltung besass.

Sie fuhr die Bachstrasse entlang und bog an der nächsten Kreuzung rechts ab.

Hoffentlich war er wirklich nicht da.

Kurz darauf hielt sie vor Fellers Haus. Sollte sie die Kleider in den Milchkasten legen? Nein, das wäre unhöflich. Sie musste zumindest klingeln.

Andrina stellte das Velo ab, holte den Plastiksack mit Fellers Kleidern aus dem Rucksack und lief den kurzen Weg zur Tür. Sie drückte den goldenen Knopf. Im Inneren erklang der volle Ton einer Glocke. Andrina zählte langsam bis zehn. Nichts passierte, und sie atmete auf.

Sie hängte den Plastiksack an den Knauf der Haustür und eilte zu ihrem Velo zurück. Nichts wie weg.

Andrina stieg auf, aber die Pedale gaben nach, und sie trat ins Leere. Sie stiess einen Fluch aus und bückte sich.

«Nicht schon wieder», entfuhr es ihr. «Diese verflixte Kette!» Das passierte in letzter Zeit öfter. Sie sollte sich endlich ein neues Velo kaufen.

Andrina legte ihren Rucksack auf den Boden, drehte das Velo um und stellte es auf Sattel und Lenkstange. Mit spitzen Fingern fasste sie nach der ölverschmierten Kette, die zwischen den Zahnrädern der Gangschaltung eingeklemmt war. Als sie sich nicht löste, griff Andrina richtig zu und rüttelte fester. Es war so oder so eine Sauerei. Sie biss auf die Unterlippe und hebelte die Kette hervor.

«Was machen Sie denn hier?»

Andrina zuckte zusammen, rutschte mit ihren Händen ab und spürte einen Stich, der durch ihren rechten Zeigefinger schoss.

«Au, verdammt», rutschte es ihr heraus. Sie stützte sich am Velo ab.

«Entschuldigen Sie, ich wollte Sie nicht erschrecken.»

Andrina richtete sich auf und stand Feller gegenüber.

«Ich habe Ihnen Ihre Kleider gebracht.» Sie wies mit dem Kopf zur Haustür.

Feller nickte, dann veränderte sich der Ausdruck in seinem

Gesicht, als er sie musterte. Sein Blick prallte nicht wie die der anderen an ihr ab, sondern er verursachte Herzklopfen und ein Kribbeln in der Magengegend.

«Ich war in Winterthur», fühlte Andrina sich genötigt zu sagen. «Auf der Beerdigung von Ulrich Strahm.»

Feller nickte erneut. Andrina schaute an sich herunter. Dabei fiel ihr Blick auf den blutenden Zeigefinger. Automatisch hob sie ihn zum Mund.

«Nicht», sagte Feller und griff nach ihrem Arm. «Ihre Finger sind mit Kettenöl verschmiert. Kommen Sie, Sie können Ihre Hände bei mir waschen.»

«Vielen Dank, aber das ist nicht nötig, ich habe es ja nicht weit bis nach Hause.»

«Ausserdem gebe ich Ihnen ein Pflaster, sonst tropfen Sie ihr Kleid voll.»

Erschrocken hielt Andrina den Finger von ihrem Körper weg. Blut tropfte auf die Strasse. Widerwillig folgte sie ihm zum Haus. Er nahm den Plastiksack mit den Kleidern von der Klinke und schloss auf. Im Haus war es dunkel, wie sie zu ihrem Erstaunen feststellte.

«Ich habe die Fensterläden geschlossen», meinte Feller, der ihren Blick offenbar bemerkt hatte.

Erst jetzt wurde sie sich der Kühle gegenüber draussen bewusst.

«Hier drin ist es wirklich angenehm. Bei uns ist die Hitze unerträglich. Barbara und Lisa weigern sich, die Fensterläden zu schliessen. Auf der einen Seite kann ich es verstehen. Es ist ja nur wenige Wochen im Jahr so heiss, aber ich bin trotzdem froh, eine Abkühlung zu haben, wenn ich nach Hause komme.»

Er lächelte, schloss die Haustür und sperrte somit die Hitze aus.

«Wo das Bad ist, wissen Sie bereits», sagte er. «Lassen Sie ruhig Ihre Schuhe an», meinte er, als Andrina ihre Sandalen abstreifen wollte.

Sie ging durch den Gang. Ihre dünnen Absätze klickten auf dem Fliesenboden. Mit dem Ellenbogen drückte sie die Türklinke hinunter und bemerkte Feller, der an der Treppe stehen geblieben war und ihr nachschaute.

Ihre Blicke trafen sich. Erneut hatte Andrina das Gefühl, Schmetterlinge flögen durch ihren Bauch.

Rasch schlüpfte sie ins Bad. Sie hielt die Hände unter den Wasserhahn und hätte beinahe aufgeschrien. Seife und Wasser brannten wie Feuer in der Wunde. Sie presste die Zähne aufeinander und schrubbte das Kettenöl von den Händen.

«Zeigen Sie mal», sagte Feller und legte Desinfektionsspray und ein Pflaster auf das Regal.

«Das ist nicht nötig», wiegelte Andrina ab.

«Es blutet ziemlich stark», sagte er und nahm ihre Hand.

Die Berührung fühlte sich wie ein Stromstoss an. Andrina verwünschte sich. Warum hatte sie sich nicht besser unter Kontrolle?

Er sprühte Desinfektionsmittel auf den Finger. Andrina sog die Luft ein und biss sich auf die Lippe.

«Eigentlich sollte das nicht brennen», meinte er und betrachtete das Fläschchen.

«Tut es aber», presste Andrina zwischen zusammengebissenen Zähnen hervor.

Feller wickelte ein Pflaster um ihren Zeigefinger.

«Danke», murmelte sie und entzog ihm ihre Hand.

«Eigentlich ist es gut, dass ich Sie treffe. So muss ich Sie nicht anrufen.»

«Warum?»

Feller neigte den Kopf. «Warum möchten Sie Frau Clemens noch einmal sehen?»

Der inzwischen so vertraute Klumpen bildete sich in Andrinas Magen.

«Ich …» Sie schaute an ihm vorbei. «Wir standen uns sehr nahe und … Ach, vergessen Sie es.»

Sie straffte die Schultern und wandte sich ab.

«Okay, am Montag um zwei Uhr am Nachmittag treffen wir uns vor dem Gerichtsmedizinischen Institut in Bern.»

«Was? Wo?»

«Wir mussten Frau Clemens obduzieren lassen und haben sie nach Bern gebracht.» Verständnislos blickte Andrina ihn an. «Ich denke, Sie wollten sie noch einmal sehen.»

«Ja, aber …»

«Gut, Montag um zwei in Bern», wiederholte er.

«Herr Wagner hat heute Morgen gesagt …» Andrina brach ab. «Wie erklären Sie es ihm?»

«Das lassen Sie mal meine Sorge sein. Jetzt schauen wir, wie wir Ihr Velo wieder flottbekommen.»

Feller verliess das Bad. Andrina blieb wie vom Donner gerührt stehen. Sein Angebot war spontan gewesen.

Nach einer Weile folgte sie ihm. Er kniete neben ihrem Velo und fädelte die Kette ein.

«Sie bekommen ganz schmierige Hände.»

«Das lässt sich nicht verhindern, wenn man eine Kette einsetzen muss.» Er stand auf und stellte das Velo hin.

«Vielen Dank. Ausserdem habe ich heute Morgen vergessen, Ihnen dafür zu danken, dass Sie Herrn Wagner nichts von Eric gesagt haben.»

«Das habe ich inzwischen nachgeholt.» Die Miene in seinem Gesicht war ausdruckslos. «Heute Morgen war ich nicht dazu gekommen. Etwas anderes ist dazwischengekommen, wie Sie wissen.» Er musterte sie. «Max ist der gleichen Ansicht. Wenn Herr Zuber nochmals mit Ihnen Kontakt aufnimmt, melden Sie es bitte sofort.» Andrina schwieg. «Ist das klar?» Sie nickte. «Gut, bis Montagnachmittag», sagte er und reichte Andrina die Hand.

SECHS

Sie sassen in Wagners Arbeitszimmer. Seine Sekretärin stellte Kaffee auf den Tisch und verliess den Raum. Wagner streckte die Beine unter dem Schreibtisch aus.

Durch das offene Fenster drang der Strassenlärm zu ihnen herauf.

«Zucker oder Milch?», fragte er.

«Beides», antwortete Andrina.

Sie rührte mit dem Löffel und trank einen Schluck. Der Kaffee war wiederum erstaunlich gut.

«Vielen Dank, dass Sie gekommen sind.» Wagner nahm seine Brille ab und putzte sie.

Eine andere Wahl hatte ich ja nicht, dachte Andrina.

Er setzte sie auf. «Ich möchte mehr über den Cleve-Verlag erfahren. Vielleicht finden wir so einen Grund für das Handeln von Frau Clemens.»

«Ist das bei einem Selbstmord üblich?»

«Was? Fragen zu stellen?»

«Ja.»

«Nun», antwortete er gedehnt. «Wir müssen Fremdeinwirkungen definitiv ausschliessen können.»

Andrinas Magen krampfte sich zusammen.

«Gibt es denn einen Hinweis für …?»

«Fremdeinwirkungen?», fragte Wagner und schwieg. «Nicht wirklich», sagte er schliesslich. «Trotzdem müssen wir uns ein Bild machen. Wie lange gibt es den Verlag bereits?»

«Vor fünf Jahren haben Brigitta und Elisabeth ihn gegründet. Cleve setzt sich aus dem Cle von Brigittas Nachnamen und dem Ve von Elisabeths Namen zusammen.»

«Das habe ich mir bereits gedacht. Sind die Schwestern die einzigen Eigentümerinnen?»

Andrina nickte. «Sie schreiben selbst gerne. Aber sie haben es nie geschafft, einen Verlag zu finden. Sie erkannten, wie frustrierend Standardabsagen sein können und dass eine Menge begabter Autoren keine Chance bekommt.»

«Deshalb gründeten sie einfach einen Verlag? Ich nehme mal an, man benötigt einige finanzielle Reserven dazu. Einen Bestseller entdeckt man bestimmt nicht auf Anhieb.»

«Geld war für sie kein Problem. Der Verlag war sozusagen ein Geschenk, das sie sich zu ihrem fünfzigsten Geburtstag gemacht haben. Brigitta und Elisabeth sind Zwillingsschwestern.» Wagner hob die Augenbrauen. «Ich weiss, man sieht es ihnen nicht an.»

Brigitta war immer jünger geschätzt worden, als sie es tatsächlich war.

«Okay, wie lief es nach der Gründung?»

«Brigitta und Elisabeth wollten zunächst ihre eigenen Bücher verlegen, später beschlossen sie, jungen Autoren und Autorinnen eine Chance zu geben.»

«Was also als eine Art Hobby begonnen hatte, wurde zum Beruf?»

«Ja, und zur Berufung.»

«Wann haben Sie beim Verlag angefangen?»

«Vor …»

Nun musste sie aufpassen. Was hatte sie Feller erzählt? Das Problem an Lügen war, dass man sich darin verstricken konnte. «Es muss bald ein Jahr her sein.»

«Sie haben sich normal um diese Stelle beworben?»

Andrina nickte. Das Lügen fiel ihr in dieser Angelegenheit immer leichter.

«Was ist Ihre Rolle beim Verlag?»

«Ich bin Sekretärin und kümmere mich um alles, was organisatorisch anfällt. Zum Beispiel bin ich für Lesungen verantwortlich und den gesamten Schriftverkehr. Letztes Jahr habe ich eine Zusatzausbildung als Lektorin gemacht, um Gabi Hug entlasten zu können.»

«Zusatzausbildung?», hakte Wagner nach. «Wie genau sieht die aus?»

«In der Schweiz gibt es keine reglementierte Ausbildung. Man belegt Seminare.»

«Das haben Sie gemacht?» Andrina nickte. «Braucht man irgendwelche Grundausbildungen dazu?»

Sie schüttelte den Kopf. «Ein Hochschulstudium in Germanistik wäre wünschenswert.»

«Sie haben aber Geologie studiert. Das passt in meinen Augen nicht unbedingt zusammen. Oder sind Sie speziell begabt?» Röte schoss in Andrinas Gesicht. Ein Lächeln umspielte seine Lippen.

«Ich beneide Leute, die diese Fähigkeit haben. Ich bin froh, wenn meine Sekretärin an meinen Texten feilt, was das Sprachliche betrifft, und sie somit lesbar macht.» Er seufzte und trank einen Schluck Kaffee. «Haben Sie das Gefühl, Brigitta Clemens habe sich in letzter Zeit verändert?», wechselte er das Thema.

Das hatte er bereits am Freitag gefragt. Vermutlich gehörte es dazu, immer wieder dieselben Fragen zu stellen. Andrina schüttelte den Kopf. «Ich kann mir nach wie vor nicht erklären, warum sie es getan hat.»

«Hatte sie Schuldgefühle wegen Ulrich Strahms Tod?»

«Die haben wir gewissermassen alle.»

«Warum?»

Andrina holte tief Luft. «Wenn er nicht bei uns veröffentlicht hätte, wäre er noch am Leben.»

«Wieso glauben Sie das?»

«Sein Buch wäre nicht entdeckt worden, und er wäre keine Berühmtheit gewesen.»

«Das hätte bei einem anderen Verlag auch passieren können.»

«Ja, natürlich», musste Andrina ihm zustimmen.

«Könnte der Mord an Herrn Strahm etwas mit dem Verlag zu tun haben?»

«Warum das?» Andrina richtete sich auf.

«Ist der Cleve-Verlag zum Beispiel erpresst worden?»

Andrina schluckte schwer. Dann schüttelte sie den Kopf. «Nein.»

«Sind Sie sicher?»

«Das hätte Brigitta mir bestimmt gesagt.»

«Und Elisabeth Veldt? Würde sie Ihnen so etwas anvertrauen?»

«Das weiss ich nicht. Ich stehe Brigitta näher.»

«Finanzielle Probleme hatte der Verlag nicht?»

«Das haben Sie bereits gefragt. Nein, er hatte keine finanziellen Probleme.»

«Immerhin hat der Wirbel um Strahms Tod die Verkaufszahlen in die Höhe schnellen lassen.»

Das hatte Elisabeth am Nachmittag vor Brigittas Tod auch erwähnt. «Hoffentlich geraten wir nicht in Verdacht, ihn getötet zu haben», hatte sie gesagt.

Deutlich sah Andrina ihren Gesichtsausdruck vor sich, und plötzlich fröstelte sie. Elisabeth war an diesem Tag ziemlich unausstehlich gewesen. In ihrem Gesicht hatte jedoch ein anderer Ausdruck gelegen, als sie das gesagt hatte. Nein, einen Mord konnte sie Elisabeth beim besten Willen nicht zutrauen. Schliesslich spielte Geld bei den Schwestern keine Rolle. Cleve war wirklich so etwas wie ein zum Beruf gewordenes Hobby.

Wagner hatte sich vorgebeugt und musterte Andrina. Sie kam sich immer mehr wie eine Verräterin vor. Hoffentlich sagte sie nichts, was ihn in dieser Annahme bestätigen würde.

«Es würde auch Frau Clemens' Tod erklären.»

«Sie haben eine lebhafte Phantasie», brauste Andrina auf.

«Die benötigen wir, sonst würden viele Fälle nicht aufgeklärt werden.»

«Aber hier haben Sie eindeutig zu viel Phantasie.»

Wagner schwieg.

Erneut kamen Andrina Zweifel. Konnte er recht haben? Waren Brigitta und Elisabeth dazu fähig, einen Mord zu begehen, um die Verkaufszahlen eines Buches in die Höhe schnellen zu lassen? Eigentlich war das nicht nötig, denn Ulrich Strahms Buch war bereits vor seinem Tod ein Bestseller gewesen. Sonst hätte der Musicalkomponist Bold sicher nicht angefragt.

Es stimmte, was Wagner gesagt hatte. Die Verkaufszahlen waren nach Strahms Tod wirklich gestiegen, und sie mussten bereits über eine Neuauflage nachdenken. Das hatte Gabi gestern erzählt, als sie miteinander telefoniert hatten.

Auf der anderen Seite hatten Brigitta und Elisabeth genug Geld, und Andrina schätzte die Schwestern nicht als geldgierig ein. Im Gegenteil, Brigitta hatte viel Geld gespendet.

«Ich habe so viel davon. Da kann ich denen, die nichts haben, etwas abgeben», hatte sie gesagt.

Andrina spürte, wie Wagner sie beobachtete. Ihre Gedankengänge mussten in ihrem Gesicht erkennbar sein. Er schien in ihr wie in einem offenen Buch zu lesen.

«Frau Clemens hatte keine finanziellen Probleme, oder war sie in dubiose Geschäfte verwickelt?»

«Nein! Brigitta hat genug Geld und steckte es mit Sicherheit in keine dunklen Geschäfte.»

«Sie scheinen sich sehr sicher zu sein. Warum?»

«Sie unterstützte viele Hilfsprojekte.»

Andrina hielt inne. Sie hatte mehr gesagt, als sie wollte. Auf der anderen Seite wusste die Polizei bestimmt davon, und es wäre verdächtig, wenn sie nicht ehrlich antwortete.

«Ich weiss nicht, wie ich es erklären soll.» Andrina zögerte. Von ihrer Rolle dabei wollte sie ihn wirklich nichts wissen lassen.

«Ja?», fragte Wagner gedehnt.

Er beugte sich vor. Andrina fühlte sich immer mehr in die Ecke gedrängt.

«Frau Kaufmann, mir scheint, Sie wissen über Frau Clemens' finanzielle Situation sehr gut Bescheid. Muss ich annehmen, Sie haben etwas mit ihrem Tod oder mit der Ermordung von Herrn Strahm zu tun?»

Andrina presste ihre Lippen zusammen und schüttelte den Kopf. «Da das Ganze inzwischen in recht grosse Arbeit ausgeartet ist, unterstütze ich Brigitta auch beim Organisatorischen, was ihre Hilfsprojekte betrifft.»

«In grosse Arbeit ausgeartet? Organisatorisches? Was meinen Sie damit? Hin und wieder Geld zu überweisen, hat in meinen Augen nicht mit viel Arbeit zu tun. Man muss nur einen Einzahlungsschein ausfüllen.»

«Brigitta hat privat viele Anlässe mitorganisiert. Zum Beispiel einen Spielnachmittag für Kinder im Telliquartier. Es gab unter anderem eine Tombola. Den Erlös hat sie der Kinderkrebshilfe überwiesen.»

Wagner neigte den Kopf. «Entschuldigung, aber als einfache Sekretärin traue ich Ihnen keine so komplexe Arbeit zu. Man benötigt Kenntnisse zum Beispiel in Buchhaltung …»

In Andrina begann es zu brodeln. Es war nicht das erste Mal, dass man sie für unfähig hielt. Schon in der Schule war es so gewesen. Viele Lehrer sahen damals in ihr das dumme und rebellische Kind.

«Glauben Sie, weil ich Geologie studiert habe, bin ich dumm und verstehe nichts von Buchhaltung?», presste sie hervor. «Organisationstalent habe ich bis jetzt auch bewiesen!»

«Sie haben also Einblick in die finanzielle Situation?», unterbrach Wagner ihren Redefluss.

Andrina nickte.

Auf seinem Gesicht war ein zufriedener Ausdruck erschienen.

Andrina wurde mit einem Mal klar, dass er sie aus der Reserve hatte locken wollen, was ihm auch gelungen war. Nun konnte sie nicht mehr zurück und musste mehr preisgeben, als sie wollte. Das war auch ihm klar.

«Ich nehme mal an, sie hat mehrere Konten. Haben Sie Vollmachten dazu?»

Andrina wurde heiss. Erneut nickte sie. Wagners Augenbrauen schnellten in die Höhe.

«Zu allen?»

In diesem Moment klopfte es an der Tür. Die Sekretärin, die vorhin den Kaffee gebracht hatte, streckte den Kopf zur Tür herein.

«Entschuldige, Max. Herr Hofstetter ist da.»

Wagner schaute auf seine Uhr. «Was, schon so spät?» In seiner Miene spiegelte sich Unentschlossenheit wider. Und Frust. Eindeutig merkte Andrina ihm an, wie stark er es bedauerte, sie laufen lassen zu müssen.

«Es tut mir leid. Ich werde aber noch einmal mit Ihnen sprechen müssen, wir sind noch nicht fertig.»

Das klang wie eine Drohung. Andrina atmete trotzdem auf.

Es schien sich um einen wichtigen Termin zu handeln, wenn er sie erst einmal entliess. Das Bedauern in seinen Augen war überdeutlich.

Er erhob sich, reichte ihr die Hand und eilte aus dem Büro.

«Kommen Sie, ich begleite Sie hinaus», sagte die Sekretärin.

Andrina folgte ihr und hoffte, Feller würde ihr nicht über den Weg laufen.

Als Andrina das Schloss ihres Velos öffnete, überlegte sie, ob sie wirklich in den Verlag fahren sollte. Sie fühlte sich völlig gerädert. Viel geschlafen hatte sie die letzten Nächte nicht.

Andrina konnte sich nicht einmal mehr erinnern, was sie am Wochenende gemacht hatte. Sie wusste nur, dass sie mit Seraina telefoniert hatte. Es tat gut, mit ihr über Brigitta zu reden.

«Bist du wahnsinnig», rief Seraina aus, als Andrina von ihren Plänen berichtete, Brigitta nochmals sehen zu wollen.

Andrina hielt aber an ihrem Vorhaben fest.

Bevor sie aufgelegt hatten, hatte ihre Schwester sie gefragt, ob sie es sich mit den Hausbootferien überlegt habe. Sie solle darüber nachdenken. Besonders jetzt würde es ihr guttun.

Der Rest des Wochenendes lag im Dunkeln. Nur an den letzten Traum konnte sie sich erinnern: Brigitta, die mit hoch erhobenem Schwert über dem am Boden liegenden Ulrich Strahm stand.

Andrina rieb die Stirn und holte ihr Handy hervor. Sie rief Gabi an.

«Kommst du allein klar? Ich wäre froh, wenn ich heute nicht kommen müsste. Besonders wegen heute Nachmittag.»

«Willst du immer noch fahren?»

«Ja.»

«Ich bewundere dich, auch wenn ich es eine Schnapsidee finde. Nein, du brauchst heute nicht zu kommen. Ich schaffe es allein.»

***

Andrina fuhr dann doch nicht nach Hause. Sie bog zum Fluss ab und hielt kurz darauf vor Elisabeths Haus, das direkt an der Aare stand.

Zwar wusste sie nicht, ob es ein Fehler war herzukommen, denn Elisabeth hatte ihnen zu verstehen gegeben, dass sie momentan mit ihrer Familie allein sein wollte.

Nach dem Gespräch mit Wagner fühlte Andrina jedoch das dringende Bedürfnis, mit ihr zu reden.

Sie klingelte, und kurz darauf öffnete Elisabeth die Tür. Sie sah sehr blass aus und hatte dunkle Ringe unter den Augen. Ihre Miene verfinsterte sich, als sie Andrina erblickte, doch sogleich lächelte sie matt.

«Komm herein.»

Andrina folgte ihr ins Wohnzimmer. Elisabeth hatte die Fensterläden geschlossen. Aber es war im Gegensatz zu Fellers Haus gestern nicht kühl, sondern stickig und heiss.

«Mein Mann und die Jungs sind nicht da», sagte sie. «Sie haben Schule, und Dominic konnte nicht freinehmen.»

Sie setzte sich auf das Sofa. Andrina blieb zunächst unschlüssig stehen. Als Elisabeth keine Anstalten machte, sie zum Sitzen aufzufordern, liess sie sich auf einen Stuhl fallen.

«Was willst du?» Das klang ziemlich barsch, und Andrina war sich sicher, einen Fehler zu machen.

«Ich brauche jemanden zum Reden …»

«Ich nicht», fiel Elisabeth ihr ins Wort.

«… nachdem Wagner mich verhört hat.»

«Verhört?» Interesse blitzte in ihren Augen auf, das sogleich von Wachsamkeit abgelöst wurde.

Andrina begann vom Gespräch zu erzählen, und Elisabeths Gesicht verfinsterte sich zusehends.

«Sag mal, spinnst du eigentlich!», fuhr sie Andrina an.

Andrina verstummte augenblicklich.

«Was verbreitest du eigentlich für Lügen über uns!»

«Ich verbreite keine Lügen. Das hat alles Herr Wagner gesagt.»

«Du hast bereitwillig mitgemacht. Du lieferst uns der Polizei aus, und das, weil du ihm gefallen willst.»

«Wem gefallen?», rief Andrina. «Herrn Wagner?» Sie stiess ein heiseres Lachen aus. «Wohl kaum. Ich bin froh, wenn ich nicht mit ihm reden muss.»

«Ich meine nicht Herrn Wagner, sondern den anderen.»

Andrina brauchte eine Weile, bis sie verstand. «Herrn Feller?»

«Genau den.»

«Blödsinn!»

Andrina schluckte. War es ihr denn so gut anzusehen, dass sie in Fellers Anwesenheit immer mehr aus dem Takt geriet?

«Ausserdem habe ich es gewusst!»

«Was hast du gewusst?»

«Was bist du für eine falsche Schlange!» Andrina zuckte zusammen. «Brigitta hat es nie glauben wollen. Ich weiss gar nicht, was sie an dir fand.» Ihr Gesicht war wutverzerrt. «Mehr als einmal habe ich sie vor dir gewarnt.» Sie neigte sich nach vorne. «Aber Brigitta war viel zu gut. Sie hatte Mitleid, und du hast es ausgenutzt. Du hast ihr Vertrauen missbraucht.»

«Das ist nicht wahr.»

«Immer wieder habe ich es ihr gesagt. Aber nein!», rief sie. Ihre Stimme war inzwischen richtig schrill geworden. «Sie sah nur das arme Mädchen, das plötzlich allein auf dieser Welt war. Und das ist der Dank: Du verbreitest Lügen über uns.»

Elisabeth stand auf und lief im Wohnzimmer auf und ab. Andrina konnte sich nicht rühren. Ihr Inneres fühlte sich eiskalt an.

«Jetzt wird die Polizei erst recht bei uns herumstochern.»

Andrinas Hände zitterten. Sie verschränkte die Finger ineinander, damit Elisabeth es nicht bemerkte.

«Stimmt es denn, was Herr Wagner vermutet?»

«Raus!», kreischte Elisabeth. Andrina sprang auf. «Lass dich hier nie wieder blicken. Du beschmutzt Brigittas Erbe.»

Sie griff nach einer Vase, die auf dem kleinen Tischchen stand, holte aus und warf sie nach Andrina. Gerade rechtzeitig bückte sie sich.

Die Vase schoss an ihrem Kopf vorbei und prallte gegen die Wand. Scherben flogen durch das Zimmer. Eine traf sie am Arm und schnitt schmerzvoll in die Haut.

Andrina ergriff die Flucht und stürzte aus dem Wohnzimmer zur Haustür. Hinter ihr brüllte Elisabeth etwas, das Andrina nicht verstand. Sie riss die Tür auf, hechtete nach draussen und schnappte ihr Velo, das neben der Haustür stand und zum Glück nicht abgeschlossen war. So schnell, wie sie konnte, rannte sie den Gartenweg entlang zur Strasse. Dort sprang sie auf den Sattel und trat in die Pedale.

Sie raste den Uferweg der Aare entlang. Erst nachdem sie ein Stück gefahren war, hielt sie an und setzte sich auf eine Bank. Der Puls dröhnte in ihren Ohren, und sie bekam kaum Luft. Der Schweiss lief in dünnen Rinnsalen über ihr Gesicht und tropfte in die Augen.

Sie konnte immer noch nicht begreifen, was gerade geschehen war. Stimmte es am Ende, was Wagner vermutete? Hatten Elisabeth und Brigitta etwas mit Ulrich Strahms Tod zu tun?

Andrina versuchte, ruhiger zu atmen.

Nein, Brigitta bestimmt nicht, kam sie zum Schluss. Sie konnte sich nicht so in ihr getäuscht haben.

Und Elisabeth? Sogar ihr konnte Andrina keinen Mord zutrauen, auch wenn sie gerade diesen Ausbruch erlebt hatte. Sie musste vor Schmerz und Trauer um den Verlust ihrer Schwester nicht wissen, was sie tat.

Auf der anderen Seite war da ihr Gesichtsausdruck. Andrina hatte ihn noch nie gesehen, aber er hatte ihr einen Einblick in Elisabeths Inneres gegeben. Dort war Hass erkennbar gewesen. Hass gegenüber Andrina. War es Eifersucht auf sie und Brigitta? Brigitta hatte einmal erwähnt, Elisabeth könne ziemlich jähzornig sein. Andrina hatte es sich nie vorstellen können, doch nach dem heutigen Zwischenfall glaubte sie das aufs Wort.

Andrina wischte mit dem Handrücken über ihre Stirn. In einem Punkt hatte Elisabeth allerdings recht. Sie war selbstsüchtig. Anders war nicht zu erklären, dass Andrina sie mit dieser Sache behelligt hatte.

Andrina schloss die Augen. Die Vorwürfe taten trotzdem weh. Elisabeth war ihr gegenüber stets reservierter gewesen als die Zwillingsschwester, aber dass sie solchen Abscheu gegenüber Andrina empfand, riss eine tiefe Wunde. Für Andrina gehörte sie gewissermassen zur Familie.

«Ist Ihnen nicht gut?»

Andrina erschrak. Vor ihr stand ein älterer Mann mit einem Golden Retriever.

«Sie sind ganz blass», meinte der Rentner.

«Vermutlich bin ich etwas schnell mit dem Velo gefahren», sagte Andrina und verwünschte sich, weil ihre Stimme zitterte. «Es geht schon, vielen Dank.»

«Das sieht mir gar nicht danach aus.»

Der Mann hob die Augenbrauen und setzte sich neben sie.

«Platz, Asta», rief er, und die Hündin folgte sofort.

Sie legte den Kopf auf die Vorderpfoten und schielte mit den dunklen Augen zu Andrina auf.

Plötzlich schlug alles wie eine Woge über ihr zusammen. Andrina rutschte von der Bank, kniete sich zu dem Hund auf den Boden und schlang die Arme um den Hals. Sie drückte ihr Gesicht in das weiche Fell und brach in Tränen aus. Schluchzer schüttelten ihren Körper.

Der Golden Retriever hielt ganz still und leckte über ihren Arm. Andrina spürte eine Hand auf ihrer Schulter. Sie richtete sich auf.

«Entschuldigen Sie bitte», murmelte sie und wischte die Tränen aus den Augen.

«Ich weiss, es geht mich nichts an, aber eine hübsche junge Frau so traurig zu sehen, geht mir nahe. Möchten Sie mir erzählen, was passiert ist?»

Andrina schüttelte den Kopf und setzte sich neben den Rentner auf die Bank. Sie zog das Band aus den Haaren und fasste die Haare neu im Nacken zusammen.

«Es wäre vielleicht besser, denn Reden hilft. Wenn es eine unbeteiligte Person ist, umso besser. Das habe ich nach dem Tod meiner Frau gelernt.»

Andrina starrte auf das rasch dahinfliessende Wasser der Aare.

«Jemand, der mir sehr viel bedeutet, hat Selbstmord begangen.»

Der Mann neben ihr stiess die Luft aus, erwiderte jedoch nichts. Andrina zögerte.

«Ich glaube, ich kann nicht darüber reden. Es ist zu frisch.»

Sie senkte den Kopf. Ihr Blick fiel auf die Armbanduhr. Sie sprang auf.

«So spät», rief sie. «Ich muss zum Bahnhof, sonst verpasse ich den Zug nach Bern.»

«Sie müssen nach Bern?»

Andrina schaute in die dunkelbraunen Augen des Mannes. «Ich bin mit einem Polizisten am Gerichtsmedizinischen Institut verabredet.»

Der Rentner erbleichte. Er griff ihren Arm und drückte ihn.

«Ich wünsche Ihnen viel Kraft. Gott schütze Sie.»

SIEBEN

Andrina starrte auf Brigitta hinunter. Es sah beinahe so aus, als ob sie schliefe. Wenn da nicht die graue Gesichtsfarbe gewesen wäre. Auch das Make-up konnte die Blässe nicht kaschieren. Der rot geschminkte Mund leuchtete grell in dieser grauen Umgebung und passte gar nicht zu ihr. Man hatte nur den Kopf freigelassen. Die Decke lag unterhalb ihres Kinns.

Andrina tastete nach der Kette, die sie trug. Brigitta hatte sie ihr zum achtzehnten Geburtstag geschenkt.

Bilder flimmerten an ihrem inneren Auge vorbei: Brigitta, die ihr zur bestandenen Matura gratulierte. Brigitta, die ihr am achtzehnten Geburtstag ein kleines Päckchen überreichte. Brigitta, die das Sektglas hob, nachdem Andrina das Diplom für Geologie erhalten hatte. Brigitta am Strand in Süditalien. Brigitta, die Andrina bat, beim Verlag anzufangen. Brigitta, die sie ermutigte, das Lektoratsseminar zu besuchen. Brigitta, die Andrina am Todestag ihrer Eltern tröstete.

Brigitta war immer für sie da gewesen. Sie hatte ihr Halt gegeben. Was sollte sie ohne sie tun?

Andrina streckte die Hand zum Gesicht aus. Seitlich hinter ihr erklang ein scharfes Einatmen und das Rascheln eines Kittels.

Feller und der Arzt, Andrina hatte seinen Namen vergessen, waren zurückgetreten, nachdem Feller anscheinend sicher sein konnte, dass sie nicht ohnmächtig wurde.

Sie war ihnen dankbar, weil sie sich diskret im Hintergrund hielten.

Ihre Hand verharrte in der Luft, und plötzlich gab es nur sie und Brigitta.

«Warum hast du das getan?», murmelte Andrina. «Du hast damals gesagt, es ist feige, sich aus dem Leben zu stehlen. Damals, als ich zu diesen schrecklichen Menschen musste. Erinnerst du dich nicht mehr daran?»

Andrina wartete und hoffte, irgendwo in ihrem Kopf Brigittas Stimme zu hören, die ihr den Grund für ihr Handeln erklärte. Es blieb ruhig.

«Ich brauche dich. Elisabeth braucht dich. Viele Leute brauchen dich. Hast du das vergessen?»

Immer noch keine Brigitta, die in Gedanken zu ihr sprach.

«Was soll ich ohne dich tun? Ich habe niemanden mehr. Ja, ich weiss, Seraina ist auch da, aber das ist nicht das Gleiche.»

Ein Aufschluchzen hallte von den Wänden wider. Andrina schaute kurz auf und erkannte, dass es ihr eigener Schluchzer gewesen war. Sie senkte den Kopf. Es war Zeit, Lebewohl zu sagen, denn bald waren bestimmt die zehn Minuten vorbei, die ihr der Arzt zugebilligt hatte.

Andrina senkte den Arm und berührte mit den Fingerspitzen Brigittas Wange. Sie fühlte sich kalt an. Unnatürlich kalt. Wie Wachs. Behutsam strich sie die Wange entlang.

«Du warst immer für mich da», flüsterte sie. «Ich weiss nicht, was ich ohne dich gemacht hätte, und werde es dir nie vergessen.»

Andrina schluckte. Eine Träne bahnte sich ihren Weg über die Wange. Andrina wischte sie nicht fort.

«Wo du auch immer sein magst, ich hoffe, es ist ein besserer Ort, und du bist glücklich dort. Ich werde dich vermissen.»

Tränen liefen ungehindert über ihre Wangen.

«Leb wohl.»

Andrinas Hand stiess gegen das Tuch. Es rutschte ein wenig herunter und legte einen roten Streifen um Brigittas Hals frei. Andrina sog die Luft ein.

«Nein!», schrie sie auf und taumelte nach hinten.

Arme fingen sie auf. Andrina wurde herumgedreht und festgehalten. Ihr Kopf wurde gegen eine Schulter gepresst. Der Geruch von Fellers Rasierwasser mischte sich mit dem des Desinfektionsmittels.

«Ich denke, es ist genug», sagte er leise und führte sie aus dem Raum.

Im Gang löste Andrina sich aus seinem Griff. Feller machte einen Schritt auf sie zu. Aufmerksam musterte er sie.

«Ich kippe nicht um», fuhr Andrina ihn an.

Er neigte den Kopf, sagte aber nichts.

«Ich … Entschuldigen Sie bitte.»

Andrina wandte sich ab und atmete tief ein. Mit dem Handrücken wischte sie über ihr Gesicht. Plötzlich verursachte die mit Desinfektionsmittelgeruch geschwängerte Luft ihr Übelkeit.

Eine Tür wurde geöffnet und wieder geschlossen.

«Danke, Beat», sagte Feller hinter ihr.

«Gern geschehen. Ich melde mich morgen bei dir wegen der Blutuntersuchungen.»

«Ist gut», erwiderte Feller.

Schritte, die sich entfernten, waren zu hören.

Liess er sie etwa allein? Hier? Panik schlug zu.

Andrina fuhr herum und stiess beinahe mit Feller zusammen. Der Arzt verschwand rechts in einem Gang.

«Kommen Sie», meinte Feller. «Frische Luft tut uns beiden gut.»

Wie sie aus dem Gewirr der Gänge hinausfanden, konnte Andrina später nicht mehr nachvollziehen. Plötzlich blendete sie die Sonne.

Andrina blinzelte und atmete tief durch. Doch sie empfand die Luft draussen als genauso stickig wie drinnen. Fellers Schulter berührte ihre. Andrina trat einen Schritt zur Seite.

«Vielen Dank, dass ich sie noch einmal sehen durfte», sagte sie und reichte ihm die Hand.

«Ich bringe Sie nach Hause.»

«Das brauchen Sie nicht. Ich kann genauso gut wieder den Zug nehmen.»

«Ich glaube, es ist besser, wenn Sie jetzt nicht allein sind.» Andrina schüttelte den Kopf. «Sie sind sehr blass.»

Andrina rieb mit den Handflächen über ihre Wangen.

Feller lächelte. «Es tut mir leid, aber das hilft nicht viel. Trinken wir einen Kaffee.»

Andrina schüttelte nochmals den Kopf.

«Doch», meinte Feller bestimmt. «Es wird Ihnen guttun.»

Er dirigierte sie die Strasse entlang. Schweigend gingen sie nebeneinanderher. Andrina nahm den Weg gar nicht wahr. Ihre Gedanken schweiften zurück zu Brigitta, wie sie in diesem kalten und abweisenden Raum auf der Bahre gelegen hatte.

Dieser Striemen um ihren Hals. Andrina wurde bewusst, nie nachgefragt zu haben, welche Methode sie gewählt hatte. Sich erhängen passte von den möglichen Selbstmordmethoden am wenigsten zu Brigitta. Vermutlich würde sie nie erfahren, warum Brigitta es getan hatte.

Andrina erschrak, als Feller plötzlich stehen blieb und sie fragte, ob sie lieber draussen oder drinnen sitzen wolle.

«Draussen», stammelte sie.

Feller setzte sich ihr gegenüber. Der Kellner kam sofort.

«Normalen Kaffee, Espresso oder Cappuccino?», fragte Feller.

Eigentlich wollte sie nichts, denn sie war sich nicht sicher, wie ihr Magen darauf reagieren würde.

«Cappuccino», sagte sie trotzdem.

Kurz danach standen die beiden Getränke vor ihnen.

Feller nahm einen Schluck von seinem Espresso.

Andrina senkte den Kopf, um dem prüfenden Blick seiner Augen auszuweichen. Sie streute Zucker auf den Schaum. Mit dem Löffel führte sie etwas Schaum zu ihren Lippen. Der Geschmack süsser Milch breitete sich im Mund aus.

Andrina schluckte und wartete auf eine Reaktion des Magens. Nichts passierte. Sie tauchte den Löffel von Neuem in den Schaum.

«Sie müssen sich sehr nahegestanden haben.»

Andrinas Kopf ruckte hoch, und der Löffel verharrte auf halbem Weg zu ihrem Mund.

«Warum meinen Sie?» Sie zwang sich, den Schaum erneut abzuschlecken.

«Normalerweise bitten mich, wenn überhaupt, Familienangehörige darum.»

«Worum?» Andrina legte den Löffel neben die Tasse.

«Jemanden nochmals sehen zu dürfen», sagte er. «Die meisten trauen sich nicht, was verständlich ist.»

Andrina schwieg.

«Sie wollen nicht ein solches Bild von demjenigen, der ihnen nahesteht, als Letztes in Erinnerung behalten.»

Andrina erwiderte immer noch nichts.

«Aber Sie müssen Frau Clemens sehr geliebt haben, wenn Sie so etwas auf sich nehmen.» Andrina nagte an ihrer Unterlippe. «Ausserdem sagt die Art und Weise, wie Sie sich verabschiedet haben, viel.»

«Verabschiedet?» Andrinas Stimme war rau.

«Du warst immer für mich da. Ich weiss nicht, was ich ohne dich gemacht hätte, und werde es dir nie vergessen. Ich werde dich vermissen. Leb wohl.» Feller neigte den Oberkörper nach vorne.

Ihre Worte. Andrina schluckte. Hatte sie ihre Gedanken wirklich ausgesprochen? Es war ihr nicht bewusst, es laut gesagt zu haben.

«Wo du auch immer sein magst, ich hoffe, es ist ein besserer Ort, und du bist glücklich dort», fuhr Feller fort. «Ich habe bereits viele Leute trauern gesehen, aber so etwas habe ich noch nie erlebt.»

Tränen schossen in Andrinas Augen. «Bitte hören Sie auf», presste sie hervor.

«Was war zwischen Ihnen und Frau Clemens?»

«Das geht Sie nichts an!»

«In einem Mordfall geht mich das sehr viel an.»

«Mord?!», stiess Andrina hervor.

Feller zuckte zurück. Deutlich sah sie den Schreck in seinen Augen.

«Bis Freitag hiess es, sie habe sich das Leben genommen», setzte sie nach. «Warum ist es plötzlich Mord?»

Feller lehnte den Kopf in den Nacken und schloss die Augen. Sein Mund bewegte sich. Zwar drang kein Laut über die Lippen, aber Andrina konnte das Wort ablesen, das sie formten: Scheisse.

Es dauerte eine Weile, bis er sprach. «Okay. Aber es bleibt unter uns. Wenn ich von irgendwoher gefragt werde, ob es stimmt, dass es sich bei Frau Clemens um Mord handelt, sind Sie dran.» Der harte Zug, der sich um seinen Mund legte, liess Andrina frösteln. «Ist das klar?», fragte er mit einer Schärfe in der Stimme, die Andrina ihm nie zugetraut hätte. Sie nickte.

«Wie kommen Sie darauf, es sei Mord?» Ihre Stimme klang fremd in ihren Ohren.

«Ich stelle hier die Fragen.»

«Nein, ich will es wissen, Brigitta ist meine …»

«Ihre was? Liebhaberin?»

«Mutter.»

«Was?»

Jetzt war es Andrina, die ihre Augen schloss und mit den Lippen lautlos «Scheisse» formte. Als sie ihn wieder ansah, umspielte ein Lächeln seine Lippen.

«Offenbar sind wir quitt. Sie war Ihre Mutter?»

Andrinas Stimme zitterte, als sie weitersprach. «Sie ist es nicht im biologischen Sinne.»

«Nicht biologisch? Das müssen Sie mir aber erklären. Hat Frau Clemens Sie adoptiert?»

«Gewissermassen.»

«Moment.» Feller hob die Hände. «Ich verstehe gar nichts mehr. Fangen Sie bitte einfach von vorne an.»

Andrina schüttelte den Kopf. «Ich kann nicht ...»

«Nun haben Sie bereits so viel gesagt. Jetzt möchte ich auch den Rest wissen. Und», er beugte sich wieder vor, «es geht um Mord.»

Andrina starrte auf die Kaffeetasse. Sie nahm den Löffel und drehte ihn zwischen ihren Fingern. Sie hatte das Gefühl, neben sich zu stehen und sich und Feller zu beobachten.

«Als ich fünfzehn war, starben meine Eltern bei einem Autounfall. Ich ...»

Sie holte Luft. Es war sehr schwer, darüber zu reden.

«Sie kamen aus den Winterferien. Den Tag haben sie das schöne Wetter auf der Skipiste genutzt und sind erst am Abend abgefahren. Ihnen ist ein Falschfahrer entgegengekommen. Mein Vater muss das Steuerrad herumgerissen haben und ist gegen einen Baum geprallt. Der Unfallverursacher beging Fahrerflucht. Er wurde nie gefasst.»

Andrinas Hände zitterten. Sie legte den Löffel ab, verschränkte die Finger ineinander und legte sie vor sich auf den Tisch.

«Das tut mir leid», sagte Feller, als Andrina schwieg.

«Ich kam zu Pflegeeltern.»

«Und Ihre Schwester?»

«Seraina ist fünf Jahre älter. Sie konnte für sich allein sorgen. Meine Schwester hat sogar die Vormundschaft für mich beantragt, aber sie wurde abgelehnt, da sie in Ausbildung war.»

Andrina trank einen Schluck Cappuccino, der sie tatsächlich ein wenig beruhigte.

«Sie kamen also zu Fremden?»

«Ja. Meine Pflegeeltern waren ...» Sie suchte nach einem Wort. «Okay.» Das klang sehr lahm, aber Feller ging nicht weiter darauf ein. «Sie sorgten für mich, und mir fehlte es an nichts. Ich kann ihnen also nichts Schlechtes nachsagen. Eines gaben sie mir jedoch nicht.»

«Das war?», hakte Feller nach.

«Geborgenheit. Sie konnten keine Kinder bekommen und hatten sich immer ein kleines Pflegekind gewünscht. Im Idealfall ein Baby, das sie nach ihren Vorstellungen formen und dem sie Liebe geben konnten. Eine Fünfzehnjährige, die bereits ihre eigenen Vorstellungen hatte, passte da nicht rein. Eins haben sie übersehen. Mit fünfzehn braucht man genauso jemanden, der einem zuhört, Ratschläge gibt oder einfach für einen da ist. Besonders in dieser Zeit.»

«Das fanden Sie bei Frau Clemens?»

Andrina nahm den Löffel und rührte im Cappuccino.

«Sie war meine Deutschlehrerin. In der Schule sackte ich ziemlich ab. Ich wurde aufmüpfig und unausstehlich. Ich störte den Unterricht und wäre beinahe von der Schule geflogen. Brigitta legte ein gutes Wort für mich ein. Sie hatte begriffen, was ich brauchte.» Andrina stiess ein heiseres Lachen aus. «Ihr verdanke ich, wenn ich ein halbwegs anständiger Mensch geworden bin. Sie verhinderte, dass ich auf die falsche Bahn geriet, wenn man so will. Brigitta hat es sogar geschafft, dass ich an die Kantonsschule gehen konnte.» Andrina legte den Löffel auf die Untertasse und hob den Kopf. «Sie hat für mich ein sogenanntes Ausnahmejahr erreicht. Wenn ich das bestehe, dürfe ich die Matura machen. Das allerdings nur, weil meine Leistungen bis zum Tod meiner Eltern gut waren.»

«Ich nehme an, Sie haben die Matura geschafft, sonst gäbe es kein Geologiestudium.»

Andrina nickte. Sie war die drittbeste Schülerin ihres Jahrgangs gewesen. Das sagte sie Feller allerdings nicht.

«Sie …» Andrina brach ab und stützte den Kopf auf ihre Hände.

«Warum haben Sie gelogen?»

Andrina schaute auf. «Ich? Gelogen? Wann? Jetzt?»

«Nicht jetzt, sondern vor einigen Tagen, als ich Sie fragte, ob Sie Brigitta Clemens länger kennen.»

Zunächst verstand Andrina nicht, wovon er sprach, doch dann wurde ihr heiss. Er hatte sie damals durchschaut. Und er hatte es nicht vergessen.

«Gewisse Dinge gehen niemanden etwas an.»

In Fellers Gesicht trat ein bestimmter Ausdruck, und Andrina war klar, was er als Nächstes sagen wollte.

«Bei Mord aber schon, ich weiss», kam sie ihm zuvor. Seine Mundwinkel zuckten leicht. «Ich habe Ihnen angesehen, dass Sie mir nicht glaubten.» Feller neigte den Kopf. «Mir ist ausserdem klar, dass ich mich damals in den Fokus der Polizei gerückt habe. Das ist mir erst hinterher bewusst geworden. Es tut mir leid, wenn …» Sie hielt inne. «Ich bitte Sie trotzdem, das Gespräch vertraulich zu behandeln.» Fellers linke Augenbraue hob sich kaum merklich. «Soweit das überhaupt bei Ihren Mordermittlungen möglich ist.»

Andrina legte den Kopf in den Nacken. Tränen brannten in ihren Augen.

«Ich verstehe, wie schmerzlich das alles für Sie ist. Und welche Wunden der Tod von Frau Clemens wieder aufreisst oder neu verursacht.» Andrina schloss für einen Moment die Augen. «Trotzdem habe auch ich eine Bitte. Verheimlichen Sie bitte nichts mehr oder weichen auf Lügen aus. Seien Sie ehrlich, auch wenn es sehr schmerzhaft ist. Anderes führt zu Problemen. Für beide Seiten. Ich versuche von meiner Seite im Gegenzug Sie, soweit es möglich ist, aus der Sache herauszuhalten.»

Andrina senkte den Kopf. Feller legte seine Hand auf ihre. Eine Träne tropfte auf seinen Handrücken.

«Ich denke, das reicht fürs Erste», meinte er. «Fahren wir nach Hause.»

«Oh, verflixt!», stiess Feller aus und bremste scharf. «Immer an der gleichen Stelle.»

Andrina schaute auf und nahm zum ersten Mal den dichten Verkehr wahr.

«… Unfall zwischen Härkingen und Rothrist in Richtung Zürich», meldete sich der Radiosprecher zu Wort. «Die rechte Fahrspur ist gesperrt. Mehrere Kilometer Stau.»

«Das musst du mir nicht sagen», knurrte Feller. «Hier ist die Katastrophe grundsätzlich vorprogrammiert. Wir hätten keinen Kaffee trinken sollen.» Er fuhr mit der Hand durch seine Haare und warf Andrina einen Seitenblick zu. «Jetzt stecken wir im Berufsverkehr fest. Wenn es einen Unfall gegeben hat, kann das länger dauern. Sie wären mit dem Zug bestimmt schneller gewesen, wenn ich nicht so egoistisch gewesen wäre.»

«Wie bitte?»

«Ich wünsche allen eine sichere und gute Fahrt», sagte der Moderator, und dann erklang Popmusik.

«Ich habe alles darangesetzt, Sie zu überreden, mit mir zu fahren, damit ich Gesellschaft habe.»

«Eine besonders gute Gesellschaft bin ich allerdings nicht.»

Er lächelte. «Etwas schweigsam sind Sie. Das stimmt, aber ich kann es verstehen.»

Feller schaltete in den ersten Gang und fuhr einige Meter, bevor er wieder anhalten musste. Er warf ihr wieder einen Seitenblick zu.

«Mein Blaulicht müssen Sie nicht während der ganzen Fahrt halten. Sie können es ruhig auf den Boden oder auf die Rückbank legen.»

Mit den Daumen klopfte er im Takt zur Musik, die aus dem Radio erklang, auf das Lenkrad.

«Was?», setzte Andrina an und betrachtete das mobile Blaulicht in ihren Händen.

Sie konnte sich erinnern, dass es auf dem Beifahrersitz gelegen hatte, als sie eingestiegen war. Sie musste es während der ganzen Fahrt gehalten haben. Falsch, sie hatte sich daran festgehalten. Andrina drehte es in den Händen und betrachtete die glatte Unterseite.

«Es ist magnetisch. Daher hält es auf dem Autodach», erklärte Feller und fuhr einige Meter.

Andrina drückte auf einen Knopf. Sofort fing das Licht zu blinken an, und sie hätte es beinahe fallen gelassen.

«Mist», rief sie und beeilte sich, es wieder auszuschalten. «Entschuldigung.»

«Macht nichts», erwiderte er.

In seinen Augen blitzte Belustigung auf.

Andrina legte es auf die Rückbank. Als sie ihn ansah, war die Belustigung in seinem Gesicht nicht verschwunden. Ein Lächeln umspielte seine Lippen. Sie spürte, wie sie rot wurde, und konzentrierte sich auf das Bremslicht des Wagens vor ihnen.

«Was genau hat es mit diesen Hilfsprojekten auf sich? Sie sind offenbar die einzige Mitarbeiterin, die Frau Clemens in dieser Sache unterstützt hat.»

Andrina versteifte sich. «Woher wissen Sie davon?»

Feller schwieg, und Andrina fühlte sich gezwungen, ihn anzusehen. Er neigte den Kopf. Natürlich hatte Wagner mit ihm gesprochen.

Andrina öffnete den Mund, aber Feller kam ihr zuvor. «Bevor Sie etwas sagen, möchte ich Sie an unsere Abmachung erinnern. Keine Lügen.»

Andrinas Herzschlag beschleunigte sich. Er fuhr einige Meter und hielt wieder an.

«Wie soll ich es erklären?», setzte sie nach einer Weile an. «Brigitta hat es nie als selbstverständlich betrachtet, so viel Geld zu haben. Sie wollte immer etwas abgeben. Elisabeth ist da anders und hat sie nie verstehen können. Brigitta unterstützte verschiedene Hilfsorganisationen. Nicht nur mit Geld, sondern auch mit aktiver Hilfe. Damit meine ich, dass sie private Anlässe mitorganisierte. Einen Kinderspielenachmittag oder ein Turnfest. Sie half beim Pferderennen in Aarau mit. Diese Anlässe nutzte sie, um Spenden zu sammeln, die sie dann einer Hilfsorganisation zukommen liess. Zum Beispiel für die Opfer des Tsunamis in Japan oder für die Kinderkrebshilfe.»

«Moment, sie hat neben dem Verlag noch in Hilfswerken gearbeitet?»

«Nein, sie hat sich als Privatperson engagiert. Das Ganze wurde immer arbeitsintensiver. Brigitta konnte schlecht Nein sagen. Da sie bei Elisabeth keine Unterstützung fand und ausserdem recht chaotisch ist, was Organisatorisches betrifft, hat sie mich gebeten, ihr zu helfen.»

«Okay», murmelte Feller. «Was ist genau Ihre Rolle bei dem Ganzen? Max hat mir berichtet, Sie sind die einzige Mitarbeiterin, die sämtliche Vollmachten hat. Auf alle Konten?»

Andrina schüttelte den Kopf. «Brigitta wollte es zuerst, aber ich habe mich geweigert, auch Zugriff auf ihr privates Konto zu bekommen. Ich habe die Vollmachten für die Konten, die sie für ihr Hilfsengagement eröffnet hatte.»

«Ein ziemlicher Vertrauensbeweis», sagte Feller.

«Ich weiss. Mir war es ja auch nicht recht.»

«Sie wissen also sehr gut über Frau Clemens' finanzielle Situation Bescheid.» Feller trat abrupt auf die Bremse und schaute sie an, als sie nicht antwortete.

«Ja», brachte sie hervor.

«Sie haben also wirklich Einblick in alles?», hakte er nochmals nach.

Andrina nickte. «Keine krummen Geschäfte», kam sie Fellers Frage zuvor. «Es ist alles sauber. Auch einen Grund für Brigittas Ermordung kann ich nicht erkennen. Die Gelder sind nur für Spenden verwendet worden. Kein Schwarzgeld, keine Erpressungen und was sonst alles möglich ist.»

«Darf ich mir die Unterlagen trotzdem ansehen?»

«Sie sind im Büro des Verlags.»

«Beim Einbruch ist nichts davon verschwunden?»

«Nein. Das habe ich überprüft.»

«In diesem Fall komme ich zu Ihnen ins Büro. Aber nicht mehr heute.» Feller fuhr einige Meter und hielt erneut an.

«The show must go on», schmetterte Freddie Mercury aus dem Radio.

«Das muss eher *the Stau must go on* heissen», brummte Feller und seufzte.

Andrina lächelte.

«Das sollten Sie öfter tun.»

«Was?»

«Lächeln.»

Sie spürte, wie sie errötete, und senkte den Kopf. «Sie haben mir immer noch nicht gesagt, warum ich Brigitta nochmals sehen durfte. Wie haben Sie Herrn Wagner überzeugen können? Weiss er überhaupt davon?» Nach wie vor konnte sie sich nicht vorstellen, dass Wagner eingewilligt haben könnte.

«Wann haben Sie eigentlich das letzte Mal etwas gegessen?», fragte Feller, ohne auf ihre Frage einzugehen.

«Das Letzte, das ich getrunken habe, war der Cappuccino», erwiderte sie erstaunt.

«Das läuft für mich nicht unter Essen. Ausserdem haben Sie nur die Hälfte getrunken.»

Andrina schwieg und starrte auf das Auto vor ihnen.

«Das habe ich mir gedacht», sagte Feller und setzte den Blinker. «Zeit für eine Pause.»

«Was? Aber der Stau.»

Feller fuhr auf den Parkplatz der Raststätte und hielt an. «Der

Stau läuft uns nicht davon. Er wird auch später da sein. Es ist Zeit für ein frühes Abendessen.»

«Ich habe keinen Hunger.»

«Das macht nichts.»

«Ich bekomme nichts herunter.»

Andrinas Magen zog sich zusammen und signalisierte, dass er durchaus etwas vertragen konnte. Trotz allem.

«Sie werden etwas essen. Es bringt nichts, wenn Sie zusammenbrechen.»

Er zog den Autoschlüssel aus der Zündung, und der Motor verstummte. Feller wandte sich zu ihr um.

«Woher stammt Frau Veldts und Frau Clemens' Geld?»

«Der Grossvater besass ein Weingut in der Westschweiz. Allerdings war Brigittas und Elisabeths Vater mehr in der Finanzwelt als auf einem Rebberg daheim. Er hat sich von seinem Bruder auszahlen lassen und das Geld gewinnbringend angelegt.»

Feller nickte und öffnete die Tür. Schwülheisse Luft strömte ins Wageninnere.

«Vielen Dank, dass Sie mich nach Hause gefahren haben», sagte Andrina und löste den Sicherheitsgurt. «Danke auch für das Abendessen.»

Sie hatte unter Fellers wachsamen Augen die Hälfte der Spaghetti heruntergewürgt, die nun wie ein Klumpen im Magen lagen.

«Das ist wirklich gern geschehen.»

«Dabei hätten Sie bestimmt Besseres zu tun, als mit mir essen zu gehen. Sie müssen den Mord an Ulrich und an Brigitta aufklären.»

Er lächelte. «Ja, momentan haben wir eine Menge zu tun, aber eine Pause tut mir auch einmal gut.»

Andrina wandte sich zu ihm um. «Haben Sie schon etwas zu dem Mord an Ulrich herausgefunden?» Feller neigte den Kopf. Sie schaute aufs Lenkrad. «Sie dürfen bestimmt nicht darüber reden. Entschuldigen Sie bitte meine Neugier.» Andrina machte Anstalten auszusteigen, aber Feller hielt sie am Arm zurück.

«Es stimmt, ich darf mit Ihnen nicht darüber reden. Allerdings gibt es nichts, worüber ich gross sprechen könnte. Wir sind keinen Schritt weitergekommen. Sind Frau Kraus und Frau Bühler bereits zu Hause?»

Andrina schüttelte den Kopf. «Vermutlich nicht.»

«Sind Sie sicher, allein sein zu können?»

«Das ist genau das, was ich brauche. Aber es hat mir gutgetan, nicht allein mit dem Zug nach Hause fahren zu müssen.»

Er lächelte. «Wenn etwas ist, melden Sie sich bitte. Rufen Sie mich jederzeit auf meinem Handy an.»

«Danke.»

«Morgen bin ich wegen –», er zögerte, «der Ermittlungen zum Fall Strahm unterwegs, aber ich würde gerne übermorgen gegen Abend zu Ihnen ins Büro kommen. Sind Sie einverstanden?»

«Das ist okay», sagte Andrina, obwohl sie nicht wusste, wie sie mit der Situation umgehen sollte.

Durfte sie ihm überhaupt so ohne Weiteres einen Einblick in die Unterlagen gewähren? Diese Entscheidung lag eigentlich bei Elisabeth. Immerhin hatte sie zwei Tage, sich darüber klar zu werden.

Sie stieg aus und schlug die Tür zu. Feller hob die Hand und fuhr ab.

Warum fühlte sie bei Feller das Gleiche, was sie damals nach dem Tod ihrer Eltern in Brigittas Gegenwart gespürt hatte? Nein, es war nicht das Gleiche, aber es ging in dieselbe Richtung. Heute hatte sich etwas verändert.

Andrina sah nicht mehr den Polizeibeamten in ihm, sondern … Ja, was eigentlich? Auf einmal wünschte sie, sie hätte ihn gebeten zu bleiben. Er war einer der wenigen Menschen, die sie im Moment um sich herum ertragen konnte.

Eigentlich war er der Einzige, wurde ihr klar. Alle anderen drückten ihr Mitleid aus, was die Sache verschlimmerte. Ausserdem konnten sie ihre Neugierde schlecht verbergen.

Sie wusste nicht, was Feller genau machte, aber er tat ihr gut. Das hatte sie auf der Heimfahrt und im Restaurant der Raststätte gespürt. Sie schaute immer noch auf die Stelle, wo der Wagen verschwunden war.

Andrina straffte die Schultern und schlug den Weg zum Haus ein. Momentan wollte sie sich nicht damit auseinandersetzen, was diese Erkenntnis bedeutete.

Richtung Jura türmten sich die Wolken auf und wurden immer dunkler. Eine Windböe fegte ihr entgegen. Andrina machte am

Briefkasten halt. Sie holte die Briefe heraus, klemmte sie unter den Arm und marschierte auf das Haus zu.

Zum Glück waren Barbara und Lisa bei der Arbeit. Lisa hatte Geschäftskunden, und Barbara leitete ein Seminar. Sie würden frühestens in einer Stunde nach Hause kommen.

Andrina schloss die Tür auf. In diesem Moment wurde sie gepackt, zur Seite geschleudert und so fest gegen die Tür gepresst, dass sie für einen Moment keine Luft bekam. Andrina liess die Briefe fallen und hob die Hände.

«Du hast mich verpfiffen, du hinterhältige Schlange.»

«Eric!», keuchte Andrina. «Lass mich bitte los.»

«Erst will ich wissen, warum du Lügen über mich verbreitest.»

Der Geruch von Bier stieg in Andrinas Nase.

«Ich habe keine Lügen verbreitet.»

«Das ist wieder gelogen. Du hast mir diesen Polizisten auf den Hals gehetzt», zischte er.

Sie wandte den Kopf ab, aber Eric griff unter ihr Kinn und zwang sie so, ihn anzusehen.

«Welchen Polizisten?»

«Diesen Typ mit dem tollen Schlitten. Keller oder so.»

«Feller.»

«Genau, den.»

«Ich habe ihn dir nicht auf den Hals gehetzt.»

«Oh doch!», zischte er. Speicheltropfen spritzten in Andrinas Gesicht. «Warum kreuzt der bei mir auf und stellt mich zur Rede?»

«Er hat was?» Andrina schluckte.

«Bin ich dir nicht mehr gut genug? Klar, ich fahre keinen so schnittigen BMW.»

«Wir sind nicht mehr zusammen, Eric.» Andrina bemühte sich um einen sachlichen Ton, um ihrer Stimme einen festen Klang zu geben.

«Das siehst du so.»

Andrinas Herz hämmerte in ihrer Brust. Von der Strasse aus konnte sie niemanden sehen, es sei denn, es kam jemand den Gartenweg entlang.

Vielleicht schaute bei dem Nachbarsblock gerade jemand aus dem Fenster und rief die Polizei. Verlassen konnte sie sich jedoch nicht darauf.

«Ich kenne Herrn Feller gar nicht richtig.»

«Lüge!», zischte er. Neue Speicheltropfen trafen Andrinas Gesicht.

«Ich kenne ihn auf jeden Fall nicht so, wie du denkst.»

«Nochmals eine Lüge!» Er schlug Andrina ins Gesicht. «Wer ist denn vorgestern nach dem Joggen in seinem Haus verschwunden.»

Woher wusste er das?

«Es hat aus Kübeln gegossen.»

«Was hast du da drin gemacht?»

«Gewartet, dass es aufhört zu regnen.»

«Und ihr habt euch nett die Zeit vertrieben. Ist er etwa besser im Bett als ich?»

«Wir haben nicht miteinander geschlafen.»

Eine weitere Ohrfeige traf Andrinas Wange. Warum kam niemand?

«Gerade bist du aus seinem Wagen gestiegen.»

«Wir waren in Bern. In der Gerichtsmedizin.»

«Holst du dir den Kick etwa in der Leichenhalle? Das kann ich dir natürlich nicht bieten.»

Tränen schossen in Andrinas Augen. «Brigitta ist tot und musste obduziert werden.»

«Die Hexe ist tot?» Eric lachte. «Geschieht ihr recht!»

«Lass mich los!»

Eric schob sein Gesicht vor ihres. «Du machst am besten gleich wieder Schluss mit ihm, denn du gehörst mir.»

«Ich gehöre niemandem. Ich bin nicht mit ihm zusammen.»

«So wie er dich angeschaut hat, als du ausgestiegen bist? Und wie du ihm nachgesehen hast. Glaube mir, den Blick kenne ich.»

Er drückte Andrina fester an die Wand und versuchte sie zu küssen. Andrina presste die Hände gegen seine Brust und zog ihr rechtes Bein ruckartig an.

Eric schrie auf und fasste sich mit einer Hand an den Schritt. Andrina schlüpfte unter seinem linken Arm durch ins Haus. Sie schlug die Tür zu. Eric rüttelte an der Türklinke. Andrina lehnte sich mit ihrer ganzen Kraft dagegen. Ihre Hand zitterte, als sie versuchte, den Schlüssel ins Loch zu schieben.

Eric hämmerte gegen die Tür und stiess Verwünschungen aus. Die Tür öffnete sich einen Spalt. Andrina lehnte sich mit aller

Kraft dagegen und traf endlich das Schlüsselloch. Die Tür schob sich ein Stück weiter auf.

«Bitte nicht», stiess Andrina aus und warf sich mit letzter Kraft gegen die Tür, die ins Schloss einrastete. Gleichzeitig drehte sie den Schlüssel.

Eric trommelte mit den Fäusten gegen das Holz.

«Wir sprechen uns noch. Wenn du meinst, mich so abspeisen zu können, hast du dich getäuscht.»

Schritte entfernten sich, dann war es ruhig. Andrina hörte nur ihr eigenes Keuchen. Sie rutschte an der Tür hinunter und lehnte sich dagegen.

Er hatte ihr aufgelauert. Sie legte ihren Kopf auf die Knie und weinte. Es hatte eine andere Dimension angenommen. Eric wurde immer gewalttätiger.

Kurz erwog sie, Feller anzurufen, verwarf den Gedanken aber sofort. Sie konnte ihn nicht schon wieder behelligen. Er war mit wichtigeren Dingen beschäftigt und musste zwei Mörder finden. Den von Ulrich Strahm und den von Brigitta.

Andrina hob den Kopf und schaute auf die am Boden verstreuten Briefe.

Einer war mit ihrem Namen beschriftet. Sie riss ihn auf. Ein einzelnes Blatt fiel heraus.

Ich weiss immer, wo du bist.

Schon wieder. Hatte Eric die Botschaft in den Briefkasten gelegt, bevor Feller sie zu Hause abgesetzt hatte?

«Du jagst mir keine Angst ein!», rief Andrina und zerknüllte den Brief.

Wutentbrannt sprang sie auf und rannte in die Küche. Sie öffnete den Abfalleimer und warf das Blatt mit Schwung hinein, bevor sie die Schranktür zuknallte.

ACHT

«Hast du mit Herrn Feller wegen Eric gesprochen?», wollte Gabi wissen, als sie mit Andrina aus dem Haus in den Garten traten. Sie war vor zehn Minuten gekommen – gerade als Andrina die letzten Vorbereitungen für das Abendessen getroffen hatte. Am Morgen hatte Lisa im Verlag angerufen und den Vorschlag gemacht, am Abend zu grillen. Einen gemütlichen Frauenabend könne Andrina bestimmt nach dem gestrigen Ausflug nach Bern gebrauchen. Gabi sei ebenfalls herzlich eingeladen.

«Noch nicht.»

Andrina verwünschte sich, weil sie Gabi von den Zwischenfällen mit Eric berichtet hatte. Sie hatte ihrer Kollegin versprechen müssen, Feller zu informieren.

«Mensch, Andrina!», rief Gabi.

«Bitte dräng mich nicht. Ich mach es. Irgendwann.»

Andrina ging gefolgt von Gabi den Gartenweg entlang.

«Wann?»

«Jedenfalls nicht heute», sagte Andrina und blieb stehen.

«Ich gebe dir Zeit bis morgen Abend. Wenn du es bis dann nicht gemacht hast, werde ich mit ihm sprechen.»

Andrina setzte zu einer Erwiderung an, allerdings kam Gabi ihr zuvor.

«Nein. Ich will nicht, dass dir etwas passiert. Wenn Eifersucht so ausartet, ist damit nicht zu spassen. In den Nachrichten hört man häufig genug, wie solche Zwischenfälle enden.»

Andrina wandte sich schweigend ab, ging in die Hocke und begann im Beet zu graben.

«Du willst jetzt allen Ernstes Unkraut zupfen?»

«Warum nicht?»

«Bei dieser Hitze. Ausserdem», Gabi deutete mit dem Daumen Richtung Terrasse, «wenn ich unsere Grillchefin richtig verstanden habe, geht es nicht mehr lange, bis wir essen können.»

«Bis dahin kann ich etwas Nützliches machen.»

«Heute Morgen hast du dich im Verlag in deinem Büro verbarrikadiert. Ausserdem hast du den ganzen Tag gekocht.»

«Den ganzen Tag ist ein wenig übertrieben. Ich habe den Nachmittag dazu gebraucht. Ausserdem lenkt es ab, wenn man genug zu tun hat.»

Andrina war am frühen Nachmittag nach Hause gefahren, um den Grillabend vorzubereiten. Sie müsse nach dem Rechten sehen, denn Barbara und Lisa könnten nicht kochen, hatte sie Gabi erklärt.

«Sich dermassen in Arbeit zu stürzen ist auch keine Lösung. Besonders wenn es so ausartet», hielt Gabi dagegen.

«Momentan schon. Man hat keine Zeit nachzudenken.» Andrina stellte den Eimer ab. «Mir ist wirklich nicht nach Feiern zumute», sagte sie und bückte sich, um ein Grasbüschel aus dem Beet zu ziehen.

Irgendwo hinter ihnen wurde eine Autotür zugeschlagen.

«Mir auch nicht», antwortete Gabi.

«Am liebsten würde ich das Ganze absagen.»

«Es ist ja kein Fest. Ich finde es toll von Barbara und Lisa, dass sie uns ablenken wollen.»

«Ich bekomme bestimmt keinen Bissen herunter.»

Der Geruch der Lammracks, die Andrina mariniert hatte, wehte zu ihnen herüber. Normalerweise konnte sie von Lamm nicht genug bekommen.

«Wo nimmst du die ganze Energie her?», wollte Gabi wissen.

«Welche Energie?» Andrina zerrte an einem weiteren Grasbüschel und fluchte. «Ich habe das Gefühl, die haben meterlange Wurzeln und krallen sich extra stark im Boden fest.»

«Ich kann das Unkraut verstehen, denn ich würde auch nicht gerne ausgerupft werden, um später in der Grünabfuhr zu landen.»

Andrina schwieg.

«Wie war es gestern?», fragte Gabi leise.

«Schrecklich», antwortete Andrina nach einigem Zögern.

Mit der kleinen Schaufel stocherte sie in der Erde herum.

«Du hast wirklich Mut. Ich hätte so etwas nie durchgezogen. Sehen die Leichenhallen wirklich so wie im Film aus?»

Andrina hob den Kopf. «Du wirst dich wundern, ich weiss es nicht. Das Einzige, woran ich mich erinnern kann, ist Brigitta.»

«Ich bewundere dich.»

«Sie war einfach wie eine Mutter für mich.»

Gabi legte ihre Hand auf Andrinas Schulter. «Ich weiss. Für dich ist es am schlimmsten.»

«Nein, für Elisabeth ist es am schlimmsten», hielt Andrina dagegen.

«Du hast recht.»

Andrina hielt mit dem Graben inne.

«Hast du eigentlich dein Handy gefunden?», wechselte Gabi das Thema.

Andrina schüttelte den Kopf. «Wer weiss, wo ich das liegen gelassen habe. Ich kann mich nicht einmal erinnern, wann ich es zuletzt gesehen habe.» Sie seufzte.

«Irgendwann taucht es sicher wieder auf», meinte Gabi.

Andrina zuckte als Antwort mit den Schultern und verlagerte ihr Gewicht auf die Knie.

«Hast du eigentlich alles allein gekocht?», unterbrach Gabi das eingetretene Schweigen, das sich immer mehr in die Länge zog.

«Zuerst wollten Barbara und Lisa mir helfen. Ich habe sie aus der Küche geschmissen. Die beiden sind kochtechnisch gesehen eine einzige Katastrophe.»

Sie zupfte ein neues Grasbüschel aus und warf es zum Eimer, den sie knapp verfehlte.

«Mist.»

Gabi bückte sich, hob das Gras auf und liess es in den Eimer fallen. «Immerhin bekommen wir etwas Anständiges zu essen. Ich wünschte, ich könnte auch so gut kochen.»

«Ach was, viel Hexerei ist nicht dabei.» Andrina griff nach der Schaufel und grub einen Löwenzahn aus.

«Was hast du alles vorbereitet?», wollte Gabi wissen.

Andrina warf den Löwenzahn in den Eimer.

«Treffer. Mitten ins Schwarze», sagte Gabi und reckte den Daumen in die Luft.

Andrina hockte sich auf die Fersen und zählte an ihren Fingern ab. «Lammracks, zwei Salate, Knoblauchbrot und Tiramisu. Auf Wunsch von Barbara mit viel Alkohol.»

«Vielleicht lade ich mich bei Ihnen zum Abendessen ein.»

Andrina schoss hoch. Gabi fuhr ebenfalls herum. Hinter ihnen lehnte Feller gegen den alten Zwetschgenbaum. Wie lange stand er schon dort?

«Haben Sie ein Fest?», fragte er und neigte den Kopf. «In diesem Fall möchte ich nicht lange stören.»

Andrina spürte, wie Röte in ihr Gesicht schoss. Sie trat aus dem Beet, rieb ihre Hände aneinander und wischte über ihre Knie. Erde rieselte hinunter.

Gabi schüttelte den Kopf. «Nein, es handelt sich um ein Ablenkungsprogramm für Andrina und mich.»

«Für das Sie selbst kochen müssen», sagte er und lächelte.

«Bleiben Sie.» Andrinas Kopf fuhr zu Gabi herum. Am liebsten hätte sie Gabi gegen das Schienbein getreten. «Wenn Andrina kocht, ist das allein ein Fest.» Gabi zwinkerte ihr zu.

«Klar, bleiben Sie, Herr Feller», rief Barbara, die den Gartenweg entlangkam. «Wir haben eh viel zu viel.»

«Moment!» Andrina hob die Hand.

«Du hast nichts zu sagen», sagte Barbara. «Ich stelle für Sie einen Teller hin.»

Sie eilte den Weg zurück.

«Eigentlich wollte ich Ihr Handy bringen, das Sie bei mir im Auto liegen gelassen haben, aber ich nehme gerne die Einladung an. Ich habe heute noch nichts Anständiges gegessen.»

Feller setzte sich neben Andrina auf die Steinbank unter dem Ahorn und stellte die Weinflasche neben sich auf den Boden.

«Das ist fair.» Er wies mit dem Kopf zur Terrasse. «Sie haben gekocht, und die anderen räumen auf.» Er deutete auf Barbara, die gerade die Teller ins Haus trug.

«Das ist Arbeitsteilung, und ich bin meistens diejenige, die kochen muss.»

«Das kann ich sehr gut nachvollziehen.»

Andrina warf ihm einen Seitenblick zu. Er lächelte.

«Ich fand es übrigens beruhigend, Sie heute Abend essen zu sehen.»

«Sie sind bestimmt nicht gekommen, um mir nur mein Handy zurückzubringen», wich Andrina aus.

Feller wandte sich ihr zu. «Nein, da haben Sie recht.» Er schwenkte den Rotwein in seinem Glas. «Nach unserem Gespräch von gestern sind eine Menge Fragen offengeblieben.» Andrina senkte den Kopf. «Es tut mir leid, aber es ist nun einmal wichtig, wenn wir den Mörder von Frau Clemens finden wollen. Vielleicht gibt es sogar einen Hinweis zu dem Mord an Ulrich Strahm.»

Andrina richtete sich auf. «Soll das heissen, beide Morde hängen miteinander zusammen?»

«Ausschliessen können wir es nicht, auch wenn wir bisher keine entsprechenden Hinweise haben.»

«Sie haben mir bis jetzt nicht gesagt, warum Sie plötzlich der Ansicht sind, Brigitta sei ermordet worden. Letzte Woche klang das ganz anders.»

Feller trank einen Schluck Wein und schwieg eine Weile.

«Nun gut», sagte er. «Aber ich möchte nicht, dass Sie mit jemandem darüber reden.» Andrina nickte. «Auch nicht mit Frau Bühler, Frau Kraus oder Frau Hug.»

«Bisher habe ich es geschafft, meinen Mund zu halten.» Andrina starrte auf ihr Weinglas. Feller hob die Flasche und schenkte nach.

«Als wir am Tatort ankamen, fanden wir Frau Clemens im Wohnzimmer an der Decke hängend. Zu ihren Füssen lag umgekippt ein Stuhl.»

Andrina schloss die Augen. Sie presste sie zusammen und hoffte, nicht in Tränen auszubrechen.

«Alles deutete auf Selbstmord hin. Doch als später unsere Leute von der Spurensicherung den Stuhl aufstellten, passte es nicht.»

«Passte es nicht?» Andrina starrte Feller an. Sein Gesicht verschwamm vor ihren Augen. Wütend, weil sie sich nicht unter Kontrolle hatte, wischte sie mit dem Handrücken über ihre Augen. «Was passte nicht?»

«Ihre Füsse schwebten bestimmt zwanzig Zentimeter, eher noch mehr, über dem Stuhl.»

«Was?» Sie begriff. «Sie meinen, sie kann nicht auf den Stuhl gestiegen sein, das Seil an der Decke festgemacht und anschliessend den Stuhl umgeschmissen haben, weil ihre Beine zu kurz waren. Auch wenn sie sich auf die Zehenspitzen gestellt hätte, hätte es nicht funktionieren können?»

«Richtig kombiniert. Es muss sie jemand aufgehängt haben und den Stuhl zu ihren Füssen deponiert haben, damit es so aussah. Zumindest auf den ersten Blick.»

Neue Tränen drängten in Andrinas Augen. Sie legte den Kopf in den Nacken. Aus den Augenwinkeln rannen Tränen ihre Wangen herunter. Andrina war froh, weil Feller sie ignorierte und sachlich mit ihr über das Thema sprach.

«Das liess sie wohl aber nicht freiwillig mit sich machen», sagte Andrina mit brüchiger Stimme.

Langsam schaffte sie es, die Kontrolle über sich zurückzuerlangen.

«Nein, die Blutuntersuchungen haben Spuren eines Betäubungsmittels aufgewiesen, und ausserdem waren an ihrem …»

Feller brach ab und musterte sie. Den Ausdruck in seinem Gesicht konnte Andrina nicht deuten.

«Was?»

«Lassen wir das fürs Erste.»

«Warum bleiben Sie offiziell bei Selbstmord?»

Feller neigte den Kopf und schwieg.

«Sie hoffen, der Mörder macht einen Fehler?»

Ein Lächeln umspielte seine Lippen.

«Er soll sich in der Ehre verletzt fühlen und daher nachlässig oder was auch immer werden?»

Feller hob eine Augenbraue.

«Bis jetzt ist das allerdings nicht passiert? Ihre Taktik funktioniert also nicht?»

Das Lächeln verschwand aus seinem Gesicht. Andrina fuhr mit dem Zeigefinger über den Rand des Weinglases.

«Meinen Sie nicht, es wäre für viele einfacher, wenn sie wüssten, dass Brigitta sich nicht selbst das Leben genommen hat? Mord ist, wenn überhaupt, einfacher zu akzeptieren als Selbstmord.»

Feller seufzte. «Max will daran festhalten. Ich sehe den Sinn auch nicht. Besonders, wenn es auf den zweiten Blick eindeutig Mord ist.»

«Was meinen Sie mit eindeutig?»

«Dieses Detail lassen wir lieber aussen vor, Frau Kaufmann.»

Er trank einen Schluck Wein und sah Andrina über den Rand des Glases an. Trotz der Hitze fror sie plötzlich.

Das Schweigen zog sich in die Länge. Andrina blickte zum Haus und trank ebenfalls einen Schluck Wein. Die Dämmerung hatte eingesetzt. In der Küche brannte Licht. Sie konnte Barbara erkennen, wie sie mit einem Tuch über die Anrichte wischte.

«Sie erzählen mir trotzdem ziemlich viele Details. Eigentlich dürften Sie mit mir nicht darüber reden, oder?»

«Nein.»

«Weiss Herr Wagner davon?»

«Max muss nicht alles wissen.»

«Warum tun Sie es?»

Feller blieb ihr eine Antwort schuldig, da Gabi über die Wiese auf sie zukam.

«Ich gehe», sagte sie.

Andrina stellte das Glas auf die Steinbank und stand auf. «Mach es gut.» Gabi fasste sie an beiden Schultern und küsste sie auf die Wangen. «Schnapp ihn dir», flüsterte sie Andrina ins Ohr und verzog den Mund zu einem Grinsen. «Wir sehen uns morgen.»

Sie reichte Feller die Hand und ging den Gartenweg entlang.

Feller schenkte ihr und sich Wein nach. «Hat Frau Clemens Schlafmittel oder Ähnliches genommen?»

«Nein. Oder besser, ich weiss es nicht.» Andrina setzte sich wieder neben ihn und nippte am Wein.

«Haben Sie einmal Schlafmittel bei ihr zu Hause gesehen?»

Andrina schüttelte den Kopf.

«Wäre es denn möglich?»

«Sie wollen wissen, wie ich Brigitta einschätze?»

Feller nickte.

Andrina überlegte. «Spontan würde ich sagen: Nein. Aber unter besonderen Umständen könnte sie sicher eine Schlaftablette genommen haben.»

«Was sind besondere Umstände?»

«Wir wollten am nächsten Tag gemeinsam zur Beerdigung von Ulrich Strahm fahren. Brigitta ist sein Tod sehr nahegegangen. Möglich wäre es also, dass sie an dem Abend etwas genommen hat. Haben Sie Medikamente in ihrem Haus gefunden?»

«Nein. Eben nicht. Hatte Frau Clemens Feinde, oder gab es jemanden, der sie lieber tot als lebendig sah?»

Andrinas Herzschlag beschleunigte sich. «Nein.»

«Nein oder ich weiss es nicht?», hakte Feller nach.

«Zweites», antwortete sie.

«Sie standen einander sehr nahe. Hat Frau Clemens nie mit Ihnen darüber gesprochen, dass sie sich von jemandem bedroht fühlte?»

Andrina schüttelte den Kopf. «Sie sah nur das Positive.»

«Ist sie einmal bedroht worden? Ich meine, in Ihrer Gegenwart.»

«Nein.»

«Sie ist niemandem auf die Füsse getreten?»

«Auf die Füsse getreten?», wiederholte Andrina.

«Ich meine, hat sie jemanden beleidigt, ohne es zu wollen? Bei so viel Hilfsengagement macht man sich nicht unbedingt immer Freunde.»

«Brigitta ist … war immer sehr direkt. Das habe ich an ihr besonders geschätzt. Wenn ich Mist gebaut habe, hat sie mir ihre Meinung gesagt und kein Blatt vor den Mund genommen. Das hat mich vor vielem bewahrt.»

Andrina trank einen Schluck Wein und schwieg.

«Ich meine, auf dem Lebensweg gibt es eine Menge Abzweigungen», fuhr sie fort, als Feller nichts sagte. «Es gibt gute und nicht so gute. Wenn ich an einer Kreuzung angehalten habe, wo ich besser nicht abbiegen sollte, aber einen Fuss bereits in diese Richtung gesetzt hatte, hat sie mich davon nicht abgehalten. Sie hat es einfach kommentiert. Das konnte ziemlich verletzend sein, und ich war mehr als einmal sauer auf sie.» Andrina drehte ihr Weinglas in den Händen.

«Haben Sie denn immer auf sie gehört?»

Andrina musste schmunzeln.

«Es ist schön, Sie wieder einmal lächeln zu sehen.»

Andrina hob den Kopf. «Das mache ich auch viel lieber, aber momentan habe ich nicht so viele Gründe dafür.»

«Ich weiss. Leider habe ich es erst zweimal gesehen.»

«Um Ihre Frage zu beantworten. Nein, ich habe nicht immer auf sie gehört. Ich hätte es besser tun sollen.»

«Ein Beispiel?», fragte Feller.

«Eric», antwortete Andrina, ohne zu zögern, und erschrak.

Warum brachte sie ihn zur Sprache? Gabi würde bestimmt morgen nachfragen, ob sie mit ihm über Eric gesprochen hatte. Andrina war aber noch nicht so weit. Nun würde Feller bestimmt nachhaken. Das tat er aber nicht.

«Sie meinen, Frau Clemens konnte verletzend sein.»

«Das hing von jedem selbst ab. Damit meine ich, es lag daran, wie man es auffasste. Auch wenn ich manchmal wütend auf sie war und ihr die Pest gewünscht habe, habe ich ihr immer wieder verziehen.»

«Jemand konnte das offenbar nicht.»

Ein Käuzchen rief. Andrina zuckte zusammen. Inzwischen war es längst dunkel geworden. Das Licht in der Küche war erloschen.

Feller hob seinen Arm. Auf dem Leuchtzifferblatt seiner Uhr erkannte Andrina, dass es kurz vor Mitternacht war.

«An so lauen Sommerabenden vergisst man schnell die Zeit», meinte er. «Aber ich habe diese Abende sehr gerne, auch wenn es tagsüber so heiss ist.»

«Ich geniesse sie auch. Besonders mag ich das Gezirpe der Grillen. Das hat so etwas ...» Andrina überlegte, «... Friedliches.»

Feller stand auf. «Ich glaube aber, wir reden besser ein anderes Mal weiter. Leider ist morgen Mittwoch und nicht Samstag.» Er hob die Flasche. «Wir haben tatsächlich die ganze Flasche ausgetrunken.»

Andrina stand auf und spürte den Wein in den Gliedern. Normalerweise trank sie nicht so viel, und wenn die Hitze hinzukam, stieg der Alkohol ihr noch schneller in den Kopf.

Sie hoffte, sie schwankte nicht, als sie auf das Haus zugingen. Feller stellte sein Glas und die Flasche auf den Terrassentisch.

«Wir sehen uns morgen Abend in Ihrem Büro. Ich lasse meinen Wagen heute Nacht bei Ihnen und gehe zu Fuss.»

«Warum?»

«Zu viel Wein», meinte er, und das Lachen schwang in seiner Stimme mit. «Ausserdem habe ich es nicht weit. Ein Nachtspaziergang tut mir gut.»

Andrina blickte zum BMW, der in der Einfahrt stand. Das Licht der Strassenlaterne fiel auf ihn.

«Morgen hole ich ihn ab, bevor ich zur Arbeit fahre», meinte er und wandte sich zum Gehen.

Plötzlich wurde ihr siedend heiss. «Sie können Ihren Wagen in unsere Garage stellen. Keine von uns hat ein Auto.»

«Warum?»

Andrina zögerte. Was sollte sie antworten?

«Dem Wagen schadet es bestimmt nicht, eine Nacht draussen zu stehen.»

«Es gibt hier eine Menge Marder.»

«Das wäre eben Pech. Es wäre nicht das erste Mal, dass sich einer an meinem Auto vergreift.»

«Wenn man aber vorbeugen kann», sagte Andrina.

Feller fasste Andrinas Schultern und zwang sie, ihn anzusehen. Sein Gesicht lag im Dunkeln, und sie konnte den Ausdruck nicht erkennen.

«Was ist der wahre Grund, Frau Kaufmann?»

Andrina schwieg.

«Okay, ich stelle ihn in die Garage, aber unter einer Bedingung. Wenn ich das Auto morgen früh hole, verraten Sie mir den wirklichen Grund.»

NEUN

Die Haustür fiel hinter Andrina ins Schloss. Sie blieb einen Moment stehen. Heute würde es wieder ein heisser Tag werden. Zwar war es sehr früh am Morgen, aber das Thermometer zeigte bereits mehr als zwanzig Grad an.

Andrina atmete tief ein und trabte los. Ihre Beine fühlten sich wie Blei an. Trotz des vielen Weins hatte sie kaum geschlafen.

An der Strasse angekommen, bog sie rechts ab und stand mit einem Mal vor Feller.

«Guten Morgen. Da komme ich gerade rechtzeitig.» Er lächelte, aber das Lächeln erreichte seine Augen nicht. «Ich denke, Ihre Joggingrunde müssen Sie auf später verschieben.»

«Die Garage ist offen. Sie können Ihren Wagen einfach herausholen.»

«Das vielleicht schon, aber Sie schulden mir eine Erklärung.»

Andrina drehte sich um. Es hatte keinen Zweck. Warum war sie nicht früher losgezogen?

Sie hatte gehofft, sich so vor dem Gespräch drücken zu können. Oder besser, Zeit bis zum Abend zu gewinnen und zu hoffen, dass ihr bis dahin eine passende Erklärung einfallen würde.

«Möchten Sie einen Kaffee? Oder lieber einen Espresso?»

«Ich nehme gerne einen Espresso», erwiderte er. «In der Zwischenzeit warte ich auf der Terrasse. Ich nehme mal an, Frau Bühler und Frau Kraus schlafen noch.»

Andrina horchte nach oben und nickte.

Sie flüchtete in die Küche. Einige Sekunden hatte sie Zeit, zu überlegen, welche Antwort sie ihm geben konnte, ohne Eric zu erwähnen.

Sie holte eine Espressotasse aus dem Schrank. Während die dunkle Flüssigkeit in die Tasse tropfte, nahm sie die Zuckerdose, die auf dem Regal neben den Kochbüchern stand, und legte einen Keks auf die Untertasse.

«Stehen Sie immer so früh auf?», fragte Feller, als sie Espresso und Zuckerdose vor ihm hinstellte. Er streute einen Löffel Zucker in den Kaffee und rührte um.

«Nicht unbedingt, aber später wird es zu warm zum Joggen. Ausserdem muss ich zur Arbeit.»

«Warum haben Sie darauf bestanden, dass ich den Wagen in Ihre Garage stelle?» Feller trank einen Schluck aus der Espressotasse. «Ich möchte den wahren Grund hören.» Er biss in den Keks. Andrina schwieg.

«Eric Zuber?»

Andrina zuckte zusammen.

«Treffer», meinte Feller. «Warum? Was hat er mit meinem Auto zu tun?» Andrina wich seinem Blick aus. «Hat er wieder mit Ihnen Kontakt aufgenommen?»

Das war das Stichwort. Gegen ihren Willen sprudelte aus Andrina heraus, was am Montag passiert war. Je länger ihr Bericht ging, desto mehr verengten sich seine Augen zu schmalen Schlitzen.

Feller lehnte sich nach hinten und verschränkte die Arme vor der Brust.

«Ich verstehe. Wenn er zufällig meinen Wagen in der Einfahrt gesehen hätte, hätte er angenommen, ich würde bei Ihnen übernachten. Klar, was er denken muss.»

«Bitte sprechen Sie ihn nicht mehr darauf an.»

«Warum? So etwas muss man ernst nehmen.»

«Es ist nur eine Sache zwischen ihm und mir und geht Sie nichts an!», rief Andrina und funkelte Feller an.

Er beugte sich vor. «Falsch. Inzwischen ist es auch meine Angelegenheit. Ich habe keine Lust, dass er plötzlich vor meiner Haustür steht.» Andrinas Hals fühlte sich trocken an. «Ausserdem rutscht er auf der Verdächtigenliste betreffend des Mordes an Frau Clemens ganz nach oben.»

«Eric?», rief Andrina ungläubig. «Warum denn das? Er hat damit nichts zu tun.»

«Nicht? Woher wollen Sie das wissen?»

«Zu einem Mord ist er nicht fähig.»

«Wissen Sie, wie oft ich diesen Satz schon gehört habe?»

«Das ist absurd.»

«In meinem Beruf habe ich viele absurde Dinge erlebt. Und es passt. Er will Sie zurückhaben. Sie servieren ihn ab, und das macht ihn rasend. Da er nicht an Sie herankommt, macht er sich in Ihrem Umfeld zu schaffen. Er tötet Frau Clemens. Ich nehme mal an, er wusste, wie nahe Sie einander standen.»

«Er soll Ulrich umgebracht haben?» Andrina lachte auf. «So ein Blödsinn!»

«Vielleicht hat er das, vielleicht auch nicht. Bisher sind wir davon ausgegangen, es handle sich hier um zwei verschiedene Täter, auch wenn wir einen Zusammenhang nie ausgeschlossen haben.» Er schaute Andrina ernst an. «Ich möchte, dass Sie mir Bescheid geben, wenn er mit Ihnen in Kontakt tritt. Sofort! Auch wenn Sie ihn aus der Ferne sehen.»

Andrina schüttelte den Kopf.

Feller beugte sich ein Stück weiter vor. «Frau Kaufmann, wollen Sie, dass er plötzlich vor meiner Tür steht?»

«Sie wissen bestimmt, wie Sie sich wehren können.»

Der Satz war heraus, bevor Andrina ihn zurückhalten konnte.

«Wie Frau Clemens sagen Sie einfach das, was Sie denken.»

Seine Stimme war ruhig. Zu ruhig. Andrinas Herz klopfte bis zum Hals. Sie schwieg.

«Ja, ich weiss mich zu wehren. Aber ich habe keine Lust auf eine Konfrontation, wenn sie sich vermeiden lässt.»

Andrina senkte den Kopf.

«Sie speichern am besten meine Telefonnummer auf Ihrem Handy und haben es jederzeit bei sich. Ausserdem möchte ich, dass Sie immer in Begleitung sind. Keine einsamen Joggingrunden mehr. Ich weiss nicht, wie weit er geht, aber ich mache mir Sorgen um Sie.»

***

Andrina öffnete das Fenster und streckte den Arm aus. Draussen war es heisser als drinnen. Dafür war es im Büro stickiger.

Sie entschied sich, das Fenster offen zu lassen, und setzte sich auf ihren Bürostuhl. Es war halb sieben am Abend, aber die Temperaturen lagen immer noch bei fünfunddreissig Grad.

Es klopfte an Andrinas Tür, und Gabi steckte den Kopf herein.

«Herr Feller meint, er wäre mit dir verabredet?»

«Ja, das stimmt.»

Andrina erhob sich, als Feller eintrat. Gabi blieb in der Tür stehen.

«Um diese Zeit? Wie lange braucht ihr?»

Andrina zuckte mit den Schultern. Gabi zögerte, und Andrina merkte, dass sie etwas auf dem Herzen hatte.

«Ich gehe dann», sagte Gabi. «Vergiss nicht abzuschliessen.»

Andrina wies auf ihren Schreibtisch.

«Das sind die Ordner. Das meiste haben wir allerdings elektronisch. Möchten Sie etwas trinken?»

«Ein Glas Wasser wäre nicht schlecht.»

Andrina holte zwei Gläser und einen Krug mit Wasser aus der Küche. Feller legte einen Papiersack neben die Ordner.

«Ich habe uns etwas zu essen mitgebracht, da es vermutlich länger dauert.»

Er holte ein Sandwich heraus. Als er es Andrina reichte, streiften seine Finger ihre. Andrina zog ihre Hand zurück.

«Vielen Dank, das wäre aber nicht nötig gewesen.»

«Ich weiss, Sie haben momentan nicht besonders viel Hunger, aber es ist wichtig, etwas zu essen, sonst werden Sie noch dünner.» Andrina errötete. «Und ich kann mit leerem Magen nicht denken.» Er lehnte sich neben Andrina gegen den Schreibtisch und tippte mit seinem belegten Brötchen ihres an. «Essen wir zuerst.»

Widerwillig biss Andrina in das Brot. Als sie den ersten Bissen herunterschluckte, merkte sie, wie hungrig sie war. Rasch ass sie ihr Sandwich auf und reichte Feller ein Glas mit Wasser.

«Was möchten Sie zuerst sehen?»

«Fangen wir mit den Ordnern an.»

Feller zog einen Stuhl heran und setzte sich neben Andrina. Er trank einen Schluck Wasser. Sie zögerte, denn sie war sich seiner Nähe mehr als bewusst.

«Es muss sein, Frau Kaufmann. Wir arbeiten momentan nach dem Ausschlussprinzip.»

Andrina griff nach dem ersten Ordner und legte ihn vor sich auf den Tisch.

«Wonach suchen Sie genau?», fragte sie und hob ihre Hand an ihr Ohr. Nervös spielte sie mit ihrem Ohrring.

«Das weiss ich nicht. Wir müssen einfach anfangen und schauen, ob etwas auffällt.»

Gemeinsam blätterten sie die Ordner durch. Andrina beantwortete seine Fragen, so gut sie konnte. Als es dunkel wurde, schaltete sie die Schreibtischlampe ein.

Feller lehnte sich nach hinten und streckte seine Beine unter dem Tisch aus.

Er blickte auf den Bildschirm von Andrinas Laptop. Andrina rieb ihre Stirn.

Bisher hatten sie nichts gefunden, was einen Grund für Brigittas Ermordung liefern konnte.

«Die E-Mails», murmelte er. «Wenn ich ihre Mails lesen könnte. Darin findet man, wenn überhaupt, die meisten Hinweise.» Er fuhr mit der Hand über sein Kinn. «Wenn es die Möglichkeit gäbe, von aussen darauf zuzugreifen …»

Der Satz hing eine Weile zwischen ihnen in der Luft.

«Dürfen Sie das überhaupt?»

«Was?»

«Von aussen zugreifen.»

Feller schwieg.

«Haben Sie nicht Brigittas Laptop? Darauf sind ihre E-Mails abgespeichert.»

«Frau Veldt hat uns die Herausgabe verweigert.»

«Was passiert, wenn Sie einfach von aussen zugreifen, ohne Elisabeths Erlaubnis?»

Feller schwieg erneut. Lange sahen sie einander an, ohne dass jemand sprach. Andrina nahm ein Blatt und schrieb die Webseite, ihren Benutzernamen und die Passworte auf.

«Sie sind Linkshänderin», merkte Feller an.

«Ist das ein Problem?»

«Das schliesst gerade eine Menge aus, was ich ungemein beruhigend finde.»

«Was?», fragte Andrina verwirrt. «Was wollen Sie damit sagen?» Trotz der Hitze fror sie plötzlich.

«Ich habe es auch nie geglaubt.»

«Was haben Sie nicht geglaubt?»

Feller schüttelte den Kopf. «Vergessen Sie es.»

Er lächelte, und Andrina entspannte sich wieder ein wenig.

Sie legte den Stift aus der Hand und holte ein kleines Gerät aus der Schreibtischschublade. Zusammen mit dem Blatt legte sie es vor Feller hin.

«Zuerst müssen Sie das Passwort eingeben und danach die Zahl, die das Token liefert.» Feller hob eine Augenbraue. «Falls Sie …» Andrina suchte nach dem Wort. «… erwischt werden, bin ich es, die belangt wird, schliesslich gebe ich Ihnen die Sachen freiwillig.» Feller sagte immer noch nichts. «Wenn Sie dafür Brigittas Mörder finden, ist es die Sache wert.»

Er nahm das Blatt. «In diesem Fall bin ich als Andrina Kaufmann eingeloggt?» Andrina nickte. «Das heisst, ich habe Ihre Rechte und könnte auf Ihrem Server surfen?»

Erneut neigte Andrina den Kopf. «Ich habe Zugriff auf Brigittas Mailbox.»

Andrina entsperrte den Computer und öffnete Outlook.

«Wenn man sich von aussen einloggt, sieht es genauso aus, als wäre man im Büro. Ich weiss allerdings nicht, ob der Server abstürzt, wenn wir beide gleichzeitig zugreifen.»

«Das müssten wir ausprobieren», sagte Feller und beugte sich vor.

«Zwar können Sie nicht sehen, was Brigitta direkt auf ihrer Festplatte abgelegt hat, aber Sie können auf unseren Server zugreifen. Vielleicht hat sie dort etwas abgespeichert, was wichtig sein könnte. Eine verschlüsselte Botschaft oder Ähnliches, was ich nicht erkenne, Sie aber als Aussenstehender bemerken.» Andrina sprach immer schneller und holte dabei kaum Luft. «Sie sehen ihre gesamte Mailbox.» Andrina klickte in ihrem Outlook auf «Mailbox Brigitta Clemens». «Sie können die eingegangenen E-Mails lesen, die verschickten und auch die, die sie in ihrem Postfach abgelegt hat. Ich habe sogar auf den Papierkorb Zugriff.»

Feller nahm Andrina die Maus ab und betrachtete sie.

«Linkshändermaus», sagte Andrina. «Tut mir leid.»

«Kein Problem. Es wird schon gehen.» Er klickte einmal durch Brigittas E-Mail-Account.

«Die Dateien, die sie auf ihrer Festplatte abgespeichert hat, kann ich Ihnen leider nicht zugänglich machen. Tut mir leid.»

«Danke.» Er drückte kurz ihre Hand. «Das ist sehr viel. Sind Sie sich wirklich sicher, mir diesen Zugang gewähren zu wollen?»

Andrina schaute ihm direkt in die Augen. «Irgendwo da draussen läuft Brigittas Mörder herum. Ich werde alles tun, damit Sie ihn zu fassen bekommen. Zwar macht es Brigitta nicht mehr lebendig, aber er kann wenigstens keinen weiteren Schaden anrichten und bekommt, hoffentlich, seine Strafe, auch wenn es keine gerechte Strafe dafür gibt, wenn man jemanden seines Lebens beraubt.» Andrina schluckte.

Feller nickte. Er faltete das Blatt und steckte es mit dem Token ein.

«Machen wir Schluss für heute», sagte er und stand auf. «Sie sehen müde aus.»

Andrina schielte auf ihre Armbanduhr. Es war kurz vor Mitternacht.

«Herr Feller», rief Andrina, als er die Tür erreicht hatte.

«Ich habe eine Bitte.» Er drehte sich um. «Bitte geben Sie mein Passwort niemandem weiter.»

«Das ist für mich selbstverständlich.»

«Auch nicht Herrn Wagner oder sonst wem von der Kripo.»

«Natürlich werde ich die einzige Person sein, die sich einloggt», antwortete er.

Andrina starrte auf die Tür, durch die er gerade verschwunden war. Elisabeth würde sie umbringen, wenn sie davon erfuhr.

Sie zuckte zusammen, als Fellers Kopf im Türrahmen erschien.

«Ich fahre Sie nach Hause.»

«Ich bin mit dem Velo hier.»

«Um diese Zeit lasse ich Sie nicht allein mit dem Velo fahren.» Er lehnte sich gegen den Türrahmen.

«Es wäre nicht das erste Mal.»

Feller verschränkte die Arme vor der Brust. «Mir behagt es momentan überhaupt nicht, zu wissen, dass Sie um diese Zeit allein unterwegs sind.»

Andrina gab sich geschlagen und fuhr den Laptop herunter.

ZEHN

«Ich sage es nochmals und meine es sehr ernst. Keine von euch gibt irgendwelche Informationen, die den Verlag und uns, insbesondere Brigitta und mich, betreffen, nach aussen weiter.»

Elisabeth verschränkte die Arme vor der Brust und schaute abwechselnd Andrina und Gabi an.

Gabi sass wie vom Donner gerührt auf ihrem Stuhl. Soeben hatte Elisabeth berichtet, dass die Polizei nicht mehr von Selbstmord, sondern von Mord ausging.

«Damit meine ich insbesondere die Presse und die Polizei», fuhr sie fort.

«Sollten wir nicht zumindest der Polizei da behilflich sein, wo wir können», wagte Andrina einzuwenden und erntete einen durchdringenden Blick.

«Nein! Es geht sie nichts an.»

«Wenn es aber hilft, den Mörder zu finden?»

Elisabeth beugte sich vor.

«Nein! Das gilt insbesondere für dich, auch wenn du diesem Feller gefallen willst.»

«Ich möchte niemandem gefallen. Ich will nur, dass Brigittas Mörder gefasst wird.»

«Andrina!», donnerte Elisabeth. «Entweder hältst du dich daran, oder du packst deine Sachen.» Elisabeth stand auf und beugte sich zu Andrina hinunter. «Wenn ich irgendwie erfahre, dass du dich nicht daran hältst, dann gnade dir Gott.»

Ihr Atem stank. Sie musste wieder angefangen haben zu rauchen. Elisabeth richtete sich auf.

«Ab sofort keine Informationen mehr an die Polizei», sagte sie und rauschte aus dem Zimmer. «Ich gehe. Ich muss mich um Brigittas Beerdigung kümmern», rief sie aus dem Gang.

Kurz darauf fiel die Tür ins Schloss.

«Ermordet», flüsterte Gabi. Sie drehte sich zu Andrina um. «Du weisst es schon länger, nicht wahr? Länger als Elisabeth.» Andrina senkte den Kopf. «Warum hast du es mir nicht erzählt?»

Andrina schaute Gabi direkt in die Augen. «Ich hätte es gar

nicht wissen dürfen.» Verwirrung spiegelte sich in Gabis Gesicht wider. «Herrn Feller ist es bei einer Befragung herausgerutscht, und er hat mich angewiesen, den Mund zu halten.»

«Daher diese Heimlichtuerei gestern Abend», sagte Gabi.

«Bitte erwähne Elisabeth gegenüber nicht, dass er hier war.»

Gabi hob eine Augenbraue. «Hast du ihm bereits Informationen gegeben?»

Andrina legte den Kopf in den Nacken. «Frage bitte nicht. Je weniger du weisst, desto besser.»

«Ich finde es nicht richtig, was Elisabeth von uns verlangt, und ziehe meinen Hut vor dir, weil du dich nicht einschüchtern lässt, aber pass trotzdem auf dich auf. Ich drücke die Daumen, damit ihr den Mörder findet.»

Andrina verliess als Letzte das Sitzungszimmer. Kaum hatte sie sich an ihren Schreibtisch gesetzt, rief Feller an.

«Ich bin drin», meinte er. «Ich hoffe, Sie können ohne Probleme arbeiten.»

«Elisabeth hat uns per sofort untersagt, Informationen herauszugeben.»

Feller schwieg am anderen Ende des Telefons.

«Gestern galt das Verbot nicht», sagte Andrina gedehnt.

Aus dem Hörer drang ein deutliches Aufatmen. «Danke. Können Sie normal arbeiten?»

«Moment», meinte Andrina und klemmte den Hörer zwischen Ohr und Schulter. «Wo sind Sie drin?»

«In Ihren Mails», antwortete Feller.

Sie entsperrte ihren Laptop und öffnete Outlook. Es sah wie immer aus. Sie klickte Brigittas Mailbox an und schrieb sich ein Mail.

Andrina wechselte in ihre eigene Mailbox, und kurz darauf erschien ein E-Mail von Andrina Kaufmann im Auftrag von Brigitta Clemens mit dem Betreff «Test». Andrina wollte es anklicken, als das E-Mail plötzlich verschwand.

«Was?», stiess sie hervor.

«Das war ich. Es ist im Papierkorb», sagte Feller. Ein Lachen schwang in seiner Stimme mit. «Es scheint zu funktionieren.» Andrinas Herz klopfte bis zum Hals. «Von nun an werden Sie nichts mehr von mir merken. Falls es dennoch Probleme geben sollte, rufen Sie mich an. In dem Fall werde ich mich erst einloggen, wenn Sie Feierabend haben.»

«Okay», brachte Andrina hervor. Sie wollte sich verabschieden, als ihr noch etwas einfiel. «Herr Feller, es bleibt dabei, das Passwort und alles, was damit zusammenhängt, ist nur für Ihre Augen bestimmt.»

«Natürlich. Vertrauen Sie mir.»

«Sagen Sie mir Bescheid, falls Sie etwas finden?»

Feller zögerte. «Das mache ich», sagte er. Nachdem Andrina aufgelegt hatte, starrte sie lange auf den Bildschirm. Dann klickte sie wahllos herum. Keine Probleme. Sie konnte offenbar wirklich normal arbeiten.

Von Feller spürte sie nichts, auch wenn sie sich seiner Anwesenheit im System voll bewusst war. Hoffentlich hielt es der Server aus.

ELF

Andrina zögerte, bevor sie links abbog. Sie musste diesen Weg nehmen, sonst würde sie zulassen, dass Eric weiterhin ihr Leben bestimmte. Das tat er sowieso bereits viel zu stark.

Seit ihrem Gespräch mit Feller am Mittwochmorgen war sie nicht mehr joggen gegangen. Zeit, dem ein Ende zu setzen und ihr Leben und ihre Entscheidungen wieder selbst in die Hand zu nehmen. Sie brauchte ihre Joggingrunden wie die Luft zum Atmen.

Fellers Aufforderung, sie müsse immer in Begleitung sein, hallte in ihren Ohren. Andrina verdrängte den Gedanken und konzentrierte sich auf den Weg. Feller würde es bestimmt als Trotzreaktion bezeichnen. Sie konnte deutlich seinen Gesichtsausdruck vor sich sehen, falls er es erfahren sollte.

Er hatte allerdings genauso wenig ein Anrecht, sich in ihr Leben und ihre Entscheidungen zu mischen, wie alle anderen. Sie wollte sich nicht einengen lassen. Eine gewisse Freiheit stand ihr zu. Und was er nicht wusste …

Trotzdem war es ihr mulmig zumute, so allein im Wald zu sein. So früh am Sonntagmorgen war niemand unterwegs. Dafür war es einigermassen kühl.

Feller. Von ihm hatte sie seit Donnerstag nichts mehr gehört. Anscheinend hatte er nichts gefunden, was Brigittas Ermordung erklären konnte.

Andrina fragte sich, ob es richtig gewesen war, ihm ihr Passwort zu geben. Nun konnte sie es nicht mehr ändern und hoffte, Elisabeth würde nie davon erfahren.

Andrina trabte weiter, verringerte jedoch die Geschwindigkeit, je näher sie an die Stelle kam, wo Eric sie überfallen hatte.

«Andrina?»

Sie wirbelte herum und sah Eric vor sich stehen, doch die Konturen des Gesichtes veränderten sich.

«Franz!»

«Du bist es wirklich, mein Mädchen.» Der alte Mann Anfang siebzig umarmte Andrina und drückte sie fest an sich. «Ich habe lange nichts mehr von dir gehört.»

«Ich habe ein richtig schlechtes Gewissen. Momentan läuft einfach zu viel.»

«Es ist nicht nur deine Schuld. Ich hätte mich auch melden können. Die Telefonleitung ist in beide Richtungen gleich lang. Ausserdem kann ich Zeitung lesen.»

«Wie geht es dir?»

«Bis auf die üblichen Gebrechen gut», lachte er. «Ich kann also nicht klagen.»

Andrina stutzte. Neben dem Baum, gegen den Eric sie gepresst hatte, lag ein Mountainbike. Es war das von Gabi. Andrina blickte sich um.

Was für sie das Joggen war, war für Gabi das Biken. Aber von Gabi war nichts zu sehen.

«Warte mal, Franz», sagte sie und ging auf das Bike zu.

Immer noch keine Spur von Gabi. In diesem Moment meinte sie ein Stöhnen zu hören. Andrina schaute in die Richtung, aus der das Geräusch kam.

«Gabi?»

Im Unterholz bewegte sich etwas. Zwischen den Büschen wälzten sich zwei Personen am Boden. Die eine sass auf der anderen. Die untere wand sich. Ein erstickter Laut war zu hören.

«Gabi!»

Andrina rannte ins Unterholz, ohne darauf zu achten, dass die Äste ihre nackten Beine und Arme zerkratzten.

«Andrina, was machst du denn da?», hörte sie Franz' Stimme.

Sie ignorierte ihn und stiess die Äste zur Seite. Gabi lag auf dem Boden. Auf ihr sass eine maskierte Gestalt und hatte ihr ein Tuch um den Hals geschlungen. Mit einem Aufschrei stürzte Andrina auf die beiden zu. Die Gestalt schoss hoch und stiess einen Fluch aus. Sie baute sich auf und machte einen Schritt auf Andrina zu, die wie festgewurzelt dastand. Sie hob die Hände. Mit einem Mal weiteten sich die Augen. Hinter ihr knackten Äste.

«Andrina?!», rief Franz.

Die Gestalt machte kehrt und rannte in die Büsche. Andrina setzte ihr einige Schritte nach, blieb aber stehen und zögerte. Dann erblickte sie Gabis Gesicht. Und das Tuch, das eng um ihren Hals gezogen war.

Hinter sich hörte sie einen erstickten Aufschrei.

«Ruf die Polizei, Franz. Nein, einen Krankenwagen.»

Andrina warf ihm ihr Handy zu, das sie am Morgen vorsichtshalber eingesteckt hatte. Sie bückte sich und löste das Tuch um Gabis Hals.

Gabi rührte sich nicht. Panik drohte über Andrina wie eine Welle zusammenzuschlagen. Sie legte ihre Hand auf Gabis Brust. Kein Heben und Senken. Sie presste den Finger gegen den Hals. Auch nichts.

Plötzlich war Andrina ganz ruhig. Sie legte ihre Hände auf die Brust und begann zu massieren. Dann beugte sie sich vor und presste ihren Mund auf den von Gabi. Vorsichtig stiess sie ihren Atem aus. Erneut legte sie die Hände auf die Brust.

Von irgendwo ganz weit weg drang Franz' Stimme zu ihr. Was er sagte, verstand sie nicht.

Bald hatte Andrina den Rhythmus gefunden. Mechanisch führte sie die Bewegungen aus. Endlich meinte sie ein leichtes Seufzen aus Gabis Mund zu hören. Andrina legte ihre Hand auf die Brust. Atmete sie? Sie war sich nicht sicher und setzte ihre Bemühungen fort.

Jemand ergriff ihre Schulter und schob sie zur Seite.

«Wir übernehmen.»

Ein Mann in rot-weisser Kleidung kniete neben ihr auf den Boden und tastete an Gabis Hals.

«Gut gemacht», sagte er und wandte sich um. «Bringt die Bahre.»

Andrina stand auf und lehnte sich gegen einen Baum. Um sich herum nahm sie alles verschwommen wahr. Es war, als schaue sie durch Wasser.

Hinter den Büschen flackerten in regelmässigen Abständen blaue Lichter auf. Weitere Sanitäter bahnten sich ihren Weg durch das Gestrüpp. Sie legten Gabi auf die Bahre und hoben sie hoch. Ein weiterer Mann zwängte sich durch das Unterholz.

«Und?», fragte er.

Die Stimme kam Andrina bekannt vor.

«Sie lebt. Bedanken Sie sich bei den beiden. Besonders bei ihr.» Der Sanitäter deutete auf Andrina.

Der Mann kam direkt auf sie zu. Ihr Herzschlag setzte aus. Er war zurück. Andrina wich einen Schritt nach hinten.

«Nein, bitte nicht», stammelte sie.

«Frau Kaufmann?»
Woher weiss er, wie ich heisse, ging es Andrina durch den Kopf.
«Tun Sie mir bitte nichts.»
Sie fror. Wenn sie doch weglaufen könnte. Ihre Beine waren jedoch schwer wie Blei.
«Wissen Sie, wer ich bin?»
Der Mann hob die Hände.
Er will mich erwürgen. Wie Gabi!
«Nein!», schrie sie auf und taumelte nach hinten.
Der Mann eilte auf sie zu. Andrina stiess mit dem Rücken gegen einen Baumstamm. Ihr Atem wurde oberflächlicher und schneller. Er stand dicht vor ihr.
«Ich tue Ihnen nichts. Erkennen Sie mich nicht?»
In dem Moment, als Andrina den Kopf schüttelte, wurde ihr klar, wer vor ihr stand. Ihre Beine sackten weg.
Feller fing sie auf. Andrina klammerte sich an ihn und presste ihr Gesicht gegen seine Schulter. Ein Zittern durchlief ihren Körper. Feller drückte sie an sich. Sie schluchzte auf.
«Sind Sie von der Polizei?» Franz' Stimme.
«Ja. Wer sind Sie?»
«Franz Gysin. Ich habe angerufen. Andrina hatte zum Glück ihr Handy dabei.»
«Andrina? Sie kennen Frau Kaufmann?»
«Ja», sagte er und kam Fellers nächster Frage zuvor. «Meine Frau war die Tagesmutter von Andrina und ihrer Schwester.»
«Waren Sie zusammen unterwegs?»
«Nein, ich habe einen Spaziergang gemacht, als Andrina an mir vorbeigejoggt ist.»
«Frau Kaufmann war also allein?»
«Ja.»
«Verflixt», stiess Feller aus. «Warum halten Sie sich nicht an meine Anweisungen?»
«Wie bitte?»
«Nichts.»
«Andrina hat …»
Das Aufheulen der Sirene des Krankenwagens unterbrach Franz Gysin.
Andrina hob den Kopf und schaute direkt in Fellers Gesicht.

Er hatte sich offenbar nicht rasieren können. Gekämmt war er auch nicht. Er musste einfach mit den Händen durch die Haare gefahren sein, so wirr, wie sie vom Kopf abstanden.

Sie wurde sich bewusst, wie eng umschlungen sie beieinanderstanden. Sie hob ihre Hände und stemmte sie gegen seine Brust. Sofort löste er seine Arme, die um ihre Schultern lagen.

«Ich … Entschuldigen Sie», stammelte Andrina.

«Geht es wieder?»

Andrina nickte und wich seinem Blick aus. Wie hatte sie nur in seiner Gegenwart zusammenbrechen können?

«Gerd», rief Feller. «Du kümmerst dich um Herrn Gysin. Ueli, du siehst zu, dass hier alles läuft. Ich kümmere mich um Frau Kaufmann. Wenn etwas ist, bin ich auf meinem Handy zu erreichen.» Er berührte Andrinas Oberarm. «Kommen Sie.»

Feller hielt vor Andrinas Haus und schaltete den Motor seines BMWs aus. Schweigend blieben sie sitzen.

«Darf ich mit reinkommen?», fragte er.

Er möchte seine Fragen stellen, dachte Andrina. Am liebsten hätte sie ihn gebeten, sie allein zu lassen. Früher oder später musste sie sich allerdings seiner Befragung stellen.

«Wir können es gerne später machen, wenn es Ihnen lieber ist.»

Es war für Gabi. Je eher sie es hinter sich brachte, desto besser. Andrina nickte. «Kommen Sie.»

Sie lief vor ihm zum Haus. Nachdem sie die Tür aufgeschlossen hatte, wandte sie sich um. «Ich würde gerne vorher duschen.»

«Kein Problem. Ich warte.»

Froh, es ein wenig hinauszögern zu können, lief Andrina die Treppe hoch. Im Bad sah sie in den Spiegel und erschrak. Sie sah aus, als sei sie einem Gespenst begegnet.

Andrina schlüpfte unter die Dusche und wusch die Haare. Anschliessend zog sie ein Sommerkleid an und legte etwas Makeup auf. Prüfend musterte sie sich im Spiegel. Nein, das reichte nicht. Sie griff zur Wimperntusche. Eigentlich war es albern, aber sie wollte einen anständigen Eindruck machen. Andrina kämmte die feuchten Haare und flocht sie zu einem Zopf. Ein letzter prüfender Blick in den Spiegel, und dann eilte sie die Treppe hinunter.

Sie fand Feller in der Küche. Er hatte Gläser und Wasser auf den Tisch gestellt und die Kaffeemaschine eingeschaltet.

«Was möchten Sie trinken. Kaffee? Wasser?»

«Beides. Aber lassen Sie mich das machen.»

«Das ist kein Problem. Setzen Sie sich.»

Er stellte ein Glas Wasser vor Andrina hin und wandte sich der Kaffeemaschine zu. Als er zwei Tassen Kaffee auf den Tisch gestellt hatte, nahm er Andrina gegenüber Platz.

«Warum haben Sie heute Morgen ausgerechnet diese Route gewählt?» Verdutzt sah Andrina ihn an. «Ich hätte angenommen, Sie würden diesen Weg lieber meiden.»

«Wenn ich es heute nicht mache, werde ich diesen Weg nie mehr nehmen, habe ich gedacht.»

«Aber allein?», hakte er nach. Andrina zuckte mit den Schultern. «Okay. Lassen wir das für den Augenblick.»

Feller trank einen Schluck Kaffee.

«Sie sind gejoggt und haben Herrn Gysin angetroffen.»

Andrina nickte. «Sie beide kennen sich offensichtlich.»

«Seine Frau war die Tagesmutter von meiner Schwester und mir.»

Feller nickte. «Er ist aber allein unterwegs gewesen.»

«Helga ist vor zwei Jahren gestorben.»

«Erzählen Sie mir einfach, was geschehen ist, als Sie Herrn Gysin begegnet sind.»

Andrinas Herzschlag beschleunigte sich. Am liebsten würde sie das Erlebte verdrängen, doch er zwang sie, es nochmals zu durchleben.

«Wir können es wirklich auf später verschieben, wenn Ihnen das lieber ist.»

«Aber je eher Sie die Information haben, desto besser, nicht wahr?»

«Wenn es ganz frisch ist, ist es am unverfälschtesten. Später gehen Dinge verloren, oder Sie haben das Gefühl, sich an etwas zu erinnern, das so nicht stattgefunden hat.»

«Franz hat mich angesprochen. Wir haben miteinander geredet, als ich Gabis Bike sah.»

Feller schwieg zunächst.

«Es ist das Beste, wenn Sie erst einmal erzählen. Meine Fragen kann ich später stellen», sagte er, als Andrina nicht fortfuhr.

«Ich habe mich gewundert, weil es dort lag, aber Gabi nicht da war. Also bin ich zum Bike gegangen.»

Andrina schloss die Augen. Deutlich sah sie es vor sich.

«Etwas bewegte sich in den Büschen, und ich hörte ein Geräusch», berichtete sie weiter mit geschlossenen Augen. «Dann sah ich, dass es zwei Personen waren. Die eine sass auf der anderen. Ich bin zu ihnen hingerannt. Der Mann sprang auf und rannte davon.»

«Mann?», hakte Feller nach. «Haben Sie sein Gesicht erkennen können?»

Andrina öffnete die Augen. «Nein. Er war maskiert.»

«Womit?»

«Er hatte einen schwarzen Strumpf über den Kopf gezogen. Wie Demonstranten. Damit meine ich diejenigen, die randalieren.»

«Warum nehmen Sie an, es sei ein Mann?»

«Er sah nicht aus wie eine Frau. Ich meine damit den Körper.»

«Den Körperbau?», half Feller.

«Ja, genau. Ausserdem hatte er Männerbeine.»

«Männerbeine?»

«Er trug Shorts, und seine Beine waren behaart.»

Feller hob die Augenbrauen. Andrina spürte, wie das Blut in ihr Gesicht schoss.

«Sie sind nicht nur ungeheuer mutig, sondern haben auch eine sehr gute Beobachtungsgabe, Frau Kaufmann. Es war also ein Mann. Können Sie sein Alter schätzen?»

Andrina schaute ihn hilflos an. «Darin bin ich nicht besonders gut. Ausserdem trug er eine Maske. Aber er war kleiner als Sie und war nicht so …» Sie brach ab.

«Er war nicht so?», hakte Feller nach.

Andrina überlegte. Wie umschrieb man am besten gut gebaut?

«Das ist ein guter Ansatz. Machen Sie weiter.» Feller stand auf. «Er ist also nicht so gross wie ich und nicht was?»

«Gut trainiert», rutschte es Andrina heraus. «Ich wollte sagen, nicht so schlank.» Ihr Gesicht glühte. «Ich meine dicker.»

Feller lächelte und setzte sich. «Das ist eine ganze Menge.» Er beugte sich vor. «Schade, dass er maskiert war, sonst würde ich mit Ihnen ein Phantombild erstellen lassen.»

«Er war blasser als Sie.»

«Blasser?»

«Ich habe seine Arme und Beine gesehen.»

«Waren die Arme auch behaart?»

Andrina starrte ihn an. Sie schloss die Augen. «Nicht so stark wie die Beine.»

«Welche Farbe hatten die Haare?»

Andrina öffnete die Augen und schüttelte hilflos den Kopf. Feller hielt ihr seinen Arm hin. Andrina zuckte mit den Schultern.

«Tätowierungen oder etwas Ähnliches?», wollte er wissen.

«Nein, oder besser, ich habe keine Ahnung. Er hatte aber eine Menge Sommersprossen, und die Haare waren nicht so dunkel wie Ihre. Die Farbe kann ich Ihnen nicht sagen. Es tut mir leid.»

«Es muss Ihnen nicht leidtun. Sie haben bereits sehr viel sagen können. Wenn alle Zeugen so gut wären.» Er brach ab und musterte Andrina. «Hatte er Ähnlichkeit mit Eric Zuber?»

Andrina schüttelte den Kopf. «Es war nicht Eric.»

«Was macht Sie da so sicher? Herr Zuber ist blond und hat eine hellere Haut als ich. Ausserdem hat er viele Sommersprossen.»

Nachdrücklich schüttelte Andrina den Kopf. «Eric ist fast so gross wie Sie. Der Mann im Wald hatte eher meine Grösse. Ausserdem passt der Körperbau nicht. Eric ist zwar dicker als Sie, aber nicht so gedrungen wie der Mann im Wald.» Hilflos sah sie ihn an. «Ich weiss nicht, wie ich es erklären soll.»

«Das ist gut so.»

«Ausserdem waren es nicht Erics Augen.»

«Erics Augen?», wiederholte Feller.

«Eric hat braune Augen. Die Farbe seiner Augen war …» Sie stockte. «Ich weiss nicht, aber sie war anders als braun.»

«Wieso konnten Sie seine Augenfarbe erkennen? Wie dicht sind Sie an ihn herangekommen?»

«Keine Ahnung. Es waren vielleicht zwei Meter.»

Fellers Augen weiteten sich. Entsetzen huschte über sein Gesicht, und da war noch etwas, das Andrina nicht deuten konnte.

«Er ist zuerst ein Stück auf mich zugekommen, hat dann Franz gesehen und ist davongerannt.»

Feller stiess Luft aus. Er lehnte den Kopf nach hinten und starrte an die Decke. Als er weitersprach, klang seine Stimme rau.

«Gibt es sonst etwas, das Ihnen an ihm aufgefallen ist? Hat er zum Beispiel gehinkt?»

«Keine Ahnung. Er ist sehr schnell im Unterholz verschwunden.»

«Okay. Was haben Sie dann gemacht?»

«Ich bin ein Stück hinter ihm hergerannt, aber …» Andrina brach ab, als sie seinen Gesichtsausdruck sah.

«Aber?»

«Gabi.»

«Was war mit ihr?»

«Sie hatte ein Tuch um den Hals.»

Feller sagte nichts.

«Ich habe ihr das Tuch abgenommen.» Erneut stockte sie.

«Und danach?»

«Sie atmete nicht, und Puls habe ich auch keinen gefühlt.» Andrina senkte den Kopf und starrte auf ihre Hände. Sie verschränkte die Finger ineinander. Eine weitere Hand erschien in ihrem Blickfeld und legte sich auf ihre.

«Und dann?», wiederholte er.

Andrina hob den Kopf. «Ich weiss es nicht mehr genau.»

«Sie haben ihr vermutlich das Leben gerettet.»

Andrina liess den Kopf auf die Hände sinken. Sie hörte, wie er seinen Stuhl zurückschob und aufstand. Feller schaffte es um den Tisch herumzukommen, ohne seine Hand wegzuziehen. Er setzte sich neben sie und legte die andere Hand auf ihre Schulter.

«Wenn Sie mich fragen, wie Erste Hilfe funktioniert, kann ich Ihnen das nicht sagen», murmelte Andrina. «Ich habe zwar einen Kurs gemacht, aber das ist ewig her. Irgendwie habe ich auf Autopilot geschaltet.»

«In Stresssituationen passiert manchmal etwas mit uns, was wir uns hinterher nicht erklären können.» Er schwieg einen Moment. «Ich glaube, wir lassen es fürs Erste gut sein», sagte er, blieb aber so sitzen und zog seine Hand nicht weg.

Andrina hob den Kopf und schaute ihm direkt in die Augen. «Geben Sie mir Bescheid, wenn Sie etwas von ihr hören?»

Feller nickte. «Das entspricht zwar nicht den Vorschriften, aber in diesem Fall kann ich eine Ausnahme machen.»

Er strich eine Haarsträhne, die zu kurz war, um in dem geflochtenen Zopf Halt zu finden, hinter ihr Ohr.

«Momentan gibt es einen Schlag nach dem anderen für Sie,

Frau Kaufmann. Sie sind eine sehr starke Frau. Ich muss sagen, ich bewundere Sie.»

Andrina brachte kein Wort heraus.

«Wo sind Ihre WG-Kolleginnen?»

«Barbara und Lisa sind übers Wochenende ins Berner Oberland gefahren. Sie kommen heute Abend wieder.»

«Möchten Sie, dass ich bis dahin bei Ihnen bleibe oder sonst jemand kommt?»

«Sie haben vermutlich genug zu tun.»

«Das liesse sich delegieren.»

Andrina schüttelte den Kopf. «Ich glaube, ich möchte allein sein.»

Nachdenklich sah er sie an. «Ich weiss zwar nicht, ob das gut ist, aber okay. Wenn was ist oder Sie es sich anders überlegen, rufen Sie mich bitte an. Tun Sie es dieses Mal wirklich.»

«Danke», murmelte Andrina.

Ihr wurde bewusst, dass seine Hand nach wie vor auf der ihren lag. Aber es störte sie nicht.

«Haben Sie noch meine Handynummer?»

«Ich glaube.»

«Glauben ist nicht wissen.» Feller zog seine Hand zurück, holte sein Portemonnaie aus der Gesässtasche seiner Jeans hervor. Er griff nach dem Bleistift, der auf der Küchenanrichte lag, und notierte eine Nummer auf die Rückseite der Visitenkarte.

«Speichern Sie die Nummer auf Ihrem Handy», sagte er und reichte Andrina die Karte. «Sie können mich jederzeit anrufen, auch mitten in der Nacht. Auch, wenn Sie das Gefühl haben, es ist eine Lappalie. Oder einfach, wenn Sie jemanden zum Reden brauchen.»

Er beugte sich vor, bis sein Gesicht wenige Zentimeter von ihrem entfernt war.

«Noch etwas», sagte er. «Ab sofort befolgen Sie meine Anweisungen. Und zwar jede einzelne.»

Andrina schwieg.

«Ihnen ist hoffentlich klar, dass es heute Morgen auch anders für Sie hätte ausgehen können?»

Sie antwortete nicht.

«Wenn Herr Gysin nicht in der Nähe gewesen wäre, hätte der Maskierte sicher nicht die Flucht ergriffen.»

Andrina schluckte.
«Muss ich fortfahren?»
Sie schüttelte den Kopf.
«Gut, dann verstehen wir uns.»

Andrina trat ans Fenster. Feller stand neben seinem BMW und telefonierte. Als er das Gespräch beendet hatte, stieg er in den Wagen. Bevor er davonfuhr, hob er grüssend die Hand.

Andrina liess sich auf ihr Bett fallen und schloss die Augen. Sofort erschien Gabi vor ihr. Wie sie im Wald am Boden lag und diese maskierte Gestalt auf ihr sass.

Andrina fuhr hoch und griff nach ihrem Handy, das auf ihrem Nachttisch lag. Sie wählte die Nummer ihrer Schwester.

Seraina nahm nach dem dritten Klingelzeichen ab.

«Hallo, Andrina.»

«Gilt dein Angebot mit dem Hausboot noch?», fragte Andrina ohne Einleitung.

«Kommst du mit?»

«Ja.»

«Cool! Warum der plötzliche Sinneswandel?»

So kurz und emotionslos wie möglich schilderte Andrina ihrer Schwester, was am Morgen vorgefallen war.

«Ach du meine Güte! Du ziehst das direkt an. Nicht auszudenken, wenn der Mann sich auf dich gestürzt hätte!»

«Es ist einfach genug», sagte Andrina. «Ich will hier weg. Auch wenn es nur für eine kurze Zeit ist.»

«Darfst du das denn? Ich meine, hat die Polizei nichts dagegen? Du bist eine wichtige Zeugin.»

Daran hatte Andrina nicht gedacht.

«Frag besser nach, aber ich glaube nicht, dass es ein Problem ist.»

«Wann muss ich wo sein?»

«Wir fahren bereits am Donnerstag ab, übernehmen das Boot jedoch erst am Samstag so gegen zwei Uhr am Nachmittag. Du kannst einfach kommen, wenn du willst. Oder möchtest du mit uns am Donnerstag fahren?»

«Nein, am Donnerstag ist Brigittas Beerdigung. Ich komme direkt zum Boot.»

«Ich freue mich, dich zu sehen, und Kopf hoch», sagte Seraina. «Fühl dich ganz fest umarmt.»

Nachdem Andrina aufgelegt hatte, schaltete sie den Laptop ein und buchte online den Flug nach Berlin-Tegel. Als sie das Bestätigungs-E-Mail erhielt, fiel ihr ein, was Seraina ausserdem gesagt hatte. Sie musste die Polizei verständigen, oder besser nachfragen, ob sie überhaupt fahren durfte.

Andrina starrte auf Fellers Visitenkarte und wählte nach kurzem Zögern seine Handynummer.

Das Besetztzeichen erklang.

Vermutlich war er nicht begeistert, weil sie wegfahren wollte. Andrina kaute an ihrem Daumennagel und überlegte, wie sie ihn davon überzeugen konnte, denn sie wollte wirklich nur eins, weg.

Nach zehn Minuten wählte sie erneut. Das Freizeichen erklang. Andrina erschrak und legte sofort auf. Das hatte Zeit bis morgen. Zum einen war Sonntag, und auf der anderen Seite hatte er momentan genug zu tun.

Sie legte ihr Handy zurück auf den Tisch und trat ans Fenster. Morgen würde sie ihn im Polizeikommando anrufen. So hatte sie mehr Zeit, sich eine Strategie zurechtzulegen, ihn zu überzeugen.

In diesem Moment klingelte ihr Handy. Die Nummer auf dem Display kam ihr bekannt vor, aber sie konnte sie nicht zuordnen. Sie überlegte, ob sie das Gespräch entgegennehmen sollte, hob dann aber ab.

«Andrina Kaufmann.»

«Marco Feller. Ich habe gesehen, dass Sie versucht haben, mich zu erreichen.»

«Ich …» Andrina stockte. Er hatte geklungen, als habe er ihre Telefonnummer gespeichert.

«Ja?»

«Nächsten Samstag wollte ich in die Ferien fahren und nachfragen, ob das in Ordnung ist. Ich meine, geht das oder muss ich der Polizei zur Verfügung stehen, weil …»

Sie brach ab. Wie dämlich das klang.

Feller antwortete nicht. Das Schweigen zog sich in die Länge, und Andrina fragte sich, ob er noch dran war. Dann hörte sie ihn tief ausatmen.

«Warum nicht?»

In seiner Stimme schwang etwas mit, das sie vorhin auch bei Seraina gehört hatte. Erleichterung.

«Brauchen Sie mich nicht für weitere Aussagen?», fragte sie, verwundert darüber, weil es so leicht war.

Feller schwieg erneut. Andrina hielt die Luft an.

«Fahren Sie. Es wird Ihnen guttun. Nehmen Sie einfach Ihr Handy mit, damit ich Sie erreichen kann.»

Andrina stiess die Luft aus, die sie angehalten hatte, und sank auf ihr Bett. Das war ja wirklich leichter, als sie gedacht hatte.

«Darf ich fragen, wo es hingeht?»

«Nur in die Nähe von Berlin», antwortete sie.

«Warum nur?»

«Im Moment würde ich mich ans Ende der Welt wünschen.»

«Das kann ich mir denken.»

Andrina konnte sich das Lächeln auf seinem Gesicht vorstellen, das in seiner Stimme mitschwang.

Als er allerdings weitersprach, klang seine Stimme ernst. «Ich komme gerade aus dem Spital. Der Zustand von Gabi Hug hat sich stabilisiert. Aber sie liegt im künstlichen Koma.»

«Danke, dass Sie mir das sagen.»

«Ich habe noch eine Frage. Wann genau ist die Beerdigung von Brigitta Clemens?»

Andrina schluckte. «Am Donnerstag um drei Uhr. Kommen Sie auch?» Das ging sie eigentlich nichts an.

«Ja.» Er seufzte. «Ich mache es nicht gerne, aber wir müssen schauen, ob sich jemand auffällig verhält. Bei Herrn Strahm ist Max gegangen. Nun bin ich dran.»

Andrinas Herz schlug ihr bis zum Hals. «Sie meinen, der Mörder kommt zur Beerdigung?»

«Es ist nicht auszuschliessen.»

«War Ulrichs Mörder auch auf seiner Beerdigung?»

«Das wissen wir nicht. Uns ist leider niemand aufgefallen.»

ZWÖLF

Andrina betrat die Kirche. Sie war knapp dran. Die Kirche war bereits fast auf den letzten Platz gefüllt. Beklemmung machte sich breit.

Vorne stand die kleine Urne. Sie war umringt von Blumenkränzen.

Elisabeth sass mit ihrer Familie in der vordersten Reihe. Neben Brigittas Schwester war ein Platz frei. Dort wollte Andrina bestimmt nicht sitzen. Nicht nach dem Eklat von letzter Woche. Ausserdem wollte sie keinen neuen heraufbeschwören. Sie wusste nicht einmal, ob ihre Anwesenheit erwünscht war.

Seit dem Zusammenstoss mit Elisabeth bei der Sitzung im Büro hatten sie keinen Kontakt mehr gehabt.

Gabi konnte sie nicht fragen, wie sie sich am besten verhalten sollte, denn sie lag nach wie vor im Koma. Zumindest war das der letzte Stand, den Wagner ihr mitgeteilt hatte, als sie gestern miteinander telefoniert hatten.

Zögernd setzte Andrina einen Fuss vor den anderen. Nach einigen Schritten blieb sie erneut stehen. Das war die zweite Beerdigung innerhalb von zwei Wochen. Sie presste ihre Handtasche dicht an den Körper. Kalter Schweiss bildete sich auf ihrer Stirn. Viel kühler als draussen war es nicht. Trotzdem fror sie.

Langsam ging sie weiter den Gang entlang und hielt Ausschau nach einem freien Platz. Plötzlich wurde sie am Arm festgehalten. Erschrocken wandte sie sich um.

«Setzen Sie sich zu mir, Frau Kaufmann.»

Beinahe hätte sie Feller nicht erkannt. Er trug einen anthrazitfarbenen Anzug mit Krawatte, was ihm gut stand. Andrinas Herz machte einen Sprung.

Du bist auf Brigittas Beerdigung, rief sie sich ins Gedächtnis, und nicht mit ihm verabredet.

Sie zögerte. War es eine gute Idee, neben Feller zu sitzen? Er nahm ihr die Frage ab, indem er ein Stück zur Seite rutschte und sie sanft, aber bestimmt neben sich auf die Bank zog.

Was war, wenn sie sich nicht beherrschen konnte und weinte?

Oder gar zusammenbrach? Dann war sie in seiner Nähe am besten aufgehoben, kam sie zum Schluss.

«Wie geht es Ihnen?», fragte er leise.

Seit Sonntag hatten sie nicht mehr miteinander gesprochen. Zwar waren noch einmal zwei Beamte vorbeigekommen und hatten einige Fragen zum Überfall auf Gabi gestellt, aber mit ihm hatte sie keinen Kontakt mehr gehabt.

Viel Neues hatte sie nicht hinzuzufügen gehabt. Ausserdem hatte sie ihn in Verdacht, sie bewusst in Ruhe zu lassen und nicht weiter mit der Sache zu behelligen.

«Es geht so», antwortete sie.

Orgelmusik setzte ein.

«Reden wir später», flüsterte er und wies nach vorne, wo der Pfarrer erschienen war.

Was er genau sagte, bekam Andrina nicht mit. Bewegungslos sass sie da und starrte geradeaus. Fellers Schulter berührte ihre. Sie war sich bewusst, dass er immer wieder einen prüfenden Blick in ihre Richtung warf.

Brigittas Gesicht tauchte vor ihrem inneren Auge auf, als sie sich am Tag vor ihrer Ermordung verabschiedet hatten. Sie hatten einander umarmt, und Brigitta hatte sie nicht mehr loslassen wollen. Hatte sie zu diesem Zeitpunkt geahnt, dass es das letzte Mal war, an dem sie sich sehen würden?

Andrina ballte ihre Hände zur Faust. Schmerzhaft bohrten sich die Fingernägel in die Handflächen. Sie senkte den Kopf und schluckte die aufsteigenden Tränen herunter.

Eine Berührung liess sie aufschauen. Feller tastete nach ihrer Hand und drückte sie. Als sie ihre ihm entziehen wollte, hielt er sie einfach fest. Er liess sie während der gesamten Zeremonie nicht mehr los.

Irgendwann, Andrina hatte das Zeitgefühl verloren, stand die Trauergemeinde auf. Die Urne wurde an ihr vorbeigetragen.

Andrina musste die aufsteigenden Tränen wegblinzeln.

Elisabeth und ihre Familie folgten direkt hinter der Urne.

Brigittas Schwester schaute Andrina an. Kurz flackerte in ihren Augen etwas auf, das Andrina aber nicht interpretieren konnte.

Andrina trat auf den Gang. Feller hielt weiterhin ihre Hand. Inzwischen war Andrina um diesen Halt froh. Hand in Hand folgten sie den übrigen Trauergästen zum Grab. Als die Urne ins Grab gelassen wurde, schloss Andrina ihre Finger schraubstockähnlich um seine. Feller zuckte leicht zusammen, liess ihre Hand aber nicht los. Mit dem Daumen strich er über ihren Handrücken.

Auf der anderen Seite stand Elisabeth. Ihr Blick blieb an Andrinas und Fellers ineinander verschränkten Händen hängen.

Als die Urne im Loch verschwunden war, meinte Andrina, der Boden würde unter ihren Füssen schwanken. Sie wankte und hatte das Gefühl, ihre Beine wollten sie nicht mehr tragen. Ein Arm legte sich um ihre Schulter, und Feller zog sie dicht neben sich.

Tränen liefen ungehindert über Andrinas Gesicht. Verschwommen nahm sie wahr, wie sich die Gemeinde vor dem Grab auflöste.

Feller führte sie an den Rand des Friedhofs und drückte sie an sich. Andrina schlang die Arme um seinen Nacken und presste ihr Gesicht gegen seinen Hals. Ein Schütteln durchlief ihren Körper. Lautlos liess sie den Tränen freien Lauf.

Feller strich mit einer Hand über ihren Rücken, sagte aber nichts.

Nach einer Weile versiegten die Tränen.

Andrina blieb einen Moment so stehen, dann realisierte sie, dass die Haut an seinem Hals und der Hemdkragen ganz nass waren. Erschrocken hob sie den Kopf.

«Geht es wieder?», fragte er.

Andrina nickte.

«Alles verschmiert», murmelte er und holte ein Taschentuch hervor, mit dem er um ihre Augen herumtupfte. «So, jetzt ist es wieder in Ordnung.» Er lächelte.

«Danke», sagte Andrina leise und löste sich aus seiner Umarmung.

Als sie sich umdrehte, trafen sich ihre Augen mit denen Elisabeths, die neben dem Grab stand. Andrina hielt dem Blick stand, und Elisabeth war die Erste, die wegschaute.

«Ich glaube nicht, dass er gekommen ist, aber bei den vielen Leuten ist das sehr schwierig», murmelte Feller und beantwortete damit Andrinas unausgesprochene Frage.

Er zog den Kittel aus und legte ihn über seinen Arm.

«Können wir kurz miteinander sprechen, oder haben Sie noch etwas vor?»

Andrina schüttelte den Kopf. «Heute gehe ich nirgendwo mehr hin.»

«Gabi Hug ist aus dem Koma erwacht.» Andrina stiess Luft aus. «Sie erinnert sich aber nicht an den Vorfall.»

«Ist das normal?»

«Ja. Es kann zu vorübergehender Amnesie kommen.»

«Darf ich sie besuchen?»

«Ich denke, das ist keine gute Idee. Zumindest zum jetzigen Zeitpunkt nicht. Ist Ihnen noch etwas eingefallen?»

Andrina schüttelte den Kopf. «Ihren Kollegen konnte ich auch nichts Neues sagen.»

«Ich weiss.»

«Hallo, Andrina.» Elisabeth war an sie herangetreten.

Andrina versteifte sich. Kam es zu dem gefürchteten Eklat? Würde sie ihr Vorhaltungen machen? Würde sie ihr zu verstehen geben, dass sie unerwünscht war? Im Verlag waren sie sich gegenseitig aus dem Weg gegangen.

«Es tut mir leid», sagte Elisabeth und hob die Zigarette, die sie zwischen den Fingern hielt, an die Lippen. «Mein Benehmen war unverzeihlich.»

Überrascht sah Andrina sie an. Eine Entschuldigung war das Letzte, womit sie gerechnet hatte.

«Es ist schon gut», murmelte sie, sich Fellers prüfenden Blickes voll bewusst.

«Nein, es ist nicht gut. Es hat einen Riss gegeben, und wir werden nie mehr so sein können wie früher.»

«Das können wir sowieso nicht.»

«Unser Verhältnis wird nicht mehr das gleiche sein.»

Da hatte sie recht, aber Andrina schwieg.

«Bitte lass uns auf eine Ebene zurückkehren, auf der wir uns gegenseitig achten. Das Letzte, was Brigitta gewollt hätte, ist ein Zerwürfnis.»

«Du rauchst wieder?», fragte Andrina.

Elisabeth schoss einen Blick auf Andrina ab. Wenn er hätte töten können, wäre sie sofort umgefallen. Unweigerlich wich Andrina zurück und trat einen Schritt dichter an Feller heran. Elisabeths Augen verengten sich.

«Kommst du nachher mit ins Restaurant?», fragte sie.

«Bitte sei mir nicht böse, aber das kann ich nicht.»

«Warum?», rief sie und zog an der Zigarette. «Es ist für Brigitta.»

Andrina hatte das Gefühl, einen beleidigten Unterton aus ihrer Stimme herauszuhören. In Elisabeths Gesicht trat ein harter Zug.

«Ich bringe bestimmt keinen Bissen herunter», verteidigte sich Andrina. «Ausserdem hat Herr Feller Fragen an mich.»

Elisabeth hob die Augenbrauen. «Wenn es hilft, Brigittas Mörder zu finden.» Der Sarkasmus in ihrer Stimme war nicht zu überhören. Ihr Blick wechselte zwischen Andrina und Feller hin und her. «Denk aber bitte an meine Anweisungen.»

Sie nahm erneut einen Zug von ihrer Zigarette und stiess den Rauch durch den Mund aus.

Sie umarmte Andrina, die sich erneut versteifte.

«Falls wir uns nicht mehr sehen, geniess es da oben. Du hast es dir mehr als verdient.» Sie küsste Andrina auf beide Wangen und wandte sich um.

«So, so, ich habe Fragen an Sie?»

«Entschuldigen Sie bitte, wenn ich Sie als Notlüge missbraucht habe. Aber ich kann nicht nach einer Beerdigung zu einem Leichenschmaus, oder wie man das auch immer nennt. Man hat gerade jemanden beerdigt, und schon wird wieder gelacht und angestossen. Das dreht mir jedes Mal den Magen um.»

«In diesem Fall haben wir etwas gemeinsam. Was ist zwischen Ihnen vorgefallen?» Er wies mit dem Kopf zu Elisabeth, die zu ihrer Familie zurückkehrte.

«Nur eine kleine Meinungsverschiedenheit», erwiderte Andrina.

«Nach einer kleinen Meinungsverschiedenheit sah mir das nicht gerade aus. Ihre Körpersprache hat mir etwas anderes erzählt.» Andrina fuhr zu ihm herum. «Jetzt verrät mir Ihre Körpersprache, dass ich richtigliege.»

«Sie hat mit einer Vase nach mir geworfen.»

«Wie bitte?»

«Vergessen Sie es. Es ist etwas Persönliches zwischen uns beiden. Wir haben offenbar eine Ebene gefunden, miteinander umzugehen.»

«Das hoffe ich.»

«Haben Sie etwas auf …?» Andrina zögerte. «Haben Sie etwas in Brigittas E-Mails gefunden?»

Feller seufzte. «Nein, bisher nicht. Alles, was ich herausgefunden habe, ist, dass Sie einen abwechslungsreichen Job haben.» Andrina starrte ihn an. «Hinzu kommen Frau Clemens' Anlässe, an denen Sie Spenden gesammelt hat, die Sie offenbar mehr oder weniger allein organisiert haben. Alle Achtung, wie Sie da den Überblick behalten. Sie machen das mit links, wie mir scheint.»

Andrina errötete. «So viel ist es gar nicht.»

«Doch, das ist es. Ich kann Frau Clemens verstehen, dass sie Ihnen diese Sache anvertraut hat. Leider hat mir Ihr spannendes Jobprofil nicht geholfen, was die Ermordung von Frau Clemens betrifft.»

«Gibt es keinen Hinweis in ihren Mails?»

Feller schüttelte den Kopf. «Leider nicht. Zu den E-Mails von Frau Veldt haben Sie keinen Zugang?»

Andrina stiess ein heiseres Lachen aus. «Eher würde Elisabeth sich die Hände abhacken.»

«Ich suche trotzdem weiter. Bevor ich es vergesse, was wird aus Frau Clemens' Engagement? Führt das jemand weiter? Vielleicht Frau Veldt?»

«Ich weiss es nicht. Das wird Elisabeth entscheiden. Vermutlich wird sie das Geld, das auf den Konten ist, an irgendeine Hilfsorganisation überweisen und dann die Konten künden. Sie wird sich sicher nicht so engagieren, wie Brigitta es getan hat.»

Feller nickte. «Soll ich Sie später nach Hause bringen?»

«Vielen Dank für das Angebot, ich möchte allerdings gerne allein sein.»

«Ich wünsche Ihnen, dass Sie da oben abschalten können. Falls wir uns nicht mehr sehen: Gute Reise.»

Er fasste Andrina an den Schultern und küsste sie auf beide Wangen.

Andrina berührte mit den Fingerspitzen die Stellen, wo seine Lippen ihre Haut gestreift hatten, und blickte ihm nach, als er in der Menschenmenge verschwand.

Andrina fuhr durch das Obertor in der Aarauer Altstadt und hielt vor einem hellbraun gestrichenen Haus an. Sie lehnte das Velo gegen die Hausmauer und marschierte über die Strasse auf den Eingang eines gelben Hauses zu.

Nicht zögern, sonst würde sie es nicht durchziehen.

Die Haustür stand offen. Andrina verzichtete auf den Lift und lief die Treppe bis in den dritten Stock hoch. Vor der Wohnungstür machte sie halt, um wieder zu Atem zu kommen. Sie hob die Hand und hielt inne.

Nein, nicht zögern.

Ein schriller Klingelton erschallte, als sie auf den schwarzen Knopf neben dem Namensschild drückte. Es dauerte eine Weile, bis die Tür geöffnet wurde.

«Andrina! Du hast mich also erhört.»

«Nein», sagte Andrina und marschierte an Eric vorbei in die Wohnung.

«Anscheinend doch, denn du hast dich sogar richtig herausgeputzt.»

Ein anzügliches Lächeln erschien auf seinem Gesicht. Er schloss die Tür und machte einen Schritt auf Andrina zu.

«Falsch!», zischte sie. «Ich war auf Brigittas Beerdigung. Hast du sie umgebracht?»

Eric hob die Augenbrauen. «Komm erst mal rein.»

Er ging zum Wohnzimmer. Andrina straffte die Schultern und folgte ihm.

In der Wohnung sah es immer noch gleich unordentlich aus, wie beim letzten Mal, als sie hier gewesen war.

Zeitschriften, T-Shirts und Socken lagen auf dem Boden verstreut. Ein Teller mit Resten einer Pizza und eine Bierflasche standen auf dem Tisch. Der Aschenbecher daneben quoll über. Es stank nach Marihuana.

Eric lehnte lässig gegen ein Bücherregal und hielt einen Joint in den Händen.

«Hast du sie umgebracht?»

«Entspann dich erst einmal.»

Er hielt Andrina den Joint hin. Sie schlug ihn aus der Hand, und er fiel auf den gefliesten Boden.

«Hast du sie umgebracht?», wiederholte sie und trat dicht an ihn heran, wobei sie den Joint mit dem Fussballen austrat. Eric wich ein Stück zurück, was Andrina mit Genugtuung bemerkte.

«Hast du Ulrich Strahm auf dem Gewissen?»

«Nein. Bist du völlig ausgerastet?»

«Hast du Gabi überfallen?»
«Wen?»
«Tu nicht so scheinheilig. Gabi Hug. Unsere Lektorin.»
«Sollte ich sie kennen?»
«Wo warst du letzten Sonntagmorgen, gegen sieben Uhr?»
«Hast du bei der Polizei angefangen?»
«Wo warst du?»
«Im Bett.» Er beugte sich nach vorne. «Mit einer klasse Frau.» Andrina kniff die Augen zusammen. «Ich bin ja auch nur ein Mann und brauche zwischendurch jemanden, bis du endlich zur Vernunft kommst.» Er lachte. «Bist du etwa eifersüchtig?»
«Das hättest du wohl gerne.» Andrina wühlte in ihrer Handtasche und holte ein Blatt hervor, das sie auf den Tisch knallte. «Warst du das?»
«Ich weiss immer, wo du bist? Klingt cool.»
Bevor Andrina zur Beerdigung aufgebrochen war, hatte sie einen neuen Brief mit dieser Botschaft im Briefkasten gefunden.
«Nein, sie stammt leider nicht von mir.»
«Warum glaube ich dir nicht?»
«Was soll das?»
«Es sind zwei Menschen gestorben. Eine Frau wurde überfallen. Sie hat knapp überlebt, und ich bekomme seit einiger Zeit diese Briefe. Ausserdem kenne ich jemanden, der dazu durchaus in der Lage wäre.» Sie wies mit dem Zeigefinger auf ihn.
Eric hob die Hände. «Mach mal einen Punkt. Willst du mich kränken? Wie du weisst, kann ich niemandem etwas zuleide tun. Nicht mal einer Fliege.»
«Doch, mir!»
Andrina machte einen weiteren Schritt auf ihn zu. Etwas blitzte in seinen Augen auf, was Andrina noch nie in ihnen gesehen hatte: Angst.
«Ich habe niemanden umgebracht.»
«Wenn ich herausfinden sollte, dass du lügst, jage ich dich bis ans Ende der Welt. Dann gnade dir Gott, wenn ich dich zu fassen bekomme.»
«So kenne ich dich gar nicht. Ist das etwa eine Drohung?»
«Nein, eine Bekanntmachung.» Andrina kniff die Augen zusammen. «Noch etwas. Wenn du es wagen solltest, in meine Nähe

zu kommen oder sonst wie mit mir in Kontakt zu treten, liefere ich dich höchstpersönlich der Polizei aus.»

Erics Mund verzog sich zu einem Grinsen. «Das hast du bis jetzt auch nicht getan.»

«Lass es lieber nicht darauf ankommen.» Andrina nahm Erics Handy, das auf dem Tisch lag.

«Gib mir das Handy zurück.»

Sie schaltete es ein. Gleich darauf verlangte es ein Passwort.

Eric grinste, was Andrinas Zorn weiter anstachelte. Sie drehte es um und holte die SIM-Karte heraus.

«Damit du nicht in Versuchung kommst», sagte sie, warf ihm das Handy zu und hielt die SIM-Karte wie eine Trophäe hoch.

«Moment», protestierte Eric. «Her damit!»

«Kauf dir eine neue. Das kostet nicht die Welt.»

«Da sind die Nummern meiner Kumpel drauf.» Es glitzerte in seinen Augen.

Lass dir keine Angst machen, dachte Andrina und richtete sich ein Stück mehr auf.

«Die kann man auch auf eine andere Karte programmieren.»

Eric trat auf sie zu und packte sie am Arm. Schraubstockähnlich drückten seine Finger zu.

«Wage es nicht. Wenn mir etwas passiert, jagt eben Herr Feller dich bis ans Ende der Welt.»

«Dein Polizist?» Sein Gesicht verzog sich zu einem amüsierten Grinsen.

«Ja, mein Polizist», stiess Andrina hervor.

Mit der freien Hand holte sie aus und schlug Eric mit aller Kraft, die sie aufbringen konnte, ins Gesicht.

Er liess los. Überraschung spiegelte sich in seinen Augen wider, die aber sofort in Zorn umschlug.

Andrina stürmte aus der Wohnung. Sie rannte aus dem Haus und überquerte die Strasse. Neben ihrem Velo blieb sie stehen. Der Puls dröhnte in den Ohren.

Sie schaute zur Haustür.

Eric war ihr nicht gefolgt. Mit klopfendem Herzen bückte sie sich und liess die SIM-Karte durch das Gitter des Kanaldeckels gleiten.

Als sie den Kopf hob, erblickte sie Eric am Fenster. Er hob

die Hand und reckte den Mittelfinger in die Luft. Anschliessend verschwand er aus ihrem Blickfeld.

Andrina stieg auf das Velo und fuhr davon. Ihr Herzschlag beruhigte sich nach und nach, und ein Hochgefühl stieg in ihr auf.

Es war Zeit, nach Hause zu fahren und zu überlegen, was sie in die Ferien mitnehmen wollte.

Andrina entschied sich dennoch dagegen, direkt nach Hause zu fahren, denn sie wollte eine Weile allein sein und nicht von Barbara und Lisa mit Fragen bestürmt werden.

Sie fuhr über das Kopfsteinpflaster den Hang hinunter zur Aare. Bei der Hauptstrasse stieg sie ab und überquerte den Zebrastreifen. Am Fluss setzte sie sich auf eine Bank und starrte auf das schnell dahinfliessende Wasser, ohne es richtig wahrzunehmen. Stattdessen sah sie vor sich, wie die Urne in dem kleinen Loch verschwand.

Andrina fühlte nichts. Das kurze Hochgefühl, das sie bei Eric empfunden hatte, war wieder verschwunden. Es hatte nur kurz von Brigittas Tod und der Trauer abgelenkt. Nun spürte sie Leere. Das Vakuum im Inneren schien immer grösser zu werden, und sie hatte das Gefühl, neben sich zu schweben. Das Gezwitscher der Vögel hörte sich dumpf an. Genauso war es mit dem Geräusch der auf der Strasse vorbeifahrenden Autos.

«Störe ich?», fragte eine Männerstimme, die von ganz weit weg zu kommen schien.

Feller trug nach wie vor die anthrazitfarbene Hose und das Hemd, hatte aber die Krawatte abgenommen und die oberen beiden Knöpfe des Hemdes geöffnet.

Sie schüttelte den Kopf. «Wo kommen Sie so plötzlich her?»

«Du hast genau vor mir die Strasse überquert, aber ich kann verstehen, wenn du momentan nicht viel rechts und links von dir wahrnimmst.»

Du! Andrina schluckte. Nach dem, was bei der Beerdigung vorgefallen war, war das eigentlich eine logische Entwicklung.

Andrina schaute über die Schulter zum Parkplatz und erkannte Fellers Wagen. Er rutschte neben sie auf die Bank.

«Vorhin hat Mike angerufen.»

«Mike?»

«Er hat sich erkundigt, ob du uns wirklich Bescheid gegeben hast, dass du in die Ferien fährst.»

«Sie ...» Andrina schloss kurz die Augen. «Du sprichst von Serainas Mann?»

«Ja.»

«Woher kennst du ihn?»

«Wir waren gemeinsam auf der Polizeischule. Mike ist bei der Mobilen Polizei geblieben, und ich hatte die Möglichkeit, in die Abteilung Leib und Leben der Kripo zu wechseln.»

«Er ruft einfach an und erkundigt sich bei euch, ob ich es gemeldet habe?»

Michael telefonierte hinter ihrem Rücken mit der Polizei. Andrina überlegte, ob sie sauer auf ihn sein sollte oder nicht.

«Seraina ist ihm so lange auf die Nerven gegangen, bis er mich angerufen hat. Deine Schwester macht sich eben Sorgen um dich.» Feller beugte sich vor und stützte sich mit seinen Ellenbogen auf den Oberschenkeln ab. «Mike hat ausserdem gefragt, ob ich nicht, ganz spontan, Lust hätte, mit aufs Boot zu kommen.»

«Was?» Andrina richtete sich kerzengerade auf.

«Es sei noch Platz, hat er gemeint.»

«Er hat dich gefragt, ob du mit uns in die Ferien fährst? Verstehe ich das richtig?» Feller lächelte. «Momentan liegt das nicht drin, nehme ich an, denn die Polizei hat einiges um die Ohren, oder?»

Er neigte den Kopf. «Theoretisch hast du recht. Ich habe jedoch im Frühling Ferien für jetzt eingegeben. Das war der dritte Versuch.»

«Der dritte Versuch?»

«Das erste Mal habe ich im Februar versucht, Skiferien zu machen, und der zweite war im Frühling. Es ist immer etwas dazwischengekommen, und ich musste beide Male absagen.»

«Nun ist wieder etwas dazwischengekommen, und du kannst keine Ferien nehmen.»

«Im Gegenteil. Max fände es begrüssenswert, wenn ich sie endlich beziehen würde, denn sonst schaffe ich es bis Ende Jahr nicht mehr.»

«Das heisst?»

«Das bedeutet, ich könnte mit aufs Hausboot kommen.» Andrinas Herz machte einen Sprung. «Ich habe Mike aber noch nicht zugesagt, weil ich erst mit dir sprechen wollte.»

«Mit mir?»

«Du hast in dieser Sache ein Mitspracherecht.» Andrina schwieg. «Wäre es für dich in Ordnung, wenn ich mitfahren würde?»

«Klar, warum nicht?», hörte Andrina sich sagen, bevor sie ihren Verstand eingeschaltet und sich die Antwort gut überlegt hatte.

Auf Fellers Gesicht breitete sich ein Lächeln aus. In diesem Moment klingelte sein Handy.

«Entschuldige.» Er nahm das Gespräch entgegen. «Ja? Ich bin auf dem Weg ins Polizeikommando.» Er fuhr mit dem Zeigefinger über sein Kinn. «Nein, ich habe nicht mit ihr sprechen können, sie hat gerade geschlafen. In zehn Minuten bin ich da.»

Er legte auf.

«Wer hat geschlafen?», wollte Andrina wissen.

«Gabi Hug», antwortete er. «Ich war in der Schachenklinik. Ihr geht es besser.» Er neigte den Kopf. «Jetzt sollte ich zusehen, ins Büro zu kommen.»

Feller stand auf und beugte sich zu Andrina hinunter. Sie meinte schon, er wolle sie küssen, aber er drückte nur ihre Schulter.

«Möchtest du am Samstag mit mir fahren? Ich besuche allerdings unterwegs jemanden.»

Sie schüttelte den Kopf. «Ich habe bereits einen Flug gebucht.»

«In diesem Fall sehen wir uns auf dem Boot.» Er lächelte und lief zu seinem Wagen.

Als Andrina ihm nachschaute, fragte sie sich, welcher Teufel sie gerade geritten hatte, dieser Sache zuzustimmen. Eigentlich hatte sie die Abgeschiedenheit nutzen wollen, um richtig Abschied von Brigitta zu nehmen. Wie sollte das funktionieren, wenn Feller mitkam?

Überhaupt, wohin führte das Ganze?

DREIZEHN

«Cooler Hut», hörte Andrina Fellers Stimme.

Der Hut, den sie auf ihr Gesicht gelegt hatte, wurde hochgehoben. Andrina griff danach und legte ihn zurück auf den Kopf.

«Ich bin nicht da», knurrte sie.

«Dann muss das eine Fata Morgana sein, die ich hier liegen sehe.»

Warum war er schon da? Andrinas Herzschlag beschleunigte sich. Er musste besser durchgekommen sein als vermutet.

Nachdem Andrina am frühen Nachmittag auf dem Pénichette-Hausboot angekommen war und sich eingerichtet hatte, hatte sie Seraina und Mike gebeten, sie allein zu lassen.

Sie hatte sich auf den Bug des Bootes zurückgezogen und sich im Bikini in der Sonne ausgestreckt, um das schöne Wetter auszunutzen.

Die Wetteraussichten für die nächsten Tage waren nicht berauschend. Wechselhaftes Wetter war angesagt.

Ausserdem hatte sie die Zeit nutzen wollen, sich mental auf Fellers Ankunft vorzubereiten. Wie hatte sie sich vor diesem Augenblick gefürchtet, denn je länger sie über diese Sache nachgedacht hatte, desto mehr war sie zum Schluss gekommen, welch wahnwitzige Idee es war.

Sie war wütend auf sich, weil sie ihm zugesagt hatte. In ihrem Inneren brodelte es richtiggehend, und je länger sie darüber nachdachte, desto mehr richtete sich der Zorn gegen ihn.

Die Sonne tat zwar gut. Sie war Balsam für die Seele. Beruhigen hatte sie Andrina jedoch nicht können, und nun war ihr Puls so richtig in die Höhe geschnellt.

«Das ist hier ein nettes Plätzchen. Rutsch mal.»

Sie richtete sich auf. «Lass mich in Ruhe!»

Feller nahm den Hut aus Andrinas Händen und setzte ihn auf.

Sie hatte den Hut vor einigen Jahren auf einer Australienreise gekauft. Feller stand er gut, was das flaue Gefühl im Magen verstärkte.

«Das ist ja nicht gerade eine nette Begrüssung. Was hast du gegen mich?»

Andrina schaute an ihm vorbei auf den See. Eine Entenmutter mit zehn Küken schwamm am Boot vorbei. Auf dem See fuhr ein Hausboot vorbei. Die Bojen, die die Fahrrinne vorgaben, schaukelten leicht in den Wellen, die es verursachte.

Sie hatte nichts gegen ihn.

«Aber?», fragte er.

«Was?»

Er hatte seine Sonnenbrille abgenommen und musterte sie. «Eigentlich hast du nichts gegen mich. Da fehlt das Aber.»

Andrina erschrak. Hatte sie etwa laut gedacht?

«Kein Aber», brachte sie hervor und betrachtete ihre Hände.

Eigentlich war er mehr oder weniger der Einzige, den sie momentan um sich ertragen konnte. Daher sollte sie froh sein, wenn er hier war. Trotzdem war sie nicht zum Schluss gekommen, wie sie mit seiner Anwesenheit umgehen sollte.

Ausserdem war er der Hauptverantwortliche für die Aufklärung der Morde, und er war derjenige, der ihr eine Menge Fragen stellte. Auch unangenehme. Er würde weitere Fragen stellen. So viel stand fest.

Es wäre schön gewesen, eine kurze Pause von den Befragungen zu haben, damit sie wieder ein wenig zu sich selbst finden konnte.

«Ich mache nur meinen Job.»

Konnte er Gedanken lesen? Dieses Mal hatte sie nämlich nicht ausgesprochen, was sie dachte. Erschrocken sah sie ihn an.

Die Krempe ihres Hutes warf einen Schatten auf sein Gesicht, sodass sie den Ausdruck nicht erkennen konnte.

«Ich weiss, ich habe dich vorgestern überrumpelt. Mir ist inzwischen klar, wie unfair es war, dich so kurz nach der Beerdigung zu fragen. Trotzdem werden wir wohl oder übel die nächsten Tage auf engem Raum miteinander auskommen müssen. Da sollten wir zu einem mehr oder weniger normalen Umgang zurückfinden. Alles andere ist nicht lustig und vermiest die Ferien.»

Stell dich nicht so an, mahnte Andrina sich.

«Okay, es tut mir leid», sagte sie leise. «Fangen wir noch mal von vorne an.» Andrina holte Luft. «Hallo, du bist ja schon da.»

Feller lächelte. «Ich bin besser durchgekommen, als ich gedacht habe.»

«Wann bist du abgefahren?»

«Gegen fünf Uhr am Morgen. Ich habe einen kurzen Zwischenstopp bei Stuttgart gemacht und habe dort meinen Cousin getroffen. Wir haben zusammen gefrühstückt, anschliessend bin ich weitergefahren.»

Andrina schwieg, denn sie wusste nicht, wie sie weiter Small Talk machen sollte.

Er lächelte erneut. «Der erste Schritt ist also gemacht. Eine andere wichtige Frage. Möchtest du oben oder unten schlafen?»

Andrinas Herzschlag beschleunigte sich. Das war ihr bis jetzt nicht bewusst geworden. Sie musste mit ihm die Kabine teilen.

«Unten, wenn möglich», sagte sie und war erstaunt, wie fest ihre Stimme klang.

«Okay, kein Problem.»

Schweigen machte sich breit, was Andrina als unangenehm empfand. Sie räusperte sich.

«Warum bist du wirklich mitgefahren?»

Diese Frage hatte sie die ganze Zeit beschäftigt. Irgendwie nahm sie ihm nicht ab, dass der Bezug von längst überfälligen Ferien der Grund war.

Feller schaute an ihr vorbei zum Nachbarboot. Zwischen den Schilfhalmen hinter dem Boot konnte Andrina ein Nest ausmachen, auf dem ein Schwan sass.

«Jemand von uns musste mit», murmelte er.

«Von uns? Musste mit? Um mich zu überwachen? Damit ich nicht abhaue?» Die Empörung nahm überhand.

«So würde ich das nicht sehen.»

«Wie hast du es sonst gemeint?»

«Bitte lass uns nicht jetzt darüber reden.»

«Du sollst mein Aufpasser sein. Warum gerade du?»

Feller grinste. «Glaubst du, ich lasse mir so tolle Ferien entgehen. Nun aber genug davon.» Er neigte den Kopf und seine Augen funkelten. «Was ich dich schon immer fragen wollte, woher kommt eigentlich der Name Andrina? Besonders häufig ist der nicht.»

Verdutzt über den Themenwechsel schüttelte Andrina sich.

«Der Name kommt aus dem Rätoromanischen», gab sie als Antwort.

«Und Seraina?», fragte er weiter.

«Das ist die rätoromanische Version von Serena. Meine Grossmutter ist Bündnerin und hat bei unserer Namengebung die Finger mit im Spiel gehabt.»

«Das hört man dir nicht an.»

«Mir?» Andrina musste wider Willen lachen. «Wenn man im Aargau aufwächst, hinterlässt das sprachtechnisch seine Spuren.»

«Offensichtlich.» Er reichte Andrina den Hut zurück.

«Hier seid ihr.» Seraina hatte das Fenster geöffnet und streckte ihren Kopf hinaus. «Bleiben wir heute hier in Fürstenberg? Dann könnten wir auswärts essen, und keiner muss kochen.»

Andrina und Feller sahen einander an und nickten.

«Sagen wir, in zwei Stunden.» Wieder nickten Andrina und Feller synchron. «Später können wir bestimmen, wer an welchem Tag Küchendienst hat.» Seraina zog den Kopf zurück und klappte das Fenster zu.

Feller liess sich nach hinten fallen und schloss die Augen. «Himmlisch! Ferien!»

«Heisst das, keine polizeilichen Fragen während der nächsten Tage?», fragte Andrina.

Er schlug die Augen auf. Als sie den Ausdruck in seinem Gesicht bemerkte, wünschte sie, den Mund gehalten zu haben.

«Ganz vermeiden werde ich es nicht können, besonders, wenn ich die ganze Zeit die Person um mich habe, um die es bei dieser Sache geht.»

«Um die es bei dieser Sache geht?» Andrina spürte einen schalen Geschmack im Mund.

Feller setzte sich auf. «Lass uns später darüber sprechen. Hier haben wir keine Ruhe.»

Er rutschte zur Kante. Andrina packte seinen Arm.

«Nein! Warum weichst du die ganze Zeit aus? Du machst vage Andeutungen, und wenn ich nachhake, sagst du: später. Ich will wissen, was du damit meinst.» Ihre Stimme klang schärfer als beabsichtigt.

Feller beugte sich vor und brachte sein Gesicht dicht vor ihres. «Damit meine ich, froh zu sein, wenn ich weiss, wo du dich die nächsten Tage aufhältst, und ich gleichzeitig in deiner Nähe bin.»

Das klang unheilvoll.

«Was soll das heissen?» Andrina konnte nicht verhindern, dass sich Panik in ihre Stimme mischte.

Feller schwieg.

«Das klingt, als wäre ich die Schuldige. Ich habe niemanden umgebracht», rief sie. «Das solltest du eigentlich wissen.»

Tränen schossen in ihre Augen. Andrina gelang es, sie wegzuzwinkern.

Er legte eine Hand auf ihre Schulter. Die Berührung brannte wie Feuer auf ihrer nackten Haut. «Habe ich das behauptet?»

«Ja. Nein. Ich weiss nicht.» Andrina schluckte die Übelkeit herunter.

«Ich habe nur gesagt, froh zu sein, die nächsten Tage in deiner Nähe zu sein.»

«Warum?»

«Lass uns später darüber reden.»

Wieder dieses «später».

Er strich mit dem Handrücken über ihre Wange. Zu ihrem Entsetzen merkte Andrina, dass es eine Träne war, die er fortwischte.

«Nein, jetzt!»

Feller seufzte und deutete mit dem Kopf auf die Schiffskabine, in der Seraina stand und sie beobachtete. Andrina fragte sich, wie viel ihre Schwester wusste.

«Hier sind wir nicht ungestört», fuhr er fort. «Wir haben die nächsten Tage viel Zeit. Die brauchen wir. Ich möchte … ich muss mit dir darüber reden. Aber nicht jetzt.»

In Andrina rumorte es, sie war aber unfähig, etwas zu sagen.

«Zeit für eine Ablenkung», sagte er und richtete sich auf. «Kommst du schwimmen?» Feller streifte T-Shirt und Shorts ab und stand in Badehose vor Andrina.

«Ich mit dir?», fragte Andrina. «Jetzt?»

«Ist das etwa eine unmoralische Frage?» Seine Mundwinkel zuckten leicht nach oben.

«Nein. Das Wasser ist recht kühl», brachte sie hervor.

«In diesem Fall wird es höchste Zeit, dass wir uns abhärten.»

Er ergriff ihre Hand und öffnete eine Kette an der Reling. Dann sprang er und zog sie mit sich. Andrina schrie auf, bevor das kalte Wasser über ihrem Kopf zusammenschlug.

VIERZEHN

Andrina schlenderte durch den kleinen Supermarkt. Nun waren sie bereits beinahe eine Woche unterwegs. Sie merkte, wie sie sich langsam entspannte und die Ereignisse in die Ferne rückten – wie ein böser Traum.

Zwar begleitete sie die Trauer um Brigitta nach wie vor, doch die Fahrten auf den Seen und Kanälen boten ihr einen guten Hintergrund für die Trauerarbeit. Häufig sass sie allein auf dem Bug und liess die Wälder und die Wiesen abwechselnd an sich vorbeiziehen. Die Seenlandschaft war wie ein eigenes Universum. Man war von allem abgeschottet. Kein Verkehr störte die Ruhe. Nur an den Schleusen kam man in Berührung mit der anderen Welt, wie Andrina es inzwischen nannte. Wenn sie sich auf den Bug des Hausbootes zurückgezogen hatte, hielten sich die anderen im Hintergrund, wofür Andrina ihnen dankbar war.

An der Kasse bezahlte sie und verstaute die Einkäufe in den Rucksack. Jetzt musste sie frische Brötchen einkaufen.

Heute hatten sie und Feller Küchendienst. Sie hatte sich bereit erklärt, einkaufen zu gehen.

Feller. Andrina blieb stehen. Warum war er wirklich hier? Sie überquerte die Strasse. Er hatte immer noch nicht mit ihr gesprochen, was er mit den Andeutungen am ersten Tag gemeint hatte. Zweimal hatte Andrina einen Vorstoss unternommen, aber er hatte sie immer wieder vertröstet.

«Wenn wir beide allein einen langen Spaziergang machen», hatte er gemeint.

Andrina betrat die Bäckerei. Lange musste sie nicht warten und trat wenige Augenblicke später mit frischen Brötchen auf die Strasse. Sie öffnete das Schloss des Velos, welches man ihnen von der Bootsvermietstation zur Verfügung gestellt hatte.

Sie nahm den Zettel aus dem Gepäckkorb und legte den Sack mit den Brötchen hinein. Sie wollte das Blatt wegwerfen, hielt jedoch inne und faltete es, einem Impuls folgend, auseinander.

Als sie den einzelnen Satz auf dem Zettel las, hatte sie das Gefühl, eine Erdspalte würde sich unter ihren Füssen auftun.

Ich weiss immer, wo du bist.

Zitternd lehnte sie sich gegen die Hausmauer. Er war hier! In Neustrelitz. Wie war das möglich?

Ein Mann mit einem Kinderwagen spazierte an ihr vorüber, beachtete sie aber nicht. Auf der anderen Strassenseite kamen zwei Frauen aus dem Supermarkt heraus.

Niemand verhielt sich verdächtig.

Zorn verdrängte die Fassungslosigkeit. Andrina knüllte den Zettel zusammen und schleuderte ihn in den nächsten Abfalleimer.

Nein, sie würde sich die Ferien nicht vermiesen lassen!

★★★

Andrina schlug die Augen auf. Es war bereits hell. Sie musste doch eingeschlafen sein. Lange hatte sie sich hin und her gewälzt und überlegt, ob sie mit Feller über die Botschaft sprechen sollte. Immer wieder war sie das Für und das Wider im Kopf durchgegangen, hatte aber trotzdem keinen Entschluss fassen können.

Zurzeit überwog der Trotz. Er sprach auch nicht mit ihr, warum sollte sie sich ihm dann anvertrauen? Vielleicht war es wirklich ein übler Scherz.

Andrina betrachtete ihre Jacke, die am Haken hing. Bevor sie aus Neustrelitz abgelegt hatten, war sie mit Seraina in die Stadt gegangen, und sie hatten einen Kaffee getrunken. Nachdem sie zum Boot zurückgekehrt waren, hatte sie ihre Jacke in der Kabine aufgehängt und dabei den Zettel in der Tasche vorgefunden.

Wieder war das Gefühl der Ohnmacht über ihr zusammengeschlagen. Zum Glück war niemand in der Nähe gewesen, als sie auf ihr Bett gesunken war.

Die zweite Drohung an einem Tag. Das war ihr sogar in der Schweiz nicht passiert.

Sie wusste nicht, wann die Botschaft in die Tasche gesteckt worden war. Es musste in dem Café geschehen sein. Jedenfalls hatte sie nichts bemerkt.

Er, wer er auch immer war, war ganz nah.

Das Wasser plätscherte von aussen gegen die Bordwand. Andrina meinte zu spüren, wie das Boot sich im Wind drehte. Ursprünglich hatten sie bis Wesenberg fahren wollen, aber das Wetter war am Nachmittag überraschend besser geworden. Also hatten sie beschlossen, nicht in einem Hafen zu übernachten, sondern auf dem See zu ankern.

Andrina rieb ihre Augen. Sie fühlte sich nach dieser unruhigen Nacht völlig gerädert. Hoffentlich hatte Feller nicht bemerkt, wie sie sich hin und her gewälzt hatte.

Andrina schielte zur Uhr. Es war kurz vor sechs Uhr. Sie schlüpfte aus dem Bett und richtete sich auf. Langsam kreiste sie ihre verspannten Schultern und drehte sich zum Bett um.

Feller schlief. Er lag auf der Seite, sein Gesicht ihr zugewandt. Wenn er die Augen aufschlug, würde er sie direkt ansehen.

Er hatte gespürt, dass etwas nicht stimmte. Gestern hatte er sie die ganze Zeit immer wieder mit diesem prüfenden Blick angeschaut.

Andrina musste nachdenken und zu einem Entschluss kommen, ob sie nicht doch lieber mit ihm sprechen sollte.

Sie wollte aus der Kabine schlüpfen, konnte aber ihre Augen nicht von ihm lösen. Er wirkte richtig entspannt.

Aus heiterem Himmel schlug das Verlangen nach ihm zu. Andrina erschrak über die Heftigkeit ihrer Gefühle. Ihr Herz raste.

Sie hatte geahnt, dass solche Gefühle in ihrem Unterbewusstsein schlummerten, es aber nie wahrhaben wollen. Nun drängten sie mit Macht an die Oberfläche. Ihr Atem verflachte sich.

Andrina floh aus der Kabine in den Wohnbereich des Schiffes. Sie starrte auf den See. Kein weiteres Boot hatte in dieser Bucht, die von einem breiten Schilfgürtel und Wald umgeben war, geankert. Langsam bekam sie ihr Herzklopfen unter Kontrolle. Sie schüttelte den Kopf.

Nein, das war nicht der richtige Zeitpunkt für so etwas. Ausserdem hatte Feller sich ihr gegenüber immer neutral verhalten. Zumindest hatte Andrina die letzten Tage keine Anzeichen gesehen, dass er ähnliche Gefühle für sie hegte.

Im Gegenteil, sie hatte eher das Gefühl, er würde bewusst Distanz suchen. Andrina lehnte den Kopf gegen den Türrahmen. Die Sache war vermutlich einseitig, auch wenn es in der Schweiz teilweise anders ausgesehen hatte. Es war wohl Mitleid gewesen, das sie falsch gedeutet hatte.

Wie sollte sie mit dieser Situation umgehen? Sie musste ihre

Gedanken und Gefühle ordnen. An einem Ort, wo sie allein sein konnte und nicht plötzlich Seraina auftauchte.

Nachdenken konnte sie am besten beim Joggen. Allerdings war das nicht möglich, wenn man auf einem See ankerte. Schwimmen wäre da eine Alternative.

Andrina huschte ins Bad, zog sich ihre Badesachen über und schlich zur Tür. Vorsichtig schob sie sie ein Stück auf und zuckte zusammen, als der kalte Luftzug sie traf.

Sie band ihre Haare im Nacken zusammen und trat hinaus.

Andrina musterte die Leiter. Ein Schauer durchlief ihren Körper. Sie strich sich über ihre Arme, auf denen sich eine Gänsehaut gebildet hatte.

Warum war es hier so kalt? In der Schweiz hatten sie einen Rekordsommer, der vielen zu heiss war, und hier warteten die Menschen sehnsüchtig auf beständigeres Wetter mit sommerlichen Temperaturen.

Andrina beugte sich vor. Als sie nach dem Handlauf der Leiter griff, zögerte sie. Sie musste springen, sonst würde sie einen Rückzieher machen, sobald ihre Zehenspitzen das kalte Wasser berührten. Andrina öffnete eine Kette und starrte auf die glatte Wasseroberfläche. Langsam zählte sie von zehn rückwärts. Bei null stiess sie sich mit den Füssen fest ab und flog kopfüber durch die Luft, bevor ihre Hände ins kalte Wasser tauchten.

Der Schock war riesig. Andrina zwang sich, ein Stück unter Wasser zu gleiten, bis sie an die Wasseroberfläche kam. Prustend schüttelte sie ihren Kopf. Sie widerstand dem Drang, zum Hausboot zurückzuschwimmen, und kraulte von der Pénichette weg.

Nachdem sie ein Stück geschwommen war, drehte sie sich auf den Rücken und liess sich treiben. Zwar war ihr kalt, aber es liess sich aushalten. Jetzt konnte sie nachdenken. Womit sollte sie beginnen?

Feller? Nein, er würde warten müssen. Das war zwar feige, aber Andrina war nicht bereit, ihre Gefühle für ihn zu analysieren und sich darüber klar zu werden, was sie bedeuteten.

Andrina lenkte ihre Gedanken zu den Briefen mit den Botschaften. Wer wusste, dass sie hier in den Ferien war?

Nein, falsch. Hierhin geflüchtet war. Hatte sie doch angenommen, dem Alptraum wenigstens für eine Zeit entkommen zu sein.

Sollte sie es Feller sagen? Oder besser Seraina einweihen? Sollte sie lieber wieder abreisen, damit ihre Schwester nicht auch in das Visier dieses Verrückten rutschte? Hingen die Botschaften mit den Morden an Strahm und Brigitta zusammen?

Bei der Sache ging es um sie, wurde ihr plötzlich klar. Die Erkenntnis traf sie wie ein Schlag.

Das war es, was Feller mit ihr besprechen wollte, sich aber bisher nicht getraut hatte. Wusste er nicht, wie er es ihr beibringen sollte?

Darum war er hier. Natürlich. Sie stand unter Polizeischutz. Oder so etwas in der Art.

Warum war gerade er hier? Wieso hatte er nicht einfach einen Beamten geschickt? Oder eine Beamtin? Durfte er überhaupt im Ausland im Einsatz sein? Musste so etwas nicht erst von den ausländischen Behörden bewilligt werden? Oder war er inoffiziell hier?

Andrina rieb mit dem Zeigefinger über die Stirn. Mit den Briefen hatte es kurz nach dem Mord an Ulrich Strahm begonnen.

Warum hatte sie es nicht sofort begriffen? Wer hatte es auf sie abgesehen? Und warum? Wer brachte Ulrich Strahm und Brigitta um und versuchte es anschliessend bei Gabi? War sie, Andrina, die Letzte auf der Liste? Oder war sie nur eine von vielen? Wer war als Nächstes dran?

Eric steckte nicht dahinter. Zu dieser Überzeugung war sie inzwischen gekommen, denn er war in der Schweiz. Ausserdem hatte sie ihm nicht erzählt, dass sie in die Ferien fuhr.

Ich weiss immer, wo du bist.

Sollte sie mit Feller darüber reden? Sollte sie über ihren Schatten springen und den ersten Schritt machen, wenn er es nicht tat?

Ich weiss immer, wo du bist.

Was sollte damit bezweckt werden?

Plötzlich wurde Andrina kälter, als ihr ohnehin war. Wenn derjenige wirklich immer wusste, wo sie war, dann wusste er auch, dass sie allein schwimmen gegangen war. Wartete er auf so eine Gelegenheit, damit er sie …

Eine Hand berührte ihre Schulter. Andrina schrie auf, riss die Arme nach oben und sackte mit dem Gesäss nach unten. Sie tauchte unter Wasser und wurde am Arm gepackt. Kurz tauchte sie auf.

«Nein!», schrie sie, strampelte mit den Beinen und ging wieder unter.

Andrina schlug um sich. Kurz schaffte sie es zurück an die Oberfläche, schnappte nach Luft und ging sogleich wieder unter.

Der Griff um ihren Arm verstärkte sich. Andrina trat um sich und traf mit der Ferse ein Bein. Der Griff löste sich, und Andrina sackte ein Stück weiter nach unten. Arme schlossen sich von Neuem um ihren Oberkörper. Die Armbanduhr des Angreifers kratzte über ihr Decolleté.

Ich will nicht sterben, dachte sie und biss in den Arm des Angreifers.

Erneut lockerte sich der Griff. Andrina beugte ihre Beine und stiess sich mit den Füssen an den Oberschenkeln ihres Angreifers ab. Bevor sie sich endgültig herauswinden konnte, pressten sie die Arme von Neuem gegen seinen Oberkörper. Sie schlug und trat um sich und schaffte es, erneut aufzutauchen.

Andrina hustete. Der Angreifer sagte etwas. Die Worte drangen allerdings nicht zu ihr durch. Sie versuchte weiterhin, sich aus dem Griff herauszuwinden, und sie gingen zusammen unter.

Andrina hatte das Gefühl, sie würden gemeinsam unter Wasser Purzelbäume schlagen. Plötzlich spürte sie, wie sie unter Wasser rückwärts gezogen wurde. Oder war das Einbildung? Wo war eigentlich oben und unten? Inzwischen hatte sie die Orientierung verloren. Ihre Lunge brannte. Luft, hämmerte es in ihrem Kopf. Ich brauche Luft. Andrina öffnete wider besseres Wissen den Mund und schluckte Wasser. Unverhofft stiessen ihre Füsse gegen lehmigen Untergrund. Sie sank bis zu den Knöcheln in dem Matsch ein. Andrina stiess sich ab und schoss wie ein Korken nach oben. Sie spuckte das Wasser aus, als sie die Oberfläche erreichte, und würgte und hustete.

Hier konnte sie tatsächlich stehen.

Die Arme liessen sie unverhofft los. Andrina fuhr herum.

«Du?», keuchte sie.

«Wer soll es denn sonst sein?», fragte Feller. Auch er rang nach Atem. «Okay, es könnte Mike oder Seraina sein. Wobei Seraina bei den Wassertemperaturen eher nicht ins Wasser geht …»

Andrina strich eine Haarsträhne aus dem Gesicht.

«Wo kommst du her?», fragte sie.

Erneut musste sie würgen und husten.

«Was ist los mit dir? Was ist passiert?»

«Du hast doch geschlafen.»

«Als ich wach geworden bin, warst du weg. Ich habe gesehen, wie du ins Wasser gesprungen bist. Die Idee von einem Morgenschwimmen fand ich nicht schlecht. Hätte ich allerdings geahnt, damit so eine Panikattacke auszulösen, hätte ich es lieber bleiben lassen.» Er kniff die Augen zusammen. «Panikattacke ist das falsche Wort. Warum kommst du auf die Idee, plötzlich um dein Leben kämpfen zu müssen, wenn ich dich an der Schulter antippe?»

«Ich habe nicht –»

«Genau das hast du. Okay, erschrecken kann man sich ja, aber du warst völlig in Panik und hast auf nichts reagiert, was ich gesagt habe.»

Mit der Hand rieb er über seinen rechten Unterarm. Deutlich zeichneten sich Andrinas Zähne darauf ab. Bereits verfärbte sich die Haut zu einem kreisförmigen blauen Fleck. Unterhalb seines Schlüsselbeins war ein circa zwanzig Zentimeter langer Kratzer, der blutete.

«Ich … Entschuldige», stammelte sie und deutete auf seinen Arm.

«Ich werde es überleben. Sag endlich, was ist los mit dir?»

«Muss ich ausgerechnet *dir* erklären, was ich in der letzten Zeit durchgemacht habe?», fauchte Andrina. «Du warst mehr oder weniger live dabei.»

«Ich hatte das Gefühl, du bist die letzten Tage zur Ruhe gekommen. Du hast dich sogar immer mehr entspannt. Bis gestern.» Er musterte sie. «Gestern Morgen ist etwas passiert, als du die Brötchen geholt hast, und am Nachmittag ist wieder etwas vorgefallen. Seraina konnte mir allerdings nicht sagen, was.»

Andrina wandte den Kopf ab und starrte zur Pénichette. Mit der Hand tastete sie zu ihrem Hals. Brigittas Kette war noch da.

«Ich habe dir wiederholt gesagt, ich bin für dich da, wenn du reden möchtest, egal, über was. Das gilt nach wie vor. Auch wenn es eine Banalität ist. Allerdings habe ich das Gefühl, es handelt sich hierbei um keine Banalität.»

Andrina zögerte. Jetzt wäre die Gelegenheit. Sie waren allein. Spring über deinen Schatten und dränge deinen Stolz zur Seite, flüsterte eine Stimme in ihrem Kopf. Das Schweigen zog sich in die Länge.

«Du hast ganz blaue Lippen», sagte Feller. «Besser, wir schwimmen zum Boot zurück.»

Das musste er Andrina nicht zweimal sagen. Sie stiess sich mit den Füssen vom schlammigen Untergrund ab und kraulte zur Pénichette. An der Leiter hielt Feller sie zurück.

«Warum vertraust du dich mir nicht an?»

Andrina schüttelte seinen Arm ab und kletterte die Leiter hoch.

Andrina hielt inne und fasste an ihre Seite. Verflixt, solches Seitenstechen hatte sie lange nicht mehr gehabt. Dabei hatte sie erst die Hälfte der Runde geschafft. Sie war aus der Übung. Und das nach nur ein paar Tagen. Das hatte man davon, wenn man auf einem Boot hockte und sich nicht bewegte. Sie presste die Hand fester gegen die Seite und setzte sich auf eine Bank. Vielleicht war es keine gute Idee gewesen, diese lange Runde zu wählen. Im Reiseführer stand: Vierstündige Wanderung. Andrina hatte angenommen, es in weniger als zwei Stunden zu schaffen. Sie schloss die Augen.

Nachdem sie in Wesenberg angelegt hatten, hatte sie Seraina erklärt, sie wolle eine Runde joggen. Seraina hatte sie seltsam gemustert, als Andrina bat, Michael und Feller nichts davon zu sagen.

Andrina hatte endlich allein sein wollen. Wirklich allein. Besonders nach dem missglückten Versuch am Morgen. Ein weiterer Grund war die Flucht vor Fellers prüfendem Blick. Er hatte sie den ganzen Morgen nicht mehr aus den Augen gelassen.

Andrina starrte in die Ferne. In diesem Moment sah sie in den Augenwinkeln, wie sich jemand neben ihr auf die Bank setzte. Andrina sprang auf. Sie stiess einen Schrei aus, als ihr Arm ergriffen wurde.

«Ich wollte dich nicht erschrecken.»

Andrina starrte Feller an.

«Wieder diese Reaktion», meinte er.

«Wo kommst du her?», presste sie hervor.

«Ich jogge, wie du.» Er wies auf seine Joggingkleidung.

«Habe ich Seraina nicht klipp und klar gesagt, dass ich allein sein will?» Feller hob seine Augenbrauen. «Hat sie ihren Mund nicht halten können? Spionierst du mir etwa hinterher?», brauste sie auf. «Erst heute Morgen und jetzt?»

«So würde ich das nicht bezeichnen.» Andrina schnappte nach Luft. «Sagen wir mal besser, ich halte ein Auge auf dich.»

«Spinnst du völlig!», rief Andrina. «Ich will einfach allein sein. Kann das denn keiner verstehen? Nenn es meinetwegen Bootskoller.»

Fellers Mundwinkel zuckten leicht, dann wurde er wieder ernst. «Willst du mir nichts erzählen? Besonders nach heute Morgen wäre eine Erklärung angebracht.»

«Erzählen? Was soll ich dir denn erzählen?»

Feller neigte seinen Kopf. «Schade, ich dachte, du würdest mir vertrauen.»

«Warum sollte ich ausgerechnet dir vertrauen?» Der Satz war heraus, bevor Andrina realisierte, wie verletzend er war.

Feller presste seine Lippen zusammen. Er griff in seine Hosentasche und reichte Andrina ein Blatt.

Andrina spürte, wie das Blut aus ihrem Gesicht wich, und liess sich neben Feller auf die Bank sinken.

«Schnüffelst du etwa in meinen Sachen!», stiess sie heiser hervor.

«Also doch! Und nein, ich wühle nicht in deinen Sachen. Das Blatt lag vor dem Bett. Ich wollte es wegwerfen, habe aber vorher nachgeschaut, ob es wichtig ist.»

«Vor dem Bett? Es steckte in der Jackentasche.» Andrina brach ab.

«Ich nehme an, du hast es gestern bekommen. Von wem?»

«Ich weiss es nicht. Das ist vermutlich ein blöder Scherz», versuchte Andrina abzuwiegeln.

Sie wollte lächeln, was aber misslang.

Feller fasste Andrinas Schultern und drehte sie zu sich um. «Warum kann ich das nicht glauben? Vermutlich ist dieser Satz unter anderem ein Grund für den Zwischenfall heute Morgen. So eine Reaktion ist nicht normal. Hast du bereits mehrere Drohungen erhalten?»

Andrina senkte den Kopf und schwieg.

«Also doch! Verflixt, Andrina, warum sagst du nichts? Dazu ist die Polizei da.»

«Die Polizei ist unfähig.»

Ein harter Zug legte sich um Fellers Mund. Andrina schluckte. Das war die zweite verbale Ohrfeige, die sie ihm verpasst hatte.

«Der Typ läuft immer noch frei herum. Er stellt mir nach und hat mich offenbar hier gefunden und …» Andrina verhaspelte sich.

«Welcher Typ läuft frei herum?» Feller griff unter ihr Kinn und zwang Andrina, ihn anzusehen. «Wer stellt dir nach? Eric?»

Andrina schwieg.

«Wir legen mal einige Regeln fest», sagte er schroff. «Die erste ist, du erzählst mir alles, was vorgefallen ist. Zweitens, wir sind endlich ehrlich miteinander.»

«Warum hältst du dich nicht daran?»

«Drittens, du machst keine Alleingänge und gehst ohne Begleitung nirgendwo mehr hin. Viertens: Die Begleitung bin immer ich. Fünftens …»

Andrina zuckte zurück und sprang auf. «Vergiss es! Ich bin nicht deine Gefangene.»

Feller stand ebenfalls auf. Dicht trat er vor Andrina. «Nein, meine Gefangene nicht gerade, aber du bist jemand, der mir sehr viel bedeutet.»

«Was?»

«Ich will nicht, dass derjenigen, die mir … In die ich … Ach verdammt, ich liebe dich, und ich will nicht, dass dir etwas zustösst.»

Andrinas Herz machte einen Sprung. Er legte die Hände auf ihre Schultern und beugte sich vor. Der Kuss war nur ein Hauch auf Andrinas Lippen, und sie überlegte, ob sie sich ihn eingebildet hatte.

«Ist das klar?», fragte er.

Die Schärfe war aus seiner Stimme verschwunden.

Das Einzige, was Andrina schaffte, war zu nicken.

Feller schloss sie in die Arme. Andrina legte den Kopf an seine Schulter und presste ihr Gesicht gegen seinen Hals. Sie fühlte Geborgenheit. Das war etwas, was sie lange nicht mehr empfunden hatte. Sie wünschte, er würde sie nie mehr loslassen.

Nachdem sie eine Weile so gestanden waren, schob er sie ein wenig zurück. Der Kuss, der folgte, war sicher keine Einbildung.

Als sie sich voneinander lösten, dröhnte der Puls in Andrinas Ohren. War das gerade eben wirklich passiert?

Feller lächelte auf sie herab. Seine Arme lagen nach wie vor um ihre Schultern. Sie spürte seine Hände auf der Wirbelsäule.

Ein kühler Windstoss streifte ihren Nacken, und dann setzte Sprühregen ein. Feller hob den Kopf und rümpfte die Nase.

«Ich glaube, wir sollten zusehen, zum Boot zurückzukommen. Der Wetterbericht hat heute Morgen gesagt, das Wetter würde sich zum Abend hin verschlechtern.»

«Wir haben nicht einmal die Hälfte der Strecke geschafft.»

Ihre Stimme klang belegt. Der Kuss wirkte nach.

Feller hob eine Augenbraue. «Ich lasse dich nur ungern los, aber die Alternative, hier nass zu werden, finde ich nicht besonders verlockend.»

«Ich auch nicht.»

Andrinas Augen gewöhnten sich langsam an das schummrige Licht, das in der Hütte herrschte.

«Ist das kein Einbruch?», fragte sie.

«Die Tür war offen, und wir stellen uns nur unter, bis es weniger regnet.»

Als sie ein Stück weitergejoggt waren, hatte es plötzlich stark zu regnen begonnen. Feller hatte die Klinke der Tür einer kleinen Hütte, die etwas abseits neben dem Weg stand, hinuntergedrückt, und sie war tatsächlich aufgesprungen.

Sie als Hütte zu bezeichnen war allerdings übertrieben. Es war ein kleiner Raum mit einem Tisch und zwei Bänken. Neben der Hütte gab es eine kleine Feuerstelle.

Andrina trat an das Fenster, das dringend eine Reinigung vertragen hätte, und spähte hinaus.

Draussen goss es.

Feller setzte sich auf eine Bank und lehnte gegen die Holzwand. Mit der Hand klopfte er neben sich.

«Wir haben Glück gehabt, sonst wären wir bald durchnässt gewesen», sagte Andrina und setzte sich neben ihn.

Sie schwiegen.

Andrina ergriff das Wort. «Du hast vorhin gesagt, eine Bedingung ist, dass wir ehrlich miteinander sind.» Sie verschränkte die Finger ineinander und legte die Hände auf ihre Oberschenkel. «Vor einigen Tagen, als du angekommen bist, wolltest du nicht mit mir über die Sache reden. Erst, wenn wir allein einen langen Spaziergang machen.» Sie hob den Kopf. «Jetzt sind wir allein unterwegs. Du meintest, du seiest froh zu wissen, wo ich bin. Warum?»

«Die Drohung erklärt alles.»

«War das eine ehrliche Antwort?»

Feller grinste. «Okay, erwischt.»

Er zog Andrina zu sich. Andrina rutschte hinunter und legte ihren Kopf in seinen Schoss. Sie hob die Beine auf die Bank und rückte ein Stück hin und her, bis es einigermassen bequem war.

Feller schaute auf sie hinunter.

«Zwar habe ich das Gefühl, dass du inzwischen selbst zu diesem Schluss gekommen bist, aber ich fange trotzdem mal an.»

Mit dem Zeigefinger strich er Andrinas Augenbrauen entlang.

«Das ist meine Theorie. Max ist anderer Ansicht, aber ich fühle mich bestätigt, seit ich weiss, dass du die Drohung erhalten hast. Es war offenbar nicht die einzige.»

Er nahm eine Haarsträhne von Andrina, wickelte sie um seinen Finger.

«Wo sind übrigens die anderen Botschaften?»

«Ich habe sie weggeschmissen.»

Feller zog eine Grimasse und räusperte sich. «Also, ich habe das Gefühl, jemand hat sich auf den Cleve-Verlag eingeschossen. Erst Ulrich Strahm, dann Brigitta Clemens, später der missglückte Überfall auf Gabi Hug und zum Schluss du. Ich werde das Gefühl nicht los, dass es bei dieser Sache eigentlich um dich geht.»

«Um mich?»

Warum versetzte die Bestätigung ihrer Gedanken ihr so einen Schock? Lag es daran, dass es laut ausgesprochen wurde?

«Wir hatten Eric Zuber in Verdacht. Eifersucht kann eine starke Triebfeder sein. Inzwischen glaube ich nicht mehr daran.»

«Warum?»

«Nachdem ich den Zettel gefunden habe, habe ich Max angerufen. Eric Zuber ist in der Schweiz. Er hat sie die letzten Tage nicht verlassen. Vorgestern ist er betrunken die Treppe hinuntergefallen und trägt einen Gips am Bein. Für Max ist er zwar der Hauptverdächtige, aber ich finde, es passt nicht. Nicht mehr.»

Er strich über Andrinas Gesicht.

«Wer auch immer es ist, er stellt dir nach und scheut dabei weder Mühe noch Kosten. Sonst wäre er nicht hier. Interessanterweise bringt er dich nicht um, auch wenn er genug Gelegenheit dazu hatte.»

Feller hatte diesen Satz in einem sachlichen Tonfall gesagt. Trotzdem fühlte er sich wie ein Faustschlag in die Magengegend an.

«Gelegenheit hatte?», sagte sie mit belegter Stimme.

«Er kommt dicht genug an dich heran. Schliesslich deponiert er die Drohung in der Tasche deiner Jacke. Wo waren die anderen?»

«Gestern eine im Velokorb, daheim meistens im Briefkasten», erwiderte Andrina.

Feller nickte. «Entweder geht es direkt um dich, oder er hat sich aus irgendeinem Grund auf dich eingeschossen.»

«Kommt jetzt die Frage mit den Feinden?»

Andrina hatte das Gefühl, neben ihrem Körper zu schweben. Alles fühlte sich dumpf an.

«Du sagst mir bestimmt, du hättest keine.»

Andrina nickte.

«Bist du in letzter Zeit, sagen wir mal im letzten halben Jahr, jemandem auf die Füsse getreten?»

«Nein. Nicht dass ich wüsste.»

«Du machst den ganzen Schreibkram im Verlag, wenn ich mich richtig erinnere.»

«Ja.»

«Schreibst du auch die Absagen?»

«Ja, aber was hat das damit zu tun?»

«Formulierst du sie selbst?»

«Ja. Die Manuskriptangebote lesen alle. Dann gibt es eine Sitzung, in der jede ihre Meinung dazu sagt. Wenn drei Viertel», Andrina verzog das Gesicht, «also drei von uns die Leseprobe und das Exposé –»

«Was ist das?»

«Das Exposé ist eine kurze Zusammenfassung, worum es in dem Roman geht. Wir müssen ja wissen, um was für eine Geschichte es sich handelt.»

«Kann man das anhand der Leseprobe nicht erkennen?»

Andrina schüttelte den Kopf. «Die Leseprobe ist einige Seiten lang. Sie dient dazu, einen Eindruck zu bekommen, wie der Autor schreibt. Wie sein Schreibstil ist und ob er erzählen kann.»

«Wenn ich also Tippfehler darin habe, habe ich keine Chance?»

«Doch. Okay, allzu viele Tippfehler sollten nicht enthalten sein, aber auch ich bin nicht gefeit davor.» Andrina lächelte. «Es geht eher um den Schreibfluss. Für das Übrige gibt es später das Lektorat und das Korrektorat.»

Feller nickte.

«Wenn also drei von uns es für gut befinden, wird es angenommen», fuhr Andrina fort. «Sonst gibt es eine Absage. Ich habe die Aufgabe, diese zu schreiben.»

«Gut, ihr lest das Exposé und die Leseprobe und besprecht das Ganze. Wenn es dreien von euch gefällt, nehmt ihr die Geschichte an.»

Andrina schüttelte den Kopf. «Nein, wir fordern das gesamte Manuskript an. Erst wenn dieses Zustimmung findet, nehmen wir den Autor unter Vertrag.»

«Im Fall einer Absage gibt es einen freundlichen Brief, nehme ich an. Das ist deine Aufgabe?» Andrina nickte. «Du schreibst detailliert, wie mir Frau Clemens gesagt hat.»

Es versetzte Andrina einen Stich, als er Brigitta erwähnte. Der Satz hatte so geklungen, als würde sie noch leben.

«Es ist nichts frustrierender als eine Standardabsage.» Ihre Stimme zitterte leicht, doch dann bekam Andrina sich wieder unter Kontrolle. «Ich will den Autoren und Autorinnen die Gelegenheit geben, sich zu verbessern. Ausserdem weise ich darauf hin, wo sie es sonst versuchen könnten. Ich meine, welcher Verlag für ihre Geschichte besser in Frage kommen könnte. Zweimal habe ich bereits Rückmeldungen erhalten, dass es an einem anderen Ort geklappt hat, und die Autoren haben sich bei mir bedankt.»

«Aber wenn etwas total schlecht ist, schreibst du das auch.»

«Ja, ich nehme kein Blatt vor den Mund.» Andrina hielt inne.

Fellers Mund verzog sich zu einem Lächeln. «Das habe ich bereits mehr als einmal gemerkt», meinte er.

Andrina musste ebenfalls grinsen. «Aber ich bemühe mich, es fair zu formulieren», fuhr sie fort. «Auch dann gebe ich Anregungen, wie sich der Autor verbessern könnte.»

«Das klingt nach viel Arbeit.»

«Das ist es, aber ich möchte die Autoren, wenn möglich, nicht mit Standardabsagen abspeisen.»

«Wenn möglich?»

«Bei allen ist das nicht machbar. Das wäre zu zeitaufwendig.»

«Das heisst, jede zehnte Absage begründest du ausführlich?»

«Nein, so mache ich das nicht. Mal sind es vielleicht fünf ausführliche hintereinander, dann eine Zeit lang wieder keine. Das heisst, es gibt eine Standardabsage. Je nachdem, wie viel wir zu tun haben.»

«Unterschreibst du mit deinem Namen?»

«Ja.»

«Du allein?», hakte Feller nach.

«Ja. Brigitta und Elisabeth haben die Briefe am Anfang kontrolliert, aber jetzt lassen sie es mich allein machen.»

Es tat weh, von Brigitta zu sprechen. Die ganze Sache, die so gut in den Hintergrund gerückt war, kehrte in den Vordergrund zurück, auch der damit verbundene Schmerz.

«In dem Fall hat der Bösewicht einen Namen.»

«Wie bitte?»

«Andrina Kaufmann findet mich unfähig. Die kann etwas erleben. Verdammt! Es geht vermutlich wirklich in diese Richtung.»

Er schwieg. Andrina fröstelte.

«Das wäre ziemlich krank. Irgendwie kann ich das nicht glauben.»

«Nichts ist unmöglich. In meinem Beruf lernt man, wie verrückt manche Leute ticken.»

«Herr Wagner meint aber nach wie vor, Eric stecke dahinter?», versuchte Andrina abzulenken.

«Das ist auch eine Möglichkeit, die ich nicht ausser Acht lassen kann.»

«Ich kann mir beim besten Willen nicht vorstellen, dass Eric jemanden umbringt. Er ist eigentlich harmlos.»

Feller kniff die Augen zusammen. «Ich finde jemanden, der anderen nachstellt und sie sexuell belästigt, nicht unbedingt harmlos. Lassen wir das. Momentan habe ich nicht das Gefühl, er ist verdächtig. Das macht die Sache allerdings schwieriger und unberechenbarer.»

Das Schweigen dehnte sich aus. Regen prasselte nach wie vor auf das Dach der Hütte.

«Genug», sagte er und legte die Hand auf Andrinas Bauch. «Wie es aussieht, sitzen wir hier eine Weile fest. Zeit für eine Ablenkung.»

«Das sagst du immer, wenn wir unangenehme Themen anschneiden.»

«Ich möchte nicht, dass du dich zu viel mit dieser Sache beschäftigst. Du sollst zur Ruhe finden, und dafür sind Ablenkungen nötig.»

«Wie kann man sich ablenken, wenn man wartet, dass es aufhört zu regnen? Hier gibt es nicht viele Möglichkeiten.»

«Ich hätte einen Vorschlag.»

Feller lächelte und fuhr mit dem Zeigefinger der anderen Hand am Ausschnitt von Andrinas T-Shirt entlang. Andrinas Körper reagierte prompt.

Sie griff nach seiner Hand. «Hier?»

«Warum nicht? Hast du eine bessere Idee?»

«Wenn jemand hereinkommt», setzte sie an.

«Ich habe den Riegel von innen vorgeschoben.» Er lächelte und zupfte an Andrinas Ohrläppchen. «Hier sind wir allein. Und ungestört.»

Die Hand rutschte Andrinas Hals entlang zum Schlüsselbein, wo sie einen Augenblick verweilte. Dann strich sie das Brustbein entlang und verschwand unter dem T-Shirt. Andrinas Atem beschleunigte sich.

Fellers Hand verweilte zwischen ihren Brüsten. Er neigte den Kopf. Seine Augen schienen um Erlaubnis zu bitten. Andrina ergriff seine Hand und schob sie zur linken Brust. Das Blau in seinen Augen vertiefte sich, als seine Finger unter den BH schlüpften und die Brustwarze liebkosten.

Andrina seufzte und schloss die Augen. Sie schlang die Arme um Fellers Nacken und zog seinen Kopf zu sich herunter. Als die andere Hand sich vom Bauch abwärtsbewegte, richtete Andrina sich auf und streifte ihr T-Shirt ab. Fellers Finger tasteten nach dem Verschluss des BHs, der kurz darauf zu Boden fiel. Ihr Körper glühte.

«Was wir hier tun … Wir sind völlig verrückt», stiess sie hervor.

«Macht nichts.» Seine Stimme klang heiser.

Er zog sie fest an sich und küsste sie erneut auf den Mund. Dann lag Andrina plötzlich auf dem harten Holzboden, was sie jedoch nicht weiter störte. Feller war über ihr. Sie drängte sich ihm entgegen und liess den Gefühlen, die sich bereits so lange in ihr aufgestaut hatten, freien Lauf.

Andrina blieb stehen und rang nach Atem. Das letzte Stück hatten sie in einem sehr schnellen Tempo zurückgelegt.

«Du bist gut in Form», schnaufte Feller, der neben ihr angehalten hatte.

Er beugte sich vor und stützte seine Hände auf die Oberschenkel. Nachdem er einen Moment so gestanden war, richtete er sich auf.

«Dehnübungen oder nicht?», wollte er wissen.

Andrina warf einen Blick zum wolkenverhangenen Himmel. Es hatte erneut leicht zu regnen begonnen.

In einer Regenpause hatten sie die Hütte verlassen. Unterwegs hatte es mehrere Schauer gegeben. Sie hatten keinen Unterschlupf mehr gefunden und waren nass bis auf die Haut.

Ausserdem dämmerte es bereits, und ihr wurde kalt, weil sie sich nicht mehr bewegte. Grosse Lust zum Dehnen verspürte sie daher nicht.

«Beeilen wir uns lieber, dass wir ins Warme kommen», sprach Feller ihre Gedanken aus. «Holen wir die Badetücher und gehen heiss duschen.» Er schielte zum Himmel. «Auch wenn wir bereits mehr als genug geduscht worden sind.»

Arm in Arm schlenderten sie über den Steg zur Pénichette. Es lagen drei Boote in dem kleinen Naturhafen. Also waren keine weiteren hinzugekommen. Das Schilf raschelte im Wind, als sie den Holzsteg entlangliefen. An der Pénichette angekommen, liess Feller Andrina den Vortritt.

«Wo wart ihr so lange?», wurden sie von Seraina empfangen.

«Wir haben uns etwas mit der Länge des Weges verschätzt», sagte Feller.

«Dann hast du sie immerhin gefunden», sagte Seraina.

Feller nickte und legte den Arm um Andrinas Schultern. Serainas Augen huschten zwischen Feller und Andrina hin und her.

Ein leichtes Lächeln umspielte ihre Lippen, als sie Andrina in die Augen blickte.

«Kommt rein», meinte sie und goss Wasser in zwei Gläser, die sie ihnen reichte. «Hier ist etwas Seltsames passiert.»

Seraina schob die Tür zu. Feller und Andrina leerten die Gläser und gossen sich Wasser nach.

«Nachdem du zum Joggen losgezogen bist, ist Michael einkaufen gegangen. Kaum wart ihr weg, kam ein Mann und fragte, ob wir beide allein mit dem Boot unterwegs seien.»

Michael, der auf der Bank sass, verdrehte die Augen. «Seraina sieht Gespenster. Er wollte bestimmt wissen, ob man zu zweit so ein Boot steuern kann.»

«War es der Hafenmeister?», fragte Feller und stellte sein Glas auf den Tisch.

Seraina schüttelte den Kopf. «Es war eher ein Teenager. Er fragte direkt nach einer dunkelhaarigen Frau und einem dunkelhaarigen Mann. Ich habe gesagt, Michael und ich seien allein auf dem Boot, was ja in dem Moment nicht gelogen war.»

«Und danach?», wollte Feller wissen.

«Der Mann ist zu einem Auto gegangen und hat mit dem Fahrer gesprochen.»

Andrina merkte, wie sich ihr Herzschlag beschleunigte.

«Hast du den Fahrer erkennen können?», wollte Feller wissen.

Seraina schüttelte den Kopf. «Dazu war das Auto zu weit weg. Ich konnte auch nicht erkennen, ob es ein Mann oder eine Frau war.»

«Kennzeichen?», fragte Feller und zog Andrina, die zu zittern begonnen hatte, dichter an sich.

Seraina schüttelte nochmals den Kopf. «Es war ein dunkler Golf. Der Teenager ist weggegangen, und das Auto fuhr ebenfalls davon.»

«Vermutlich ist es nichts», meinte Michael und zuckte mit den Schultern. «Ich schlage vor, ihr zieht euch etwas Warmes an, und dann gibt es Suppe. Seraina hat in einem Restaurant zwei Sorten geholt.» Er wies auf den Herd, auf dem zwei Töpfe standen.

«Mit den Töpfen?», fragte Andrina.

Seraina nickte. «Sie hat einfach aus ihren grossen Töpfen in unsere kleinen geschöpft. Das eine ist Gulaschsuppe und die andere Soljanka, eine Suppe aus Russland.»

«Gut, wir duschen rasch», sagte Feller. «Danach gibt es Nachtessen.»

Andrina und Feller schlüpften in ihre Kabine.

«Wissen sie von dem Zettel mit der Drohung?», flüsterte Andrina, als sie die Tücher und trockene Kleider aus dem Schrank holte.

Er schüttelte den Kopf.

Hand in Hand schlenderten sie fünf Minuten später auf das Gebäude zu, in dem die Duschen waren.

«Sollte ich nicht besser nach Hause fahren?», fragte Andrina.

«Warum meinst du?»

«Ich bringe Seraina und Mike in Gefahr.» Feller blieb stehen. «Immerhin sind Personen in meinem Umfeld ermordet oder überfallen worden. Ulrich, Brigitta und Gabi.»

Feller fuhr mit der Hand durch seine Haare. «Ich weiss nicht, ob du in der Schweiz sicherer bist. Möchtest du denn abreisen?»

«Eigentlich nicht», erwiderte Andrina. «Das sind meine ersten Ferien seit zwei Jahren. Ausserdem will ich nicht, dass der Kerl gewinnt, und …» Sie brach ab.

«Und?», hakte Feller nach.

«Das klingt vermutlich seltsam, aber er hätte einen neuen Sieg zu verbuchen, wenn er mich vertreibt.»

Feller lächelte. Andrina sah im Licht, das vom Haus herüberfiel, seine Zähne aufblitzen. Er legte seinen Arm um ihre Schultern und wandte sich dem Haus zu.

«Nenn es ruhig Trotz», murmelte Andrina.

«Trotz ist besser, als sich einschüchtern lassen. Trotzdem müssen wir vorsichtig sein und genau überlegen, was wir tun. Wir brauchen einen Plan», sagte er. «Zuerst würde ich vorschlagen, nicht mehr in einem Hafen zu übernachten, sondern jeweils draussen zu ankern.»

«Sind wir ihm da nicht mehr ausgeliefert?»

«Nicht unbedingt», widersprach er und hielt Andrina die Tür des Gebäudes auf. «Er hat sich heute erkundigt, wie viele auf dem Boot sind. Vielleicht glaubt er, wir sind abgereist, nachdem du die Drohungen erhalten hast.» Er blieb stehen und wies mit dem Kopf auf die beiden Badezimmertüren. «Rechts oder links?»

Andrina betrat das rechte Bad. Feller folgte ihr und schloss die Tür ab. Fragend schaute Andrina ihn an.

«Es gibt zwei Gründe, warum ich dich nicht allein duschen lassen will.» Er lächelte.

In Andrinas Innerem breitete sich eine wohlige Wärme aus.

«Ausserdem sind wir, im Gegensatz zu den Häfen, auf den vielen Seen und Kanälen nicht so einfach zu finden», fuhr er fort. «Ab morgen sind wir wirklich zu zweit auf dem Boot. Das würde die Information, die er heute erhalten hat, bestätigen. Seraina und Mike verlassen ja morgen für drei Tage das Boot, weil sie Mikes Freunde besuchen.»

In Neustrelitz hatten sie überraschend einen ehemaligen Schulkollegen von Michael getroffen, der jetzt mit seiner Familie in Rheinsberg lebte. Er hatte Seraina und Mike zu sich eingeladen.

«Er wird mich aber erkennen», hielt Andrina dagegen.

Sie legte ihre Wechselkleider neben Fellers auf das Regal und hängte das Badetuch auf.

«Auch wenn Seraina meine Schwester ist, sehen wir uns überhaupt nicht ähnlich.»

Seraina war kleiner als Andrina und dicker, was durch die Schwangerschaft zusätzlich betont wurde. Ausserdem waren ihre Haare kurz geschnitten und blondiert.

«Das sollte trotzdem kein Problem sein. Wenn wir wenig an Land gehen, sieht er uns nicht, falls er weiterhin nach uns Ausschau hält. Von Weitem wird er zwei Personen ausmachen.»

«Uns? Du meinst mich.»

«Falsch. Für ihn ist eine logische Schlussfolgerung, dass du hier bist, wenn ich hier bin.»

Feller stellte sein Shampoo neben Andrinas auf die Ablage in der Dusche.

«Heute hat er nur Seraina und Mike gesehen. Wenn nach wie vor zwei Personen auf dem Boot sind, bestätigt es seine Annahme, und er reist in die Schweiz.»

«Beide sind aber im Gegensatz zu uns blond. Sollten wir nicht unser Aussehen verändern?»

Feller grinste. «Du meinst wie in Krimis?»

Andrina errötete. Was für ein blöder Vorschlag. Sie würde sich bestimmt nicht die Haare abschneiden und blond färben.

«Vielleicht kann ich mir einen Bart wachsen lassen», meinte Feller und strich über sein Kinn.

«Nein!», rief Andrina. «Das kratzt.»

Feller hob eine Augenbraue. Andrina spürte, wie sich die Röte in ihrem Gesicht vertiefte. «Ich mag keine Männer mit Bart.»

«Gut, keinen Bart», sagte er und zuckte mit den Schultern. «Sonst verlässt mich meine Freundin, und das will ich nicht riskieren.»

Ihr Gesicht musste inzwischen dunkelrot sein, und sie wandte sich ab. Feller trat hinter sie und legte seine Arme um sie. «Du gefällst mir, wenn du rot wirst.» Er küsste ihr Ohr.

«Was ist mit Seraina?», fragte Andrina nach einer Weile und drehte sich um. «Wenn er mich nicht findet, tut er ihr vielleicht etwas an.»

«Ich rede mit Mike. Er weiss, was zu tun ist. Ausserdem werde ich Max informieren. Wenn er damit einverstanden ist, bleiben wir hier. Vielleicht bist du auf den Seen momentan sogar sicherer als in der Schweiz. Bist du mit dem Plan einverstanden?»

Andrina nickte. Plötzlich schien alles einfach und wirkte weniger bedrohlich.

«Ich frage mich, warum ich dir nicht schon früher alles erzählt habe.»

«Das frage ich mich allerdings auch. Aber besser spät als nie.» Mit dem Zeigefinger stupfte er gegen Andrinas Nase.

«Was machen wir jetzt?», fragte sie.

«Duschen», sagte Feller.

Er streifte sein T-Shirt ab und legte es auf den WC-Deckel. Andrina tat es ihm nach, froh darüber, endlich aus den nassen Kleidern zu kommen. Sie liess ihres auf seins fallen. Feller trat zu ihr und legte seine Arme um ihre Schultern. Seine Hände glitten ihren Rücken hinab und lösten den Verschluss des BHs. Zum zweiten Mal an diesem Tag. Andrina liess ihn zu Boden gleiten und legte ihre Hände um seinen Nacken. Sie zog seinen Kopf zu sich herunter und küsste ihn.

FÜNFZEHN

«Bist du sicher, dass wir die Müritz bei diesem Wetter überqueren können?»

Andrina war nicht wohl bei diesem Gedanken. Sie hatte sowieso Respekt vor diesem grossen See, und nun musste es ausgerechnet stürmen und regnen.

«Wir fragen einfach den Hafenmeister», sagte Feller und half ihr vom Boot. «Bis Windstärke drei und einer Wellenhöhe von einem Meter dürfen wir fahren.» Er warf einen Blick zum Himmel. «Wenn wir nicht fahren dürfen, müssen wir in Rechlin bleiben, und deine Schwester und Mike müssen hierherkommen.»

Vor drei Tagen hatten Seraina und Michael das Boot verlassen und waren zu Mikes Freunden gefahren. Am Abend wollten sie sich in Waren treffen.

Andrina und Feller waren die letzten Tage allein unterwegs gewesen und hatten den Anker ausgeworfen und in einer der vielen Buchten auf den Seen übernachtet. Es war nichts vorgefallen. Fellers Plan schien aufzugehen.

Andrina hatte diese Tage allein mit ihm genossen und bedauerte, dass es vorbei war. Sie zurrte das zweite Tau fest. Der Wind blies ihr die Haare ins Gesicht. Feller strich die Strähne hinter ihr Ohr. Er legte seinen Arm um ihre Schultern.

«Den Kahn haben wir inzwischen gut im Griff», sagte er. «Ich bin richtig stolz auf uns.»

Gemeinsam schlenderten sie den Steg an anderen Hausbooten vorbei. Andrina war von Neuem erstaunt, wie viele verschiedene Varianten es gab. Und was vor allem erlaubt war. Neben Luxusjachten tuckerten selbst gezimmerte Flosse mit einer Art Hütte auf der Seen- und Kanallandschaft herum. Hin und wieder waren sie Bootskonstruktionen begegnet, auf denen ein Wohnwagen Platz fand und die mit einem kleinen Aussenbordmotor angetrieben wurden.

Sie erreichten das Gebäude, das mit «Hafenmeister» angeschrieben war, und schlüpften ins Innere. Ein Mann, Ende fünfzig, mit einem blauen Overall bekleidet, hob den Kopf.

«Was kann ich für Sie tun?», wollte er wissen.

«Wir möchten die Müritz überqueren und fragen, wie die Wetteraussichten sind?», sagte Feller in perfektem Hochdeutsch.

Der Mann schaute auf den Bildschirm seines Computers. «Windstärke vier, in Böen mehr. Regen.» Er hob den Kopf. «Momentan sind die Wellen nicht so hoch, aber das kommt noch. Die Windstärke soll weiter zunehmen.»

Feller fluchte. «Wir dürfen bei maximal Windstärke drei da rüberfahren. Wie sind die Aussichten für die nächsten Tage?»

«Schlecht. Morgen wird es schlimmer. Ich denke, danach ist Besserung in Sicht.»

«Können wir solange hierbleiben?»

Der Mann schüttelte den Kopf. «Es tut mir leid, es ist alles reserviert. Zwar weiss ich nicht, wer sich heute über die Müritz traut, aber ich muss den Platz frei halten. Zumindest bis heute Abend. In Mirrow sollten allerdings genug Gastliegeplätze frei sein.»

«Wunderbar», knurrte Feller, als sie das Gebäude verliessen. «Jetzt müssen wir zurückfahren.»

«So traurig bin ich darüber nicht», meinte Andrina. «Mir ist die Müritz unheimlich.»

«Warum?», fragte Feller.

«Ich habe nie gerne viel Wasser um mich herum. Mir ist wohler, wenn ich festes Land unter den Füssen habe.»

Feller blieb stehen. «Dann machst du Bootsferien?»

«Hier ist es okay. Die Seen sind nicht so gross, und das Land ist in erreichbarer Nähe. Bis auf die Müritz.»

In diesem Moment pfiff etwas an Andrinas Kopf vorbei.

«Was war das?», fragte sie.

«Verdammt!» Feller nahm ihre Hand und rannte los. «Zum Boot.»

«Warum?» Andrina stolperte hinter ihm über die schwankenden Stege her, als erneut etwas an ihrem Kopf vorbeiflog und sie an der Schläfe streifte. Sie schrie auf.

«Es schiesst jemand auf uns!»

Sie waren am Boot angekommen. Feller bückte sich, machte die vordere Leine los und warf sie aufs Boot.

«Los, starte den Motor», rief er und löste die hintere Leine.

Andrina konnte sich nicht rühren. Ein Knall, von Neuem pfiff etwas dicht an ihrem Ohr vorbei und verfehlte knapp das Boot.

Feller stiess sie auf die Pénichette, die bereits vom Steg wegdriftete, und sprang hinterher. Er rannte hinein, startete den Motor und drückte den Gashebel ganz nach vorne. Ein neuer Schuss, und etwas splitterte vom Dach weg.

«Komm rein!», brüllte Feller.

Das Boot legte an Fahrt zu.

«Wir dürfen nicht mit Vollgas fahren!»

«Das ist mir im Moment ziemlich egal.» Er schaute über die Schulter. «Jetzt sollten wir langsam ausser Reichweite sein.» Er drosselte die Geschwindigkeit. «Hat er dich erwischt?»

«Nur ein kleiner Kratzer.»

Andrina war erstaunt, wie fest ihre Stimme klang. Ein Tropfen bahnte sich seinen Weg über die Schläfe hinunter. Sie fuhr mit dem Zeigefinger darüber. Blut blieb daran haften.

«Unten ist der Verbandskasten. Desinfiziere bitte die Wunde. Ich kann hier nicht weg.»

Andrina nickte, holte das Verbandszeug aus dem Schrank und ging ins Bad. Im Spiegel betrachtete sie den Kratzer. Sie hatte wirklich Glück gehabt. Andrina merkte, wie ihre Beine zitterten. Sie setzte sich auf das WC und stützte den Kopf auf die Hände. Plötzlich war Realität geworden, was sie befürchtet hatte. Nachdem sie sich gesammelt hatte, stand sie auf und kehrte zu Feller zurück.

Sie befanden sich im Kanal, der nach Mirrow führte. Bäume säumten das Ufer. Feller drehte das Steuerrad nach links, und das Boot stellte sich quer.

«Was machst du?»

«Wenden», erwiderte er knapp.

«Aber Mirrow ist in diese Richtung.» Andrina deutete nach vorne.

«Wir fahren nicht nach Mirrow.»

«Der Hafenmeister meinte, da gäbe es genug Gastliegeplätze.»

«Wir überqueren die Müritz.»

«Was?», rief Andrina. «Wir haben Windstärke vier. In Böen bis sieben.»

«Das weiss der, der auf uns geschossen hat, auch. Er wird vermuten, dass wir dem Rat des Hafenmeisters folgen und zurück nach Mirrow fahren.»

«Du meinst, er war im Büro?»

«Keine Ahnung, ich habe nicht darauf geachtet. Es läge aber auf der Hand. Wenn wir wirklich nach Mirrow fahren, lauert er uns entweder vorher, an der Schleuse oder im Hafen auf. Ich bin ein Stück hier reingefahren, damit er glaubt, wir fahren wirklich zurück, falls er uns vom Land aus beobachtet. Er wird nicht damit rechnen, dass wir wenden und nach Waren fahren.»

«Doch, wenn er uns unterwegs nicht antrifft.»

«Das muss nichts heissen, denn wir können wieder auf einem See ankern.»

«Bei dem Wetter?», hielt Andrina dagegen.

«Es gibt genügend Stellen, die windgeschützt sind. Ich vermute mal, er hat uns aus den Augen verloren und hier gewartet, weil er wusste, dass wir uns vor einer Überquerung der Müritz beim Hafenmeister erkundigen müssen.»

Feller hatte inzwischen das Boot gewendet und tuckerte Richtung Müritz. «Bitte zieh die Schwimmweste an.»

«Das ist Selbstmord!»

Er warf ihr einen Seitenblick zu. «Die andere Variante auch. Hätte ich das gewusst, hätte ich meine Dienstwaffe mitgenommen.» Andrina starrte ihn entsetzt an. «Wir haben nicht wirklich angenommen, dass hier Gefahr besteht.»

«Warum bist du überhaupt mitgekommen? Weiss die deutsche Polizei davon?»

«Nein. Ich bin offiziell als Feriengast hier. Daher habe ich keine Waffe bei mir. Wir wollten dich trotzdem nicht allein lassen. Und ich wollte bei dir sein.» Er hielt inne. «Wir sind also unbewaffnet und müssen so handeln, wie er es am wenigsten vermutet.»

Andrina schwieg. Nach einigen Minuten erschien die Mündung der Müritz vor ihnen.

«Ich bin nicht seetauglich.» Ihre Stimme klang heiser. «Mir wird bestimmt schlecht.»

Gischt spritzte den Bug hoch. Das Boot begann zu schwanken.

«Mist, der Wind kommt von schräg vorne.» Ein Schlag traf das Boot. «Die Überfahrt wird ruppig. Bei Rückenwind hätten wir surfen können. Kannst du bitte übernehmen, damit ich mir eine Schwimmweste anziehen kann?»

Andrina umklammerte das Steuerrad und versuchte ihre Panik im Zaum zu halten. Feller klickte den Verschluss der Jacke zu. Er überprüfte den Sitz von Andrinas Weste, bevor er das Steuer übernahm.

Der Bug des Boots hob sich und fiel dann, wie es Andrina vorkam, in eine grosse Tiefe. Ihr Magen machte einen Sprung. Übelkeit stieg die Speiseröhre hoch. Andrina schluckte.

«Mir wird schlecht.»

Er reichte ihr das Fernglas. «Du hast gar keine Zeit, seekrank zu werden, denn du musst die Bojen suchen, an denen wir uns entlanghangeln müssen.» Er wies auf die Seekarte. «Wie du siehst, hat es einige Untiefen. Da unser Boot kein Echolot hat, müssen wir uns an die Bojen halten.»

Ein neuer Schlag traf das Boot von vorne rechts. Gischt spritzte über den Bug gegen das Fenster, und Andrina sah erst einmal nichts mehr. Die Gläser klirrten im Schrank. Mit einem Mal fegte ein kalter Luftzug ins Innere.

«Mist, die Schiebetür ist aufgegangen. Schliess sie bitte ab.»

Andrina hielt sich an der Küchenanrichte fest und hangelte sich an ihr entlang nach hinten. Sie versuchte, den pelzigen Geschmack im Mund zu ignorieren.

Erneut klirrte es in den Schränken. Sie fragte sich, ob sie nach der Überfahrt nur Scherben anstatt Teller und Gläser hätten.

Andrina griff nach der Tür und strauchelte. Knapp konnte sie sich auf dem Sofa abstützen und griff erneut nach der rechten Seitentür, die immer wieder auf- und zuging. Nach dem dritten Anlauf schaffte sie es, die Tür abzuschliessen.

«Komm, ich brauche dich hier», rief Feller.

Sie wankte zurück und griff nach dem Fernglas.

Ich will nicht sterben, dachte sie und schluckte die neu aufsteigende Übelkeit herunter.

In ihrem Kopf arbeitete es. Was war, wenn das Boot den Wellen nicht standhielt und leckschlug? Was war, wenn sie auf Grund liefen? Würde sie überhaupt jemand retten kommen? Viele Boote waren nicht unterwegs. Was war, wenn der Angreifer sie verfolgte – mit einem seetüchtigeren Boot – und sie mitten auf der Müritz stellte?

Denk nicht darüber nach, befahl sie sich.

Breitbeinig stellte sie sich neben Feller und schaute durch das Glas.

«Ich habe eine gefunden.»

«Welche?» Feller warf einen Blick auf die Karte.

«Ich glaube, Nummer sieben. Wir sind also hier.» Andrina wies mit dem Finger auf die Karte.

«Gut. In zwei Stunden sind wir drüben.»

Zwei Stunden, dachte Andrina und fragte sich, wie sie das überstehen sollte.

SECHZEHN

«Auch heute erwartet uns ein sommerlich heisser Tag mit Temperaturen gegen fünfunddreissig Grad», sagte der Moderator im Radio.

Es war erstaunlich, wie unterschiedlich das Wetter innerhalb von tausend Kilometern sein konnte. In Mecklenburg-Vorpommern gab es dieses Jahr einen eher unbeständigen und kühlen Sommer, während die Hitzewelle in der Schweiz immer noch rekordverdächtig war.

Andrina setzte den Blinker und fuhr in die Einfahrt von Lisas Haus. Sie legte den ersten Gang ein und schaltete den Motor von Fellers BMW ab. Mit einem Seufzen rieb sie ihre Augen. Aus dem Radio erklang leise Popmusik. Sie schielte zu Feller, der in verrenkter Haltung im Beifahrersitz schlief. Er blinzelte und richtete sich mit einem Stöhnen auf.

«Ich muss eingeschlafen sein», murmelte er und massierte seine Schultern.

«Ja, du hast seit Stuttgart geschlafen.»

Er warf ihr einen schuldbewussten Blick zu. «So lange? Entschuldige.»

«Kein Problem. Immerhin kannst du im Auto schlafen, was ich nicht schaffe.»

«Danke, dass du mich abgelöst hast.»

Andrina legte ihre Hände auf das Lenkrad und unterdrückte ein Gähnen. «Ich muss mich für dein Vertrauen bedanken, schliesslich bin ich lange nicht mehr selber gefahren.»

«Das hat man dir nicht angemerkt.»

Nachdem sie die Müritz überquert hatten, hatten sie in Waren einen Liegeplatz gefunden. Am Abend waren Seraina und Michael zum Boot gekommen. Feller und Andrina hatten ihre Sachen bereits gepackt. Sie hatten Fellers Wagen von Fürstenberg geholt und waren nach dem Abendessen aufgebrochen. Andrina hatte ursprünglich eine Nacht bleiben wollen, aber er hatte darauf bestanden, sofort abzufahren.

«Bringen wir deine Sachen rein und gehen dann frühstücken?», fragte Feller.

Andrina nickte, obwohl sie eigentlich keine Lust dazu verspürte und hundemüde war.

Feller stieg aus und holte Andrinas Reisetasche aus dem Kofferraum. Andrina lief vor ihm zum Haus und öffnete die Haustür. Sie traten ein.

«Wir können uns ja auch Gipfeli und frisches Brot holen und hier etwas essen. Danach würde ich gerne schlafen, ich bin hundemüde.»

Auf der Fahrt hatte sie kein Auge zugetan.

«Das können wir machen. Wo? Bei mir oder bei dir?»

Feller grinste und zwinkerte ihr zu. Eine angenehme Wärme im Inneren verdrängte für einen kurzen Moment die Müdigkeit.

«Entscheide du», antwortete sie.

«Dann schlage ich vor, bei mir. Da sind wir ungestört.»

«Lisa und Barbara sind die nächsten zwei Wochen in den Ferien. Wir haben sturmfrei.»

«In Ordnung. Bleiben wir hier. Ich hole frisches Brot.»

Andrina ging zum Wohnzimmer, um den Esstisch zu decken.

Der Schrei blieb in ihrem Hals stecken. Sie schnappte nach Luft und torkelte nach hinten. Sie hob ihre Arme und suchte Halt. Feller liess die Tasche fallen und war mit wenigen Schritten bei ihr. Er fing sie auf.

«Was ist?», fragte er. «Oh mein Gott!», stiess er dann aus.

An der Wohnzimmerdecke hing an einem Seil eine Frau. Sie war nackt und mit Blut verschmiert. Jemand hatte mit einem Messer tiefe Kerben in den Körper geritzt. Die dunklen Haare fielen über ihr Gesicht.

Andrinas Gehirn schaltete sich wieder ein.

Barbara? Nein, sie war blond.

Lisa? Sie hatte ihre Haare rot gefärbt.

Der Boden des Zimmers war mit Blut bespritzt. Plötzlich sah Andrina sich an der Decke hängen. Ihre Beine drohten nachzugeben.

«Das bin ich», stammelte sie.

«Eine Schaufensterpuppe», stiess Feller hinter ihr aus. «Es ist eine Schaufensterpuppe.»

Er trat an ihr vorbei in den Raum. Jetzt erkannte auch Andrina, dass es sich nicht um einen Menschen handelte. Trotzdem hatte die Puppe Ähnlichkeit mit ihr. Oder lag es an den dunklen Haaren?

«Mein Gott, wie bei Brigitta Clemens. Fass nichts mehr an.»
«Wie bei wem?»
Feller holte sein Handy aus der Jackentasche. Was er genau sagte, bekam Andrina nicht mit.
Sie zuckte zusammen, als er ihren Arm berührte.
«Komm, wir müssen das Feld der Spurensicherung überlassen.»

Unschlüssig stand Andrina in Fellers Schlafzimmer und schaute aus dem Fenster. Sie fühlte sich völlig betäubt, wie eine Schlafwandlerin.
Nachdem Feller den beiden Beamten, die bald darauf im Haus eingetroffen waren, erste Anweisungen gegeben hatte, waren sie zu seinem Haus gefahren. Feller hatte die Reisetaschen in sein Schlafzimmer gebracht.
«Ich muss zurück. Richte dich hier ein und fühle dich ganz wie zu Hause. Ich versuche, so bald wie möglich zurückzukommen», hatte er gesagt und Andrina in seinem Schlafzimmer allein zurückgelassen.
Vom Fenster aus hatte sie beobachtet, wie er in seinen Wagen gesprungen und davongebraust war.
Sie lehnte den Kopf gegen die Scheibe. Die Puppe hatte auf den ersten Blick wie sie ausgesehen. Eine klare Botschaft. Feller wusste ebenfalls, was es bedeutete.
Andrina richtete sich auf und verliess das Schlafzimmer. Sie ging die Treppe hinunter in die Küche und musterte die Küchenschränke. In welchem standen die Gläser? Sie wollte nicht alle seine Schränke öffnen.
Sie öffnete die erste Schranktür und wurde sofort fündig. Sie füllte Wasser aus dem Wasserhahn hinein und trank. Andrina schaute durch das Fenster in den Garten und wurde sich bewusst, wie gross er war.
Als sie das erste Mal hier gewesen war, hatten Hagelkörner alles zugedeckt, und es war sehr schnell dunkel geworden. Das zweite Mal hatte Feller wegen der Hitze die Fensterläden geschlossen gehabt. Somit war ihr ein Blick auf den Garten verwehrt gewesen.
Von der Strasse und von der Haustür aus sah man nicht, welche Oase sich hier verbarg.
Sie stellte das Glas auf die Anrichte und ging durch das Wohn-

zimmer zur Terrasse. Vor dem Cheminée blieb sie stehen. Mit dem Zeigefinger strich sie über die glatte Oberfläche des Specksteins.

Andrina trat zur Terrassentür. Der Garten war viel grösser als der von Lisa. Er war auch viel schöner bepflanzt. Es blühte in den verschiedensten Farben. Woher nahm Feller die Zeit für die Pflege dieses Paradieses?

Ein Weg führte am Beet entlang in den hinteren Teil. Hinter einem kleinen Teich stand halb versteckt ein Strandkorb. Andrina öffnete die Tür und trat auf den Rasen. Wie vom Strandkorb magisch angezogen, ging sie den Gartenweg entlang. Dort angekommen, drehte sie sich zum Haus um. Welch ein Refugium. Andrina setzte sich in den Strandkorb. Niemand konnte sie hier sehen. Mit einem Aufseufzen liess sie sich nach hinten fallen.

Auch wenn es erst Vormittag war, war es recht warm. Zum Glück warf der Baum hinter ihr genügend Schatten.

Andrina schloss die Augen. Sie hatte das Gefühl, der Boden würde unter ihr schwanken. Offenbar Nachwirkungen vom Boot.

Die Nachtfahrt zollte ihren Tribut, und sie dämmerte, trotz des Gefühls eines hohen Seegangs, in einen Zustand zwischen Schlafen und Wachsein.

«Wer sind Sie?», erklang mit einem Mal eine schroffe Männerstimme.

Andrina schoss hoch. Zuerst wusste sie gar nicht, wo sie war. Vor ihr stand ein drahtiger, grauhaariger Mann mit Shorts und T-Shirt bekleidet, der Ende sechzig sein musste. Er lehnte die Schaufel gegen den Strandkorb und verschränkte die Arme vor der Brust.

Andrina erhob sich. «Andrina Kaufmann. Und wer sind Sie? Was haben Sie in Marcos Garten zu suchen?»

«Sie kennen Marco?» Der Mann musterte sie von oben nach unten.

«Ja, und Sie? Was wollen Sie hier?»

«Arbeiten.»

«Arbeiten?», echote Andrina.

«Ich helfe Marco im Garten.» Andrina musste einen sehr verwirrten Ausdruck im Gesicht haben. «Ich kenne Marco, seit er ein Kind war.» Andrina nickte. «Als ich pensioniert wurde, war es mir langweilig. Ich habe ihm geholfen, den Garten anzulegen, und setze alles daran, dass er so bleibt.» Andrina sagte nichts. «Ich war früher Gärtner. In welcher Beziehung stehen Sie zu Marco? Ich habe Sie noch nie gesehen.»

«Ich bin seine Freundin.»

Die Augenbrauen des Mannes schossen hoch.

«Der alte Schlawiner hat mir davon natürlich nichts erzählt.» Er reichte Andrina die Hand. «Freut mich. Kurt Marquart, aber Kurt reicht.»

Andrina erwiderte den festen Händedruck. «Andrina.»

«Offenbar habt ihr euch schon bekannt gemacht.»

Feller tauchte hinter einem der Büsche auf. Er sah müde aus. Unter seinen Augen waren dunkle Ringe, und die Bartstoppeln warfen einen Schatten auf sein Kinn.

«Du hättest mich ruhig vorwarnen können», sagte Marquart anstelle einer Begrüssung.

Feller grinste. «Du musst nicht alles wissen.»

«Also, ich will euch mal nicht stören und endlich anfangen, bevor es zu heiss wird.»

«Die gute Fee meines Gartens», meinte Feller. «Ich wüsste nicht, was ich ohne ihn machen sollte.» Er lächelte Andrina an. «Wie ich sehe, hast du inzwischen meinen Lieblingsplatz gefunden.»

Er setzte sich in den Strandkorb und klopfte mit der Hand neben sich. Andrina kam der Aufforderung nach, und er zog sie an sich.

«Ich fange mal mit der schlechten Nachricht an», kam Feller ohne Umschweife zur Sache. «Du kannst nicht nach Hause. Wir behandeln das Haus als Tatort.»

Andrina schluckte. «Aber wo soll ich hin?»

«Das Problem haben wir bereits gelöst, denke ich.»

«Gelöst?», wiederholte sie.

«Du wohnst erst einmal hier.»

«Hier? Aber das geht nicht.»

«Wichtiger ist die Frage, was wir mit deinen WG-Kolleginnen machen», sagte Feller, ohne auf Andrinas Einwand einzugehen. «Wann kommen sie aus den Ferien zurück?»

«In zwei Wochen», antwortete Andrina.

«Gut, das sollte reichen. Wann sind sie abgefahren? Und wohin?»

«Barbara ist mit ihrem Freund nach Italien und Lisa mit ihrem nach Südfrankreich gereist. Lisa ist vorgestern abgefahren und Barbara einen Tag davor.»

«Gut, das grenzt immerhin den Zeitraum, in dem sich jemand Zugang zu eurem Haus verschafft hat, ein. Die Fenster waren alle geschlossen, und die Tür wurde nicht aufgebrochen. Wer hat einen Schlüssel?»

«Wir drei, und einer liegt unter dem Geranientopf neben der Garage. Ich weiss, kein sehr originelles Versteck», gab Andrina zu, als sie Fellers Gesichtsausdruck bemerkte.

«Das ist es in der Tat nicht», brummte er. «Aber wenigstens ist es nicht die Fussmatte. Als Nächstes musst du mir eine Liste machen, was du brauchst, damit ich für dich die Sachen holen kann.»

«Ich kann wirklich nicht hierbleiben.»

Feller legte die Hand auf Andrinas Mund. «Mein Haus ist wirklich gross genug. Noch etwas: Je weniger wissen, wo du bist, desto besser.»

Andrina setzte sich senkrecht auf. «Warum?», fragte sie, obwohl die Antwort eigentlich klar war.

«Ich habe mit Max darüber gesprochen. Es ist besser, wenn du eine Weile von der Bildfläche verschwindest.»

«Was?» In ihrem Kopf summte es. «Herr Wagner hat nichts dagegen, wenn ich bei dir wohne?»

«Er hat angeordnet, dich an einen sicheren Ort zu bringen.»

«Einen sicheren Ort? Und das ist immer bei einem Polizisten zu Hause?»

Feller lächelte. «Nein. Du bist die Ausnahme. Glaubst du wirklich, Max weiss nicht, was mit uns beiden los ist?»

Andrina schwieg.

«Du schreibst mir am besten auf, was ich holen soll.»

«Das kann ich selbst erledigen.»

Feller hob den Zeigefinger und bewegte ihn hin und her. «Niemand ausser der Polizei darf den Tatort betreten oder gar etwas entfernen.»

«Entfernen?» Andrina liess sich nach hinten fallen. «Wer hat diese Puppe aufgehängt?»

«Das wollte ich dich fragen. Hast du eine Vermutung?»

«Eric», sagte Andrina, ohne gross nachzudenken.

«Warum?»

«Als Rache dafür, dass ich ihm die SIM-Karte weggenommen habe, damit er meine Telefonnummer nicht mehr hat.»

«Du hast was?», rief Feller entsetzt. «Wann war das?»
«Ich war bei ihm, bevor ich in die Ferien fuhr.»
«Du warst was?», rief er. «Bist du von allen guten Geistern verlassen?»
Andrina berichtete, wie sie nach Brigittas Beerdigung zu Eric gefahren war und ihm die SIM-Karte weggenommen hatte.
Feller liess sich gegen die Rückenlehne des Strandkorbes fallen. «Warum erzählst du das erst jetzt?»
«Du hast nicht gefragt.»
Feller verdrehte die Augen und schnaubte. «Wenn ich plötzlich graue Haare bekomme, weiss ich, warum. Was hast du damit gemacht?»
«Ich habe sie im Aarauer Kanalsystem versenkt.»
«Mensch, Andrina!», rief er. «Bist du dir im Klaren, dass es auch anders hätte ausgehen können?»
«Ich war wütend.»
«Das ist lange kein Grund.» Feller blickte an ihr vorbei zum Haus. «Du bist dir im Klaren, dass er wieder auf der Liste der Verdächtigen nach oben rutscht.»
«Wie soll er mit einem gebrochenen Bein mir nach Norddeutschland nachreisen, die Drohung im Velokorb und in meiner Jacke in Neustrelitz deponieren und später auf uns schiessen?»
«Das wäre in der Tat interessant herauszufinden.» Feller seufzte. «Also, Möglichkeit eins ist Eric. Die zweite ist Mister Unbekannt. Egal, wer auch immer es auf dich abgesehen hat, du stehst jedenfalls genau in der Mitte seines Fadenkreuzes.» Andrina setzte sich kerzengerade hin. «Das hat die Puppe gezeigt. Das solltest eindeutig du sein.»
«Ich? Was hast du ausserdem vorhin bei Lisa damit gemeint, als du sagtest, es sähe wie bei Brigitta aus.»
Feller rieb mit dem Handballen über seine Stirn und schwieg.
«Was hast du damit gemeint?», wiederholte Andrina. «Sah es bei Brigitta genauso aus?»
Feller seufzte. «Ja. Mich beunruhigt die Parallele dieses Arrangements.»
«Hat es …?» Andrina brach ab und setzte nochmals neu an. «Hat er Brigitta das Gleiche angetan wie dieser Puppe?»
Feller erwiderte nichts.

Er hob die Hand und strich über ihre Wange. Das war Antwort genug.

«Als Erstes werden wir uns Eric vornehmen», sagte er und schloss Andrina in die Arme. «Das ist die einfachste Variante.» Sein Atem streifte ihren Nacken. «Bevor alles geklärt ist, sollst du dich rarmachen. Mein Haus ist das ideale Versteck. Hier wird dich niemand vermuten. Machst du mir die Liste, damit ich die Sachen gleich holen kann?»

Andrina schob Feller ein Stück zurück, damit sie ihm in die Augen sehen konnte.

«Ich darf wirklich nicht mitkommen?»

Feller schüttelte den Kopf.

Andrina gab sich geschlagen.

«Okay», meinte sie und stand auf.

SIEBZEHN

«Das kann ich wirklich allein machen», sagte Andrina.

«So weit kommt es noch.»

Feller öffnete die Geschirrspülmaschine und stellte die Teller hinein.

Sie hatten auf der Terrasse zu Abend gegessen und trugen nun alles in die Küche, weil ein Gewitter aufzog. Als Andrina mit einem feuchten Tuch über den dunklen Stein der Küchenanrichte wischte, klingelte es an der Haustür.

Feller eilte hinaus. Kurz darauf hörte Andrina eine Männerstimme.

Sie legte das Tuch aus der Hand und trat ins Wohnzimmer. Als sie Wagner erblickte, erschrak sie.

Er nickte ihr zu und wandte sich wieder an Feller.

«Wir haben uns offenbar verpasst und nicht mehr miteinander sprechen können. Deshalb habe ich gedacht, ich komme auf dem Heimweg bei dir vorbei, damit wir uns austauschen können.»

«Setzen wir uns auf die Terrasse. Das Gewitter scheint doch nicht zu kommen. Möchtest du etwas trinken? Kaffee oder Wasser?»

«Kaffee hatte ich heute genug. Wasser ist gut.»

Feller stellte einen Krug und drei Gläser auf den Gartentisch. Wagner nahm auf einem Stuhl Platz, und Feller klopfte neben sich auf die Bank. Andrina zögerte.

«Mit Ihnen muss ich auch sprechen», sagte Wagner. Das klang unheilverkündend.

Sie rutschte neben Feller auf die Bank. Als er seinen Arm um ihre Schultern legte, wechselten Wagners Augen zwischen ihnen hin und her.

Er trank einen Schluck Wasser. «Eric Zuber ist immer noch verschwunden.»

Andrina richtete sich auf.

«Verschwunden?», rutschte es ihr heraus.

Wagner nickte. «Heute Morgen wollten wir mit ihm sprechen, aber er war nicht zu Hause. An seinem Arbeitsplatz ist er auch nicht erschienen.»

Andrina spürte einen leichten Druck auf ihrer Schulter.

Feller runzelte seine Stirn. «Das gefällt mir immer weniger.»

«Bisher ist er nicht nach Hause zurückgekehrt, wie mir die Kollegen, die seine Wohnung überwachen, mitgeteilt haben.» Er musterte Andrina. «Wissen Sie, wo er sich aufhalten könnte?»

«Ich?», rief Andrina und schüttelte den Kopf.

«Hat er eine Ferienwohnung, oder gibt es sonst einen Ort, an den er sich zurückziehen könnte?»

Hilflos sah Andrina Feller an.

«Wie lange waren Sie damals zusammen?», war Wagners nächste Frage.

Warum hatte Andrina das Gefühl, es klinge wie eine Anklage?

«Insgesamt ein Jahr, vielleicht etwas mehr», meinte sie und verwünschte sich, weil ihre Stimme zitterte.

«Wann war das genau?», wollte Wagner wissen.

«Vor fünf Jahren habe ich mit ihm endgültig Schluss gemacht.»

«Endgültig?», hakte Wagner nach.

Feller strich über ihren Oberarm und zog sie ein Stück dichter an sich.

«Ich weiss, du möchtest nicht daran erinnert werden, aber es könnte wichtig sein. Je mehr Informationen wir haben, desto besser.»

Andrina begann zu berichten, wie sie Eric kennengelernt hatte, wie sie dahinterkam, dass er sie betrog, und wie sie ihm zweimal eine neue Chance gegeben hatte, bis sie sich endgültig getrennt hatte.

«Anschliessend hat er wieder versucht, mit Ihnen in Kontakt zu treten?», fragte Wagner.

Andrina nickte. «Immer wenn eine weitere Beziehung in die Brüche ging, kam er zu mir.»

«Machte er das nur bei Ihnen, oder versuchte er es bei anderen auch?»

Erstaunt sah Andrina ihn an. «Das weiss ich nicht. Ich habe nie darüber nachgedacht.»

Wagner fuhr mit der Hand über sein Kinn und schob anschliessend mit dem Zeigefinger seine Brille hoch.

«Sind Sie zusammen einmal weggefahren, zum Beispiel in die Ferien?»

Andrina schüttelte den Kopf. «Eric war nicht reisefreudig und zog es vor, zu Hause zu bleiben.»

«Sie haben wirklich keine Idee, wo er sich verstecken könnte?»

«Nein. Es tut mir leid.»

Ein heftiger Windstoss wirbelte einige Blätter auf die Terrasse. Wagner lehnte sich nach hinten und schaute an dem Balkon vorbei in den schwarzen Himmel.

«Vielleicht kommt das Gewitter doch.»

Wie zur Bestätigung fielen einige schwere Tropfen.

Feller rutschte dichter an Andrina heran.

«Komm auf die Bank. Hier bist du geschützt.»

Wagner klappte den Stuhl zusammen und lehnte ihn an die Hauswand. Er setzte sich neben Feller. Er stützte sich mit dem Arm auf den Tisch und beugte sich vor, damit er Andrina ansehen konnte.

«Wer weiss, dass Sie bei Marco sind?»

«Niemand. Doch, einer.» Andrina schaute Feller an. «Dein Gärtner.»

«Er hat dich hier angetroffen, aber er weiss nicht, ob du bei mir wohnst oder nicht. Ich werde trotzdem vorsichtshalber mit ihm reden.»

«Sie sollten Marcos Haus nicht verlassen. Das ist wichtig.» Er schaute sie ernst an. «Sie dürfen auch nicht in den Garten.» Andrina senkte den Kopf.

«Das ist wirklich wichtig, Andrina», meinte Feller. «Es ist für kurze Zeit, bis wir Eric Zuber gefunden haben.» Er strich über ihren Rücken.

«Was macht euch so sicher, dass es Eric ist?»

«Es passt alles gut zusammen», antwortete Wagner. «Auch wenn wir andere Möglichkeiten nicht ausser Acht lassen, ist Eric Zuber unsere einzige konkrete Spur.»

Erstaunt über die Ehrlichkeit, hob Andrina den Kopf.

«Wie kann er mit einem Gips so weit kommen? So beweglich kann er damit nicht sein.»

«Das war eine Fehlinformation. Er hat sich nicht das Bein gebrochen, sondern die Bänder im Fussgelenk gerissen. Ausserdem trägt er auch keinen Gips, sondern eine spezielle Schiene.»

«Krücken wird er trotzdem brauchen», wandte Andrina ein. «Also sollte er auffallen.»

Wagner seufzte. «Das stimmt. Wir haben ihn zur Fahndung ausgeschrieben.»

«Gab es inzwischen eine Rückmeldung», mischte Feller sich wieder in das Gespräch ein.

«Bis jetzt keine brauchbare», meinte Wagner. «Hat er sich in den letzten Tagen bei Ihnen gemeldet?»

«Nein. Er hat meine Telefonnummer nicht mehr.» Wagner runzelte die Stirn. «Ich habe seine SIM-Karte in den Abfluss geworfen.» Andrina hielt inne, als sie den Ausdruck in Wagners Gesicht bemerkte.

«Diese Geschichte hat Marco mir bereits berichtet. Das war sehr leichtsinnig von Ihnen. Er kann Ihre Nummer an einer anderen Stelle notiert haben.»

Andrina schluckte. An diese Möglichkeit hatte sie nicht gedacht.

Immer mehr Regentropfen fielen auf die Terrasse. In der Ferne donnerte es. Andrina widerstand dem Drang, ins Haus zu laufen, und rutschte ein Stück dichter an Feller heran.

«Bis jetzt hat er sich nicht bei mir gemeldet.»

Wagner kratzte an seiner Wange. «Okay. Denken Sie weiter nach, ob Ihnen trotzdem noch etwas einfällt, wo er sein könnte.» Er legte beide Hände auf den Tisch und stand auf. «Ich lasse euch jetzt allein.»

Feller und Andrina erhoben sich ebenfalls.

«Habt ihr in dem Haus Spuren von ihm gefunden?», fragte Wagner.

Feller schüttelte den Kopf. «Nichts. Er muss Handschuhe getragen haben. Ausser diesem Arrangement hat er nichts hinterlassen.»

Wagner reichte Andrina die Hand. «Nochmals, es ist wichtig, dass niemand weiss, wo Sie sind. Und bleiben Sie im Haus.»

***

Andrina öffnete die Augen und sah Fellers Brust vor sich. Sie hob und senkte sich im gleichmässigen Rhythmus.

Andrina stützte sich auf ihre Ellenbogen und schaute auf ihn hinunter. Er schlief. Sie blickte zum Fenster. Die Dämmerung hatte eingesetzt.

«Du bist wach?», sagte Feller und schreckte Andrina aus ihren Gedanken. Er strich ihr eine Haarsträhne aus dem Gesicht.

«Wie spät ist es?»

«Keine Ahnung», antwortete Andrina. «Es wird hell.»

«Dann haben wir genug Zeit.»

«Zeit? Wofür?»

«Da weiterzumachen, wo wir gestern Abend aufgehört haben.»

Er zog sie zu sich herunter und küsste sie. Andrina schmiegte sich an ihn.

Die Küsse wurden fordernder. Seine Lippen glitten ihren Hals entlang. Andrina seufzte auf. In diesem Moment klingelte das Telefon auf dem Nachttisch.

«Was?», murmelte Andrina.

«Mist.»

Feller richtete sich auf. Die Decke rutschte von seinen nackten Schultern, als er nach dem Telefonhörer griff.

«Ja?», knurrte er. «Ja, du störst.» Er setzte sich kerzengerade auf. «Was? Dazu braucht es mich wirklich nicht. Moment, sagtest du Autor?»

Feller liess sich nach hinten fallen.

«Okay, ich komme. Gib mir zwanzig Minuten.»

Er legte das Telefon zurück auf die Ladestation.

«Was ist passiert?», fragte Andrina.

Feller schaute sie an. Inzwischen war es heller geworden, und sie konnte seine Augen deutlich erkennen.

«Es hat einen neuen Mord gegeben.»

«An einem Autor?»

Feller nickte und legte den Arm über seine Augen.

«Verdammt! Warum finden wir diesen Dreckskerl nicht?», stöhnte er und richtete sich auf. «Ich muss los.»

Er fuhr mit dem Zeigefinger Andrinas Wange entlang.

«Ich versuche gegen Mittag nach Hause zu kommen», sagte er und schlug die Decke zurück. «Eingekauft sollte ich gestern genug haben. Komm mir ja nicht auf die Idee, das Haus zu verlassen.» Er beugte sich vor und gab Andrina einen Kuss. «Bevor ich es vergesse, ich habe das Passwort für meinen WLAN-Anschluss auf deinen Laptop gelegt.»

Andrina lächelte. «Danke. Dann bin ich wenigstens beschäftigt.»

Feller stupste mit dem Zeigefinger gegen Andrinas Nase. «Ja, für dich sind die Ferien vorbei. Aber denk daran, keinem zu sagen, wo du dich aufhältst.»

«Nach wie vor tappt die Polizei im Dunkeln, was die Morde an Ulrich Strahm und Brigitta Clemens vom Cleve-Verlag betrifft», meldete sich der Radiosprecher zu Wort. Andrinas Zeigefinger verharrte in der Luft. Sie hatte das Radio ausschalten wollen.

«Heute Morgen wurde bereits wieder ein Autor getötet. Peter Meier hat am Vormittag mit Marco Feller von der Kripo Aarau sprechen können. Herr Feller ...»

Andrina streckte das Rückgrat durch. Eine Hand erschien in ihrem Blickfeld und schaltete das Radio aus.

«Du? Warum machst du das?», fragte sie. «Habt ihr nicht einen Medienverantwortlichen für so etwas?»

«Er ist letzte Nacht mit einer akuten Blinddarmentzündung ins Spital eingeliefert worden», sagte Feller.

Er war, wie versprochen, zum Mittagessen nach Hause gekommen.

«Nun musste ich wohl oder übel einspringen. Du solltest dir ausserdem das alles nicht anhören.»

«Warum nicht?»

Seine Hände legten sich auf ihre Schultern und drehten Andrina um. «Es regt dich nur mehr auf, und es wäre wirklich besser, wenn du zur Ruhe kommen würdest.»

«Aber ich will wissen, was läuft.»

Feller seufzte. «Du hast ausserdem die beste Quelle vor dir.»

«Du sagst mir nie alles. Immer wenn ich nachfrage, weichst du aus.»

Feller seufzte erneut. Er griff nach der Espressotasse und trank einen Schluck.

«Also gut, was möchtest du wissen?»

«Der Tote», sie zögerte, «war wirklich ein Autor?»

Feller nickte.

«Wie heisst er?»

Er hob die Augenbrauen.

«Ich weiss, das darfst du mir nicht sagen. Ich möchte nur wissen, ob er etwas mit dem Cleve-Verlag zu tun hat.»

«Auf den ersten Blick nicht», antwortete Feller. «Sein Name ist Felix Kunz.» Er neigte den Kopf.

Andrina schüttelte den Kopf. «Der Name sagt mir nichts.»

«Gemäss unseren Informationen schreibt er Gedichte.»

«Der Cleve-Verlag hat keine Lyrik im Programm.»

Schweigend sahen sie einander an.

«Ihr seid wirklich keinen Schritt weiter, was Brigitta und Ulrich betrifft?»

Feller schüttelte den Kopf. «Es ist wie verhext. Wir stecken nach wie vor fest.»

«Was ist mit Eric?», fragte Andrina.

«Wir haben ihn immer noch nicht gefunden. Er ist und bleibt verschwunden.»

«Das bedeutet?», hakte Andrina nach.

Feller zuckte mit den Schultern.

«Was meinst du?», bohrte sie weiter.

«Ich weiss es wirklich nicht. Für Max ist er nach wie vor der Hauptverdächtige.» Andrina senkte den Kopf.

«Lassen wir das Thema», sagte Feller. Er stellte die Tasse zurück auf die Küchenanrichte und legte die Hände auf ihre Schultern. «Ich muss wieder los.»

Andrina verschränkte die Arme um seinen Nacken und musterte ihn.

Er sah abgekämpft aus. Dazu trug unter anderem der Schatten der Bartstoppeln bei. Mit dem Zeigefinger fuhr sie seine Wange entlang. Es fühlte sich wie Schmirgelpapier an. Bereits gestern hatte er sich nicht rasiert, und heute Morgen war er auch nicht dazu gekommen.

«Ich weiss, du magst keine Männer mit Bart», er lächelte, «allerdings lässt es sich an manchen Tagen nicht vermeiden.»

«Mit ‹an manchen Tagen› kann ich leben.»

«In diesem Fall habe ich Glück gehabt», lachte er und küsste sie. «Bis heute Abend. Denke bitte daran, das Haus nicht zu verlassen und auch niemandem zu sagen, wo du bist.» Er hob den Zeigefinger.

Kurz nachdem Feller gegangen war, stellte Andrina die Kaffeetasse neben den Laptop. Sie wollte mit dem Lektorat des Kriminalromans von Claudia Stämpfli, einer neuen Autorin des Cleve-Verlags, beginnen. Gabi hatte ihr heute Morgen das Dokument geschickt und sie gebeten, das Lektorat zu übernehmen.

Andrina setzte sich auf Fellers Bürostuhl und starrte zum Fenster.

Gabi schien es wieder gut zu gehen. Zumindest körperlich. Seit einer Woche war sie wieder zu Hause. Wie es ihr aber wirklich ging, hatte Andrina nicht am Telefon fragen wollen.

Sie seufzte.

Gabi hatte ausserdem berichtet, dass Elisabeth eine Auszeit genommen hatte. Da inzwischen Schulferien waren, war sie mit ihrer Familie nach Spanien geflogen und wollte dort in dem Ferienhaus, das sie besass, zur Ruhe kommen.

Andrina seufzte erneut.

Zuerst wollte sie rasch die E-Mails fertig abarbeiten. Es dauerte aber trotzdem zwei Stunden, bis Andrina sich endlich den Krimi vornehmen konnte.

Sie öffnete das Dokument und begann zu lesen, hielt jedoch sofort inne, denn sie hatte den neuen Duden noch nicht auf ihren Laptop geladen. Das war an sich kein Problem, denn die ältere Version tat es sicher auch, aber sie wollte ihre Arbeit gewissenhaft erledigen, und dieses war der erste Roman, den sie allein lektorierte.

Die CD mit dem Duden lag in ihrem Zimmer in Lisas Haus. Andrina sah deutlich vor sich, wo. Neben der Schreibtischlampe. Sie überlegte, ob sie Feller anrufen und bitten sollte, die CD heute Abend mitzubringen. Sofort verwarf sie den Gedanken. Wegen so einer Lappalie wollte sie ihn nicht bemühen, er hatte wichtigere Dinge zu erledigen.

Sie konnte die CD genauso gut selbst holen. Kurz überlegte sie, ob sie ihm eine Nachricht schreiben sollte, wenn er zwischendurch nach Hause kam, liess es aber lieber bleiben. Er würde ihr Vorhaltungen machen. Ausserdem war sie spätestens in zwanzig Minuten zurück. Es würde also nicht auffallen. Besser, er erfuhr nichts davon.

Zehn Minuten später hielt Andrina mit Fellers Herrenvelo vor dem Haus. Sie stellte die Zehenspitzen auf den Boden und hob das Bein über die Stange.

Andrina lehnte das Velo an die Hauswand. Sie kramte den Haustürschlüssel hervor und wollte ihn ins Schloss schieben, bemerkte aber dann das gelbe Klebeband.

Natürlich, die Polizei behandelte das Haus als Tatort und hatte es versiegelt. Unschlüssig blieb sie stehen. Musste sie doch Feller bitten?

Andrina lief um das Haus herum. Es befand sich kein Klebestreifen auf der Kellertür an der Seite des Hauses. Erleichtert schloss sie die Tür auf und huschte hinein.

Drinnen empfing sie eine ungewohnte Ruhe. Es war stiller als normal. Beklemmung machte sich breit. Sie fühlte sich wie ein Einbrecher. Trotzdem lief sie die Treppe hoch und betrat ihr Zimmer. Es sah aus wie immer.

Sofort fand sie die CD. Sie lag genau dort, wo Andrina vermutet hatte. Andrina nahm sie und machte kehrt.

Im Erdgeschoss angekommen, hielt sie inne und schielte zur Wohnzimmertür. Sie war geschlossen, aber nicht abgeklebt. Zögernd trat sie zur Tür und öffnete sie einen Spalt. Nichts deutete mehr auf die Verwüstung hin. Alles war sauber. Nur der Teppich am Boden fehlte.

Andrina atmete auf. Die hängende Puppe hatte sie bis in den Schlaf verfolgt. Jetzt, wo sie wusste, dass alles normal aussah, hoffte sie, diese Alpträume würden aufhören.

Plötzlich hatte sie das Gefühl, nicht mehr allein im Haus zu sein. Andrina drehte sich um und sah etwas seitlich auf ihren Kopf zufliegen.

ACHTZEHN

Andrina schlug die Augen auf und wandte den Kopf, was mit pochenden Kopfschmerzen quittiert wurde. Als der Schmerz abebbte, realisierte sie, sich im Luftschutzkeller von Lisas Haus zu befinden.

Mit einem Ächzen richtete sie sich auf. Wie war sie hierhergekommen? Andrina rieb die Schläfe. Dann erblickte sie die Duden-CD, die auf dem alten Schreibtisch lag.

Andrina stand auf und wankte zum Stuhl. Sie liess sich darauffallen und rieb ihre Stirn.

Was war passiert? Sie konnte sich daran erinnern, in ihrem Zimmer gewesen zu sein und den Duden geholt zu haben.

Und danach?

Das Wohnzimmer. Sie hatte im Wohnzimmer nachgeschaut.

Und dann?

Hatte sie etwas im Keller holen wollen? Nein. Sie wollte so schnell wie möglich zurück zu Fellers Haus, damit nicht auffiel, dass sie sich der Anordnung widersetzt und sein Haus verlassen hatte.

Andrina warf einen Blick auf ihre Armbanduhr und erschrak. Schon so spät. Wann kam er nach Hause? Gestern war er gegen sechs Uhr zu Hause gewesen. Wenn er immer zur gleichen Zeit heimkehrte, hatte sie genau zehn Minuten.

Andrina schnappte die CD und sprang, den Kopfschmerz ignorierend, auf. Sie straffte die Schultern und marschierte zur Tür.

Als sie die Klinke hinunterdrückte, passierte nichts. Warum musste das dumme Ding ausgerechnet jetzt klemmen? Sie rüttelte fester. Aber die Tür bewegte sich keinen Zentimeter. Andrina starrte auf die Klinke.

Plötzlich hörte sie oben Schritte und erstarrte. Da war jemand im Haus. War es ein Polizist, der nach dem Rechten schaute, weil man bemerkt hatte, dass die Kellertür an der Seite offen stand? Die hatte sie offen gelassen, oder?

Sollte sie rufen? Besser nicht. Der Beamte würde bestimmt Feller weitererzählen, dass er sie im Haus aufgegriffen hatte.

Das würde doppelten Ärger nach sich ziehen. Zum einen, weil

sie sich seiner Anordnung widersetzt hatte. Ausserdem hatte sie einfach einen versiegelten Tatort betreten.

Oben war es wieder ruhig. Andrina rüttelte von Neuem an der Tür und realisierte, dass sie abgeschlossen war. Der Schreck fuhr ihr in die Glieder, und sie musste sich auf den Boden setzen.

Abgeschlossen?

Jemand hatte sie eingesperrt.

Die Polizei?

Wohl kaum. Solche Spiele trieb sie normalerweise nicht. Der Kopf pochte. Sie fuhr sich mit der Hand über die schmerzende Stelle und spürte eine leichte Erhebung.

Sie war zusammengeschlagen worden, kam ihr in den Sinn. Die Polizei würde einen stellen und nicht zusammenschlagen und anschliessend einsperren.

In diesem Moment knirschte der Schlüssel im Schloss. Andrina rutschte rückwärts, bis ihr Rücken den Tisch berührte.

Ein Mann, er musste Mitte vierzig sein, betrat den Raum und schloss die Tür hinter sich ab. Sie kannte ihn nicht.

Andrina erhob sich. Beide standen einander gegenüber. Sie musterte seine rotblonden Haare. Im Gesicht und an den Armen hatte er eine Menge Sommersprossen. Wie ein Polizist sah er nicht aus. Aber es konnte ja auch einer in Zivil sein.

«Meine Hübsche ist wach. Das wurde langsam Zeit.»

«Wer sind Sie?»

«Weisst du das denn nicht?»

Andrina schüttelte den Kopf. «Ich kenne Sie nicht. Was wollen Sie? Warum halten Sie mich fest?»

«Das sind zwei Fragen zu viel.»

Er kniff die Augen zusammen.

Diese Augen! Andrinas Haare auf den Armen richteten sich auf.

«Lange habe ich auf den Augenblick gewartet, dich endlich zu haben. Nun habe ich die Gelegenheit beim Schopf gepackt.» Er lehnte gegen die Tür. «Zwar habe ich mir für dich etwas Spezielles ausgedacht, aber das muss warten. Du hast vorher was zu erledigen.»

«Wovon reden Sie?»

«Dazu brauchst du allerdings deinen Computer. Oben ist er nicht.»

Diese Augen! Wo hatte sie diese Augen schon einmal gesehen?

«Meinen Laptop? Der ist bei …» Andrina brach ab.

Gabi. Genau diese Augen hatte sie im Wald gesehen.

Kalter Schweiss brach zwischen den Schulterblättern aus, als ihr bewusst wurde, wer da vor ihr stand.

«Ja, natürlich. Der ist im Haus von deinem Polizisten. Darauf hätte ich wirklich selbst kommen können.»

Er war es. Angst kroch ihren Nacken hoch. Er musste sie die ganze Zeit beobachtet haben. Woher wusste er sonst, dass sie bei Feller Unterschlupf gefunden hatte?

Andrina wurde eiskalt. Die Botschaft «Ich weiss immer, wo du bist» kam ihr in den Sinn.

Der Mann holte einen Schlüssel aus seiner Tasche.

«Welcher Schlüssel gehört zu dem Haus von deinem Polizisten?»

«Sie wollen bei Marco einbrechen?»

«Richtig, Marco Feller heisst er. Also, welcher Schlüssel ist es?»

«Wofür brauchen Sie meinen Laptop?»

«Hierfür», sagte er und legte einen Stick auf das Regal.

Der Mann musterte Andrina und steckte den Schlüssel in seine Hosentasche.

«Egal. Das finde ich auch so heraus. Allerdings werden wir bis morgen warten müssen, denn dein Schatz kommt bald nach Hause. Er wird sich wundern, wo du steckst.» Er grinste. «Vielleicht denkt er, du hast genug von ihm.» Der Mann lachte. «Ich lass dich mal solange allein. Wenn ich den Laptop habe und du mit der Arbeit beginnen kannst, komme ich wieder.» Er stellte eine Plastiktasche auf den Boden. «Damit du bis dahin bei Kräften bleibst», sagte er und schlüpfte aus dem Raum.

Andrina war wieder allein. Sie brauchte eine Weile, bis sie sich rühren und zur Tasche gehen konnte. Ein Sandwich und eine Flasche Wasser befanden sich darin. Andrina wurde übel. Sie schwankte zum Stuhl und setzte sich.

Jetzt musste Feller nach Hause kommen. Was würde er denken? Wirklich das, was der Mann behauptet hatte? Sie schloss die Augen.

Auf seinem Schreibtisch im Arbeitszimmer stand der halb ausgetrunkene Kaffee. Der eingeschaltete Laptop mit dem geöffneten Manuskript.

Die Waschmaschine war inzwischen bestimmt fertig, und die nasse Wäsche wartete darauf, aufgehängt zu werden.

Das Nachtessen hatte Andrina bereits am Morgen vorbereitet und in den Kühlschrank gestellt. All das wirkte nicht so, als habe sie sich abgesetzt, sondern eher, wie es war: ein überstürzter Aufbruch.

Warum hatte sie ihm keine Nachricht geschrieben? Dann wüsste er, wohin sie gefahren war.

Würde man sie hier suchen? Vermutlich nicht. Es war ein versiegelter Tatort.

Würde die Polizei hierher zurückkehren, weil sie etwas kontrollieren oder den Teppich zurückbringen wollte?

Fellers Velo. Konnte man es von der Strasse aus sehen?

Andrina fror. Was hatte der Eindringling mit ihr vor? Immerhin hatte er sie nicht sofort umgebracht. Warum beruhigte sie diese Tatsache nicht, sondern verstärkte ihre Angst?

***

Nicht Eric. Andrina schlang die Arme um die Knie. Es war nicht Eric.

Wagner hatte sich immer mehr auf ihn versteift. Sogar für Feller war er wieder mehr zum Hauptverdächtigen geworden. Das hatte er zwar nicht gesagt, aber Andrina hatte es gespürt. Besonders nach der Geschichte mit der SIM-Karte.

Ihre Armbanduhr zeigte immer noch ein Uhr an. In der Nacht war sie stehen geblieben. Tageslicht gab es in diesem Raum nicht.

Zwischendurch war Andrina kurz eingenickt und hatte inzwischen jedes Zeitgefühl verloren. Irgendwann hatte sie zu ihrem Erstaunen Hunger verspürt. Sie hatte das Käsebrot gegessen und einige Schlucke Wasser getrunken. Nun musste sie dringend auf die Toilette.

Andrina stand auf. Zu diesem Luftschutzraum gehörte ein WC.

Warum man hier einen Luftschutzkeller errichtet hatte, wusste sie nicht. Lisa hatte einmal erwähnt, das Haus sei zu der Zeit des Kalten Krieges gebaut worden. Während des Zweiten Weltkrieges und besonders in den sechziger Jahren war es gang und gäbe, einen solchen Raum einzurichten, da man nicht wusste, wie sich die politische Situation in der Welt entwickeln würde.

Niemand aus der WG gebrauchte diesen Raum wirklich. Andrina ging zur Tür und drückte die Klinke hinunter. Die Tür sprang auf und gab den Blick auf einen kleinen Raum frei. Andrina drückte den Lichtschalter, aber nichts passierte. Sie musste wohl oder übel die Tür offen behalten. Hoffentlich funktionierte das WC überhaupt. In dem Licht, das von dem Nebenzimmer hereinfiel, sah sie die dicke Staubschicht und Spinnenweben. Eine grosse schwarze Spinne hockte in der Ecke über dem WC. Andrina widerstand dem Impuls, aus dem engen Bad zu flüchten. Sie prüfte die Spülung und atmete auf, als sie das Wasser rauschen hörte. Sogar WC-Papier gab es. Aber aus dem Wasserhahn am Waschbecken kam kein Tropfen.

Nachdem sie fertig war, flüchtete sie aus dem Raum und schlug die Tür zu. Hoffentlich blieb die Spinne da drin. Sogleich musste Andrina den Kopf über sich schütteln. Die Spinne war wirklich nicht ihr Hauptproblem.

Sie setzte sich auf den Stuhl und starrte auf den Stick, den er auf das Regal gelegt hatte. In diesem Moment knirschte der Schlüssel im Schloss.

«Es tut mir leid, meine Süsse, aber ich hatte erst jetzt Gelegenheit, deinen Laptop zu holen.» Er stellte ihn vor ihr auf den Tisch.

«Sie waren bei …» Andrina brach ab, als sie den Ausdruck in seinem Gesicht bemerkte.

«Keine Sorge», sagte er. «Ihm geht es gut. Nun, sagen wir mal, er erfreut sich körperlich bester Gesundheit. Gut gehen wird es ihm nicht, da er dich nicht zu Hause vorgefunden hat und sich nicht erklären kann, wohin du verschwunden bist.» Er stiess ein heiseres Lachen aus. «Er ist heute später ins Polizeikommando gefahren. Daher musste ich so lange warten, bis ich ins Haus konnte.»

Andrina konnte es nicht fassen. Er war wirklich einfach in Fellers Haus hineingegangen. In das Haus eines Kripobeamten. Würde Feller es bemerken? Natürlich. Er würde merken, dass der Laptop verschwunden war. Allerdings würde er denken, Andrina habe ihn geholt.

«Deine Aufgabe ist, meinen Roman zu lektorieren.»

«Ihren Roman?»

«Dieses Mal aber keine abfälligen Bemerkungen.»

«Was für abfällige Bemerkungen?», frage Andrina verständnislos.

Er holte einen Brief aus seiner Tasche und reichte ihn ihr. Sie faltete ihn auseinander.

Sehr geehrter Herr Meister, begann er.

Andrina hob den Kopf. Das war eine Absage, die sie geschrieben hatte. Meister!

Sie erinnerte sich an die Leseprobe. Sie war sehr stümperhaft gewesen, mit einer Menge Grammatik- und Rechtschreibfehler. Auch war die Geschichte nicht sehr überzeugend gewesen. So etwas Schlechtes hatte Andrina vorher selten gelesen.

Sie sah sich in der Sitzung mit Brigitta, Elisabeth und Gabi.

«Wie bringen wir es ihm schonend bei? Er hat sich so viel Arbeit gemacht», hatte Brigitta gefragt.

«Andrina macht das», war Elisabeths Antwort gewesen. «Sie hat ein Händchen für solche Probleme.»

Andrina sollte ihm vorschlagen, einen Schreibkurs zu besuchen, die Geschichte dann nochmals zu überarbeiten und an andere Verlage zu schicken, in deren Programm sie besser passte.

«Das wäre gelogen», hatte Andrina widersprochen. «Die Geschichte passt zu keinem Verlag. Der Mann kann nicht schreiben. Ich hätte nie für möglich gehalten, dass es so etwas gibt, aber er hat kein Talent.»

Sie hatte lange gebraucht, bis sie einen Brief formuliert hatte, von dem sie angenommen hatte, dass er nicht verletzend war.

Sie starrte auf den Brief. Feller hatte recht mit seiner Theorie, wurde ihr bewusst. Sie musste den Mann zutiefst beleidigt haben. Aber brachte man deswegen Menschen um? Das tat man, wenn man … Andrinas Puls beschleunigte sich. Sie war von einem Verrückten gekidnappt worden.

«Ich hoffe für dich, es tut dir leid, so einen Mist geschrieben zu haben», knurrte Meister.

Andrina nickte mechanisch.

«Nun ist es aber zu spät. Es gibt kein Zurück mehr. Du lektorierst erst mal die Geschichte und siehst anschliessend zu, dass sie in deinem Verlag publiziert wird.»

An der Tür wandte er sich um. Das Glitzern in seinen Augen jagte Andrina einen kalten Schauer über den Rücken. «Wage es nicht zu trödeln. Du hast hier unten genug Zeit.»

NEUNZEHN

Was bildet sich diese Schlampe ein. Sie hat es höflich formuliert. Ich muss sagen, sie kann schreiben. Klar, was sie mir damit zwischen den Zeilen sagen will. Ich bin unfähig, kann nicht schreiben, der Plot ist eine Katastrophe. Okay, das hat sie nicht so geschrieben, trotzdem weiss ich, was sie meint. Ich soll Kurse belegen. Das ist wohl ein Witz …

Andrina schaute verwirrt auf. Was war das? Sollte das wirklich sein Buch sein? Es war auf jeden Fall nicht der Text, den er dem Cleve-Verlag geschickt hatte. Sie scrollte weiter.

… Das wird sie büssen. Ich habe auch eine Idee. Das ist der Plot des Lebens. Ein wenig üben, und am Ende ist sie dran.

Wer war sie? Andrina las weiter und bekam einige Seiten weiter die Antwort. Diese Antwort liess Andrina frieren.

Sie heisst Andrina Kaufmann. Sie wird den Tag verwünschen, an dem sie geboren wurde.

Andrinas Hand, die auf der Maus lag, begann unkontrolliert zu zittern.

Ich weiss einen Tod für sie. Ich muss vorher üben. Ich muss Probeopfer finden. Es müssen welche sein, die sie nicht kennt. Sonst weiss sie, was sie erwartet. Die Polizei ist zwar nicht schlau, aber ich darf nichts riskieren.

Feller hatte recht gehabt. Er war die ganze Zeit dichter an der Wahrheit, als er je für möglich gehalten hatte. Allerdings hatte er sich von Eric ablenken lassen und diese Spur vernachlässigt.

Das Mordopfer Nummer eins heisst Werner Müller und wohnt in Zürich.

«Werner Müller», murmelte Andrina. Den Namen hatte sie nie gehört.

Während Andrina las, wie Meister dem ersten Opfer aufgelauert und es getötet hatte, musste sie mehrere Male ihre schweissnassen Hände an den Shorts abwischen.

Plötzlich machte ihr Herz einen Sprung. Die Sache hatte nicht mit Ulrich Strahm angefangen. Er hatte am Anfang geschrieben, er müsse üben. Es waren bereits vorher Menschen gestorben. Sah die Polizei den Zusammenhang mit den Cleve-Morden?

Vor zwei Tagen hatte sie gehört, wie Feller diesen Begriff am

Telefon genannt hatte. Als sie später nachgefragt hatte, war er ihr ausgewichen.

Andrina senkte den Kopf und las weiter. Der Text war katastrophal geschrieben – er war sogar schlechter als die Leseprobe, die er dem Verlag geschickt hatte –, aber das tat dem Grauen keinen Abbruch. Drei Menschen waren vor Ulrich Strahm gestorben.

Keine Autoren, sondern sie waren nach dem Zufallsprinzip ausgewählt worden: Meister hatte im Telefonbuch nachgeschaut und einfach einen Namen herausgesucht.

Inzwischen zitterte Andrina am ganzen Körper. Das sollte sie wirklich lektorieren? Sie hatte bereits einige Bücher gelesen, die ihr die Haare zu Berge stehen liessen, aber das war kein Problem gewesen, weil sie wusste, dass es Fiktion war.

Das hier jedoch war Realität. Es hatte sich wirklich so abgespielt. Feller würde sagen, erstklassiges Beweismaterial.

Andrina klickte auf die WLAN-Funktion, wie sie es bereits mehrmals getan hatte. Nach wie vor kein Empfang. Sie lehnte den Kopf nach hinten und starrte an die Decke.

Wie sollte sie das Manuskript bearbeiten? Irgendwie musste sie es schaffen, eine Schranke zwischen sich und dem Text aufzubauen, damit das Grauen nicht zu nah an sie herankam. Vielleicht würde Meister sogar mit ihr und ihrer Arbeit zufrieden sein und sie am Ende leben lassen. Andrina scrollte zum Textanfang und schaltete den Korrekturmodus im Word ein.

Wie lange sie gearbeitet hatte, wusste sie nicht, als sich der Schlüssel im Schloss drehte.

«So ist brav, meine Hübsche.» Meister schloss die Tür hinter sich und steckte den Schlüssel in seine Hosentasche. Er verschränkte die Arme vor der Brust und lehnte sich gegen die Wand. «Gefällt dir die Geschichte? Spannend, nicht wahr?»

Ein Lächeln, das seine Augen nicht erreichte, huschte über sein Gesicht. «Interessante News. Inzwischen ist es offiziell, dass du deinem Liebhaber abhandengekommen bist. Eine landesweite Vermisstmeldung ist nach dir ausgeschrieben worden.» Er strich über seine Arme. «Wunderbar. Der Roman nimmt ungeahnte Wendungen. Ich werde weiterschreiben und dir die nächsten Kapitel mitbringen.»

Er trat zu Andrina und blickte über ihre Schulter.

«Da ist ja alles rot!», schnauzte er.

«Ich arbeite mit dem Korrekturmodus. So sehen Sie, was ich für Vorschläge gemacht habe und was ich verändert habe.»

Meister packte Andrinas Schultern und riss sie herum.

«Du sollst nichts verändern!», schrie er. Speicheltropfen spritzten in ihr Gesicht. «Du sollst es lektorieren, damit es veröffentlicht werden kann.»

Er beugte sich tiefer. Sein Gesicht nahm eine dunkelrote Färbung an. Er schlug Andrina mitten ins Gesicht. Darauf völlig unvorbereitet, rutschte sie vom Stuhl und fiel auf den Boden.

Sofort war Meister über ihr.

«Du sollst nicht meinem Krimi deine Handschrift aufdrücken. Es ist und bleibt mein Buch.» Er kniff die Augen zusammen. «Oder willst du mein Werk etwa klauen und es als deins veröffentlichen?»

Er packte sie und schüttelte sie. Immer wieder schlug ihr Kopf auf dem Boden auf.

«Auf die Idee würde ich bestimmt nie kommen», brachte Andrina hervor.

«Da bin ich mir nicht so sicher. Du hast nämlich erkannt, wie genial es ist.»

«Es ist krank.»

Die Farbe in Meisters Gesicht verdunkelte sich noch mehr, was Andrina nicht für möglich gehalten hätte. Er holte mit der Faust aus. Dieses Mal war sie auf den Schlag vorbereitet und drehte den Kopf weg. Trotzdem traf er sie schmerzhaft am Ohr.

«Das ist nicht krank. Das ist ein Real-Life-Krimi.»

«Sie sind krank!», rief Andrina, obwohl sie wusste, besser den Mund zu halten und ihn nicht weiter zu provozieren.

Meister stürzte sich auf sie und prügelte auf sie ein. Andrina legte die Arme schützend um ihren Kopf und zog die Beine an.

«Wenn Sie mich zusammenschlagen, kann ich Ihr Buch nicht weiter bearbeiten», schaffte sie zwischen den Schlägen zu sagen.

Augenblicklich liess Meister von ihr ab. «Wage es nicht, mich zu beleidigen, und mach endlich deine Arbeit», zischte er.

Als die Tür hinter ihm ins Schloss gefallen war, erhob Andrina sich vorsichtig. Nacheinander bewegte sie Arme und Beine und strich über ihre Rippen.

Sie wusste nicht, was eigentlich schmerzte. Der ganze Körper brannte wie Feuer. Gebrochen schien aber nichts zu sein. Immerhin das.

Sie sah sich um. Der Boden war mit Blut beschmiert. Nachdem sie einen Augenblick so verharrt hatte, schleppte sie sich zum Bad. Als sie in den Spiegel schaute, erstarrte sie. Um ihr linkes Auge bildete sich ein blauer Ring. Die Unterlippe war aufgeplatzt. Das Blut lief über das Kinn und tropfte auf das T-Shirt.

Sie drehte den Wasserhahn auf. Als kein Wasser kam, stützte sie sich mit beiden Händen auf den Beckenrand. Nach einer Weile hob sie den Kopf und bemerkte die schwarze Spinne. Sie sass immer noch in der Ecke oberhalb des WCs und schien auf sie herunterzugrinsen. «Hilf mir lieber», flüsterte Andrina, aber die Spinne blieb bewegungslos sitzen.

Andrina nahm WC-Papier, setzte sich auf den WC-Deckel und tupfte das Blut vom Kinn und der Lippe. Bei jeder Berührung zuckte sie vor Schmerzen zusammen. Ihr Kopf hämmerte. Sie tastete nach ihrem Hals. Brigittas Kette war noch da.

★★★

«Hier steckst du», sagte Feller und trat auf die Terrasse. Er stellte sich hinter Andrina und umarmte sie. Seinen Kopf legte er auf ihren Scheitel. Andrina griff seine Arme und lehnte sich nach hinten.

«Wie war dein Tag?», fragte er.

«Langweilig», antwortete sie. «Auch wenn es nicht so ist, komme ich mir wie deine Gefangene vor.»

Feller seufzte. «Ich weiss. Es muss sich wie Hausarrest anfühlen. Aber es ist wichtig, dass du nicht rausgehst und niemandem sagst, wo du bist.»

Andrina senkte den Kopf.

«Es ist wirklich wichtig, dich dieser Anordnung nicht zu widersetzen. Ich könnte es mir nie verzeihen, wenn dir etwas passiert.»

Er beugte sich zu ihr hinunter und küsste sie. Als seine Lippen ihren Mund berührten, schrie Andrina vor Schmerz auf.

Sie riss die Augen auf und wurde von dem Licht der Neonröhre an der Decke geblendet. Im ersten Moment wusste sie nicht, wo sie war. Dann fiel es ihr wieder ein. Sie lag auf der Campingmatratze im Luftschutzraum von Lisas Haus.

In ihrem Kopf hallte Fellers Stimme nach. *Ich könnte es mir nie verzeihen, wenn dir etwas passiert …*

Du hast keine Schuld, dachte sie. Ich habe mich deiner Anordnung widersetzt und bin zum Haus gefahren, weil ich glaubte, diese blöde CD zu brauchen. Warum habe ich dich nicht angerufen? Warum habe ich nicht auf dich gehört? Du hast in so vielen Dingen recht gehabt.

Tränen traten in ihre Augen. Eine bahnte sich den Weg über ihre Wange hinab bis zum Ohr. Andrina wischte sie nicht fort.

Was Feller jetzt wohl machte? Sie hatte ihn nicht verlassen. Das musste ihm klar sein. Hoffentlich. War ihm aufgefallen, dass ihr Laptop verschwunden war? Hatte er die Spurensicherung sein Haus untersuchen lassen? War es ebenfalls versiegelt?

Andrina richtete sich auf. Sie musste weitermachen, verspürte aber keinen Drang aufzustehen. Sie starrte zur offenen WC-Tür. Die Spinne sass an ihrem Platz. Das wirkte beruhigend.

Andrina wischte mit der Hand über die Stirn und griff nach der Wasserflasche. Im Raum war es stickig. Sie sehnte sich nach frischer Luft. Ausserdem wünschte sie sich eine Dusche. Sie hatte das Gefühl, ihre Haut fühle sich klebrig an. Andrina trank in grossen Schlucken und liess sich auf die Matratze zurückfallen.

Sie musste weitermachen. Plötzlich erschrak sie. Wenn sie fertig war, würde er sie töten. Andrina hatte bereits auf den letzten Seiten die Stichworte durchgelesen, die Meister zu ihrem Tod gemacht hatte. Er hatte mehrere Varianten eines langen, schmerzvollen Sterbens notiert.

Was wäre, wenn sie nie mehr aufstehen würde? Wenn sie ihm zuvorkommen würde? Andrina hatte Angst vor dem Tod. Besonders erfüllte es sie mit Angst, wenn das Sterben lange dauern würde. Welcher Tod war kurz und schmerzlos?

Mit einem Ruck setzte sie sich auf. Was dachte sie da? Sie durfte nicht aufgeben. Wegen Feller. Wegen Ulrich und Brigitta. Wegen der anderen Opfer.

Sie musste einen Weg finden, hier hinauszukommen und Meisters Text der Polizei zu übergeben. Die Menschen, die dieser Verrückte auf dem Gewissen hatte, hatten es nicht verdient, wenn sie aufgab. Irgendwie musste sie Zeit gewinnen und nicht so schnell mit dem Lektorat fertig werden. Andrina nagte an ihrer Unterlippe und zuckte zusammen, weil ein Schmerz durch ihr Gesicht schoss. Sie schmeckte Blut. Sie hatte die Kruste, die sich auf der Lippe gebildet hatte, aufgerissen. Mit den Handrücken tupfte Andrina über die Lippe. Es blutete zum Glück nicht stark.

Das Lektorieren seines Textes war aber nicht die einzige Aufgabe, die sie hatte. Nein. Sie hatte Claudia Stämpflis Manuskript auf dem Laptop abgespeichert. Damit konnte sie beginnen.

Sie würde jeden Tag ein wenig an Meisters Text arbeiten und sich für die restliche Zeit um den Krimi kümmern. Das könnte für einige Tage funktionieren.

Andrina stand auf und setzte sich an den Schreibtisch. Sie öffnete Stämpflis Manuskript und überflog den Anfang. Die Buchstaben verschwammen vor den Augen. Wütend wischte Andrina die Tränen fort. Sonst war sie auch nicht so eine Heulsuse.

«Was meinst du, ist es draussen noch immer so heiss?», fragte Andrina die Spinne. «Oder hat das Wetter umgeschlagen? Regnet es gerade, oder ist es bewölkt?»

Die Spinne sass in ihrer Ecke und gab keine Antwort. Aber das war nicht weiter schlimm, denn sie hörte wenigstens zu.

Andrina schüttelte den Kopf. Verlor sie bald den Verstand, weil sie mit einer Spinne redete? Sie, die Spinnen nicht ausstehen konnte.

«Ich frage mich, wie du hier drinnen überhaupt leben kannst», sprach sie weiter. «Hier gibt es keine Mücken und keine Fliegen für dich.»

Keine Antwort.

Andrina seufzte und drehte sich zum Laptop um. Besonders schlimm fand sie, kein Tageslicht zu haben. Das Flackern der Neonröhre tat ihr inzwischen in den Augen weh. Andrina schaltete allerdings das Licht nicht ab. Wenn es dunkel war, fürchtete sie, Meister könne hereinkommen und ihr etwas antun. Lieber nahm sie die brennenden Augen in Kauf.

Sie starrte auf den Text. Sie musste dringend einige Seiten bearbeiten. Sonst fiel es auf, dass sie die Arbeit boykottierte. Nicht auszudenken, was Meister dann mit ihr machen würde.

Andrina begann zu lesen. Detailliert beschrieb Meister, wie er ihr gefolgt war. Er hatte wirklich keine Mühe und Kosten gescheut.

Tatsächlich war er in Norddeutschland immer in ihrer Nähe gewesen. Auf dem Flug nach Berlin hatte er sogar drei Reihen hinter ihr gesessen. Andrina fröstelte. Er hatte mehr als eine Gelegenheit gehabt. Später war allerdings Fellers Taktik aufgegangen, nicht mehr so viel an Land zu gehen.

Meister, der kein Boot gemietet hatte und sie auf dem Landweg verfolgte, hatte sie aus den Augen verloren. Da er nicht sicher war, ob Andrina und Feller abgereist waren, nachdem er die Drohungen im Velokorb und in Andrinas Jacke deponiert hatte, hatte er sich in Rechlin stationiert und abgewartet, bis ihr Boot kam. Irgendwie hatte er herausgefunden, dass geplant war, das Boot in Untergören abzugeben, und sie notgedrungen dort vorbeikommen und sich vor der Überquerung der Müritz nach dem Wetterbericht erkundigen mussten. Er war es auch gewesen, der auf sie geschossen hatte. Zwar hatte er nicht vorgehabt, sie zu töten, denn er brauchte Andrina für das Lektorat, sondern er hatte ihnen einen Schrecken einjagen wollen, was ihm auch gelungen war. Feller und sie waren überstürzt abgereist. Eine Sache, die er beabsichtigt hatte, damit das für ihn mühsame Verfolgen ein Ende hatte.

Köstlich amüsiert hatte er sich, als Andrina heimgekehrt war und die Puppe an der Decke vorgefunden hatte. Andrina starrte die Wand an. Er war zu dem Zeitpunkt im Haus gewesen und hatte sie beobachtet. Wie war es ihm gelungen, ungesehen zu verschwinden? Besondere Genugtuung verschaffte ihm, eine weitere Person leiden zu lassen: Feller. Er war inzwischen sein Feind Nummer zwei, da er alles daransetzte, ihn zu fassen.

Andrina hatte es aufgegeben, stilistische Verbesserungsvorschläge zu machen. Er hatte ihr deutlich genug zu verstehen gegeben, was er davon hielt. Sie beschränkte sich auf die Korrektur der Rechtschreibung und Grammatik. Das war genug. Wenn sie Anmerkungen hatte, kommentierte sie es am Rand.

Andrina rieb mit dem Zeigefinger über ihre Augenbrauen und griff nach der Maus. Sie klickte auf «Kommentar einfügen» und eine rot gefärbte Sprechblase, in der bereits die Buchstaben «ak» für «Andrina Kaufmann» standen, erschien am Rand des Textes.

Sie legte die Finger auf die Tasten. Es war eine Gratwanderung. Sie durfte ihn nicht wütend machen, musste aber trotzdem so tun, als würde sie gewissenhaft den Text bearbeiten.

Achtung Wortwiederholungen, tippte sie.

Sie beliess es bewusst vage. Wenn er Fragen hatte, war es ihr nur recht. Es würde ihren Tod hinauszögern. So würde sie Zeit gewinnen. Zeit, während der Feller ihre Spur finden konnte.

Andrina fügte einen neuen Kommentar ein.

Vermeiden Sie zu viel Umgangssprache im Text, zum Beispiel Worte wie geil und mega, schrieb sie.

Andrina klickte erneut auf «Kommentar einfügen». Es war der Hundertvierundfünfzigste. Und das erst nach einem Viertel des Textes.

Er heisst nicht Markus Feller, sondern Marco Feller, notierte sie.

Andrina legte den Kopf in den Nacken und schluchzte auf. Warum machte sie ihn überhaupt darauf aufmerksam? Weil es mir wichtig ist, beantwortete sie die Frage.

Marco, hol mich endlich hier heraus. Du hast bisher die richtige Fährte verfolgt, auch wenn es niemand wahrhaben wollte. Such mich! Denk logisch.

Andrina drehte sich um und starrte auf die Spinne. War es denn logisch, in Lisas Haus gefangen zu sein? Auf der einen Seite schon. Es musste Meister Genugtuung verschaffen, sie direkt unter der Nase der Polizei versteckt zu halten. Auf der anderen Seite rechnete niemand damit.

«Wie kann ich ihm einen Tipp zukommen lassen?», fragte Andrina die Spinne. Diese gab immer noch keine Antwort, sondern sass regungslos in ihrer Ecke.

***

Die Spinne war weg. Andrina starrte auf die Ecke oberhalb des WCs und spürte Enttäuschung. Und so etwas wie Trauer, was lächerlich war. Aber sie hatte sich an diese Spinne gewöhnt. Sie war ihr sogar so etwas wie eine Freundin geworden, mit der man reden konnte. Auch wenn die Unterhaltung einseitig verlief. Nun war sie weg. Sie hatte Andrina im Stich gelassen.

Andrina schloss die Tür und lehnte sich gegen die Wand. Ihre Augen suchten zentimeterweise das Zimmer ab. Vielleicht war die Spinne aus dem Bad herausgekrabbelt. Sie bückte sich und schaute unter den Schreibtisch. Eine Menge Spinnenweben, aber keine Spinne. Andrina durchquerte das Zimmer und suchte in jeder Ecke. Nichts.

Sie öffnete wieder die Badezimmertür und schaute unter das WC und unter das Waschbecken. Die Spinne war wirklich weg. Frustriert schlug Andrina die Badezimmertür zu. Im Zeitlupentempo rutschte sie die Wand entlang zu Boden und legte den Kopf auf die Knie. Vermutlich hatte das Tier irgendwo eine Ritze gefunden. Wie beneidete sie die Spinne, einfach so verschwinden zu können.

Mit wem konnte sie nun das Grauen, das sie lesen musste, teilen? Die Spinne war eine gute Zuhörerin gewesen. Regungslos hatte sie Andrinas Berichten gelauscht.

Andrina hob den Kopf. Dabei fiel ihr Blick auf den Schrank. Ein graues Kabel lugte dahinter hervor. Sie beugte sich vor und zog daran. Es war ein Kabel, welches man für den Internetanschluss benötigte.

Andrinas Augen huschten zur Steckdose mit dem speziellen Aufsatz, die sich unter dem Schreibtisch befand. Hatte sie gerade einen Weg gefunden, um mit der Aussenwelt Kontakt aufzunehmen?

Als sie die WG gründeten, kam die Frage auf, wie sie den Internetanschluss gestalten wollten. WLAN kam nicht in Frage. Das verursache Strahlen und sei ungesund, hatte Lisa behauptet. Barbara hatte die Idee, ein internes Netzwerk zu installieren und den Internetanschluss über ein Modem laufen zu lassen. Im Wohnzimmer hatte sie einen kleinen Server installiert. Man brauchte spezielle Steckaufsätze und konnte somit überall im Haus über die Steckdosen aufs Internet und auf den Server zugreifen. In jedem Zimmer hatten sie so einen speziellen Aufsatz angebracht. Offenbar hatte Barbara auch in diesem Kellerraum den Zugang eingerichtet. Eigentlich war das sinnlos, da niemand den Raum nutzte. Doch darüber musste Andrina sich jetzt nicht den Kopf zerbrechen.

Andrinas Herzschlag beschleunigte sich. Ihr Blick wechselte zwischen Stecker und Steckdose hin und her. War das Modem im Wohnzimmer eingeschaltet? Normalerweise lief es die ganze Zeit. Wenn sie aber in die Ferien fuhren, wurde es ausgeschaltet. Das bedeutete, es war abgestellt, denn Lisa war in dieser Beziehung sehr gewissenhaft. Es bestand auf der anderen Seite aber auch eine kleine Chance, dass es eingeschaltet war. Meister hatte in seinem Roman, oder wie man das auch immer nennen wollte, beschrieben, wie er recherchierte und die notwendigen Dinge über seine Opfer erfuhr. Hatte er das Modem im Wohnzimmer gefunden und eingeschaltet, damit er ins Internet konnte? Andrina bückte sich und kroch, die Spinnenweben ignorierend, unter den Tisch. Sie steckte das Kabel in den entsprechenden Anschluss des Steckdosenaufsatzes. Mit angehaltenem Atem schloss sie das andere Ende am Laptop an.

Gebannt starrte sie auf den Bildschirm. Nach einer Weile erschien unten rechts im Bildschirm eine kleine Weltkugel. Tatsächlich. Sie hatte Internetanschluss.

Andrina liess sich auf den Stuhl fallen und öffnete Outlook.

Sofort erschienen neue E-Mails in ihrer privaten Mailbox. Zwar nur Spams, aber sie waren der Beweis, dass sie wirklich Anschluss hatte.

Andrina öffnete ein neues E-Mail. Sie gab Fellers E-Mail-Adresse ein. In die Betreffzeile tippte sie «von Andrina – dringend».

Einem Impuls folgend, fügte sie Meisters Manuskript ein. Danach flogen ihre Finger über die Tasten. Sie warf einen Blick auf die kleine Uhr unten rechts am Bildschirm. Es war kurz vor zwei Uhr in der Nacht. Um diese Zeit war er bestimmt nicht im Büro. Er würde das E-Mail am nächsten Morgen vorfinden.

Marco, er hält mich in Lisas Haus gefangen. Im Luftschutzkeller. Du musst die Kellertreppe runtergehen und dich nach rechts wenden. Am Ende ist unsere Waschküche. Ich bin in dem Raum rechts davon.

Es ist nicht Eric. Er heisst Hans Meister. Ob das sein richtiger Name ist, weiss ich nicht. Es ist aber der Mann, der Gabi im Wald töten wollte.

Ich muss sein Buch lektorieren. Es ist die Geschichte seiner Morde. Siehe beigefügtes Manuskript. Wenn ich das erledigt habe und das Buch im Cleve-Verlag veröffentlicht wird, will er mich ebenfalls töten. Siehe letztes Kapitel. Du musst mich hier rausholen. Schnell! Bitte! Ich will nicht sterben.

Andrina hielt inne. Das E-Mail würde nicht nur Feller zu sehen bekommen. Andere würden mitlesen. Vermutlich las sogar seine Sekretärin die Nachricht zuerst, weil er unterwegs war. Egal. Vermutlich war es die letzte Chance, ihm das zu sagen.

Sie legte die Hände auf die Tastatur und schrieb: *Ich liebe dich, Andrina.*

Der Mauspfeil schwebte über «Senden», als Andrina etwas einfiel.

PS. Ausserdem war er in deinem Haus. Er hat mir den Schlüssel abgenommen und meinen Laptop geholt.

Sie klickte auf «Senden». In diesem Moment hörte sie, wie oben eine Tür ins Schloss fiel.

Meister war zurückgekommen.

Das kleine Fenster im Outlook zeigte an, dass die Nachricht erst zu zwanzig Prozent bearbeitet war. Verdammt, warum musste sie so blöd sein und das Dokument anhängen?

Fünfzig Prozent.

Oben wurde etwas auf den Boden gestellt.

Sechzig Prozent.

Ein Quietschen verriet ihr, dass die Kellertür geöffnet wurde.

Siebzig Prozent.

Mach voran, beschwor Andrina den Laptop.

Achtzig Prozent.

Schritte.

Neunzig Prozent.

Die Schritte gingen in die Waschküche.

Hundert Prozent.

Unten rechts erschien «Gesendet».

Andrina stiess die Luft aus, die sie angehalten hatte. Dann wurde ihr heiss. Sie klickte auf «gesendete Objekte» und löschte das E-Mail. Als Nächstes klickte sie auf den Papierkorb und markierte alles. Nein, wenn sie alles löschte, würde Meister misstrauisch werden.

Der Schlüssel knirschte im Schloss.

Andrina markierte das eben an Feller geschickte E-Mail und entfernte es aus dem Papierkorb. Gleichzeitig zog sie das Internetkabel heraus und liess es fallen.

Die Tür flog auf.

«Was machst du da?», brüllte Meister.

Mit wenigen Schritten war er bei ihr angelangt. Andrina klickte auf «Outlook schliessen». Er packte sie an der Schulter und riss sie nach hinten.

«Schlampe!»

Der Schlag traf sie seitlich gegen den Kopf. Andrina rutschte vom Stuhl und fiel auf den Boden. Rasch schob sie sich ein Stück nach hinten.

Meister hielt das Kabel in der Hand und steckte es in den Laptop. Gleich darauf erschien unten rechts die Weltkugel. Er öffnete Outlook, klickte auf «gesendete Objekte» und danach auf den Papierkorb.

«Da bin ich ja rechtzeitig gekommen.»

In diesem Moment bemerkte Andrina die offene Tür. Sie drehte sich um und krabbelte auf allen vieren von Meister weg. Dann sprang sie auf.

«Das könnte dir so passen», rief er und hechtete hinter ihr her.

Er bekam sie am Arm zu fassen, als sie beinahe die Tür erreicht hatte. Andrina schrie auf. Sie trat um sich, und Meister wich aus. Dann traf sie sein Schienbein.

Seine schweissnasse Hand rutschte von ihrem Arm ab, und Andrina rannte zur Tür hinaus. Sie jagte die Treppe hoch und stiess die Kellertür auf.

Als sie in den Flur stürmte, bekam Meister ihren Fussknöchel zu fassen. Andrina strauchelte und zerrte an ihrem Bein. Seine Hand rutschte ab. Andrina machte einen Schritt nach vorne. Im selben Moment versetzte Meister ihr einen Stoss gegen den Rücken.

Sie ruderte mit den Armen. Im Fallen stiess sie mit dem Kopf gegen die Kante von Lisas Schuhschrank und biss auf ihre Zunge. Sie schmeckte Blut. Für einen Moment sah sie Sterne.

Gleich darauf warf Meister sich auf sie und fing an, auf Andrina einzuschlagen. Sie wand sich und versuchte mit den Händen ihren Kopf zu schützen. Vergebens. Ein Schlag nach dem anderen traf sie. Sie schrie und strampelte mit den Beinen.

Ich will nicht sterben, dachte sie und versuchte sich unter ihm hervorzuwinden. Mit dem Fuss traf sie gegen eine Kante, und im gleichen Moment sah Andrina Lisas Vase, die ihre Freundin von einer Reise nach China mitgebracht hatte, vom Schuhschrank auf sie herunterfallen.

Bevor sie den Kopf wegdrehen konnte, traf die Vase ihre Schläfe. Ein neuer Faustschlag von Meister, und dann spürte Andrina nichts mehr.

ZWANZIG

Das Ticken einer Wanduhr drang in Andrinas Bewusstsein. Das Nächste, was sie realisierte, war der schmerzende Kopf und die harte Unterlage, auf der sie lag. Sie versuchte, die Augen zu öffnen, was nur beim rechten gelang. Das linke Lid konnte sie keinen Millimeter bewegen.

Andrina hob den Kopf, liess ihn aber sogleich wieder zurücksinken. Mit der Hand tastete sie neben sich und spürte die raue Oberfläche eines Teppichs.

«Steh auf, du Schlampe!»

Darauf folgte ein Tritt in die Seite. Andrina stöhnte auf. Hände packten sie und richteten sie auf. Andrina hatte das Gefühl, auf einem schwankenden Schiff zu sein. Erinnerungen an die Überquerung der Müritz blitzten auf, verblassten aber sogleich, als sie in Meisters Gesicht sah.

«Genug gefaulenzt», schnauzte er. «Du hast einen Job zu erledigen.»

Er hob sie hoch und stiess sie auf einen Sessel. Breitbeinig lehnte er sich gegen einen Schrank. Sie fragte sich, wo sie war. Es war eindeutig nicht mehr der Luftschutzraum im Keller. Die Einrichtung stammte vermutlich aus den fünfziger Jahren.

Andrina bemerkte das ältere Ehepaar, das dicht aneinandergedrängt auf einem Sofa sass, über das eine Decke gelegt war. Die Hände der beiden lagen gefesselt im Schoss, und über den Mündern klebte ein Isolierband.

Mit geweiteten Augen starrten sie Andrina an. Die beiden mussten Ende siebzig oder Anfang achtzig sein.

«Wann gedenkt die Dame, weiter zu lektorieren?», zischte Meister.

Andrina senkte den Kopf. Vor ihr auf dem Sofatisch stand der Laptop.

Das E-Mail. Hatte Feller es bekommen? Andrina sackte resigniert in sich zusammen. Auch wenn er es erhalten hatte, nützte es nichts. Meister hatte sie fortgeschafft.

«Komm endlich in die Gänge und mach weiter.»

Meister stiess sich vom Schrank ab. An der Tür drehte er sich um.

«Keine Dummheiten. Die Balkontür ist übrigens abgeschlossen.» Andrinas Kopf ruckte zum Fenster. Es dämmerte. «Wie gut, dass es hier eine Kindersicherung gibt.» Meister hielt einen kleinen Schlüssel hoch. Er lächelte und steckte ihn in seine Hosentasche. «Du hast also keine Chance, das Fenster zu öffnen. Ausserdem sind wir hier im dritten Stock.»

Die Tür fiel hinter ihm ins Schloss. Andrina hörte den Schlüssel im Schloss klicken und Schritte, die sich entfernten. Danach war es ruhig.

Andrina schaute auf ihre Hände, die nicht gefesselt waren. Schwankend stand sie auf und musste sich an der Wand abstützen, weil Übelkeit wie eine Woge über ihr zusammenschlug. Nach und nach ebbte das Gefühl, erbrechen zu müssen, ab, und sie wankte um den Tisch herum zu den alten Leuten.

Sie fiel neben dem Mann auf das Sofa und zog ihm vorsichtig das Isolierband weg. Anschliessend befreite sie die Frau von dem Klebeband.

«Was ist passiert?», nuschelte sie und tastete an ihre Lippe.

Die Unterlippe war aufgeplatzt.

«Das wissen wir selbst nicht so genau», ergriff der Mann nach einer Weile das Wort. «Es klingelte mitten in der Nacht. Meine Frau hat aufgemacht, und er ist wie eine Dampfwalze in die Wohnung gestürmt.» Seine Stimme klang gefasst. «Er hat uns ins Wohnzimmer gesperrt. Kurz darauf ist er mit Ihnen erschienen.»

«Sie sind Andrina Kaufmann, nach der die Polizei fahndet, nicht wahr?», flüsterte die Frau.

Nach der die Polizei fahndet! Andrina schluckte. Hielten die beiden sie für eine Verbrecherin? Sie hoffte es nicht.

«Ja», antwortete sie. «Er hat mich entführt», fügte sie vorsichtshalber an.

«Ich habe Sie öfter gesehen. Sie wohnen nebenan.»

«Nebenan?»

Die Frau deutete mit dem Kopf zum Fenster. Andrina stand auf und blickte hinaus. Ihr Herz setzte einen Schlag aus. Sie war in dem Nachbarwohnblock. Von hier konnte sie den Eingang von Lisas Haus erkennen. Andrina rüttelte an dem Fenstergriff.

Er liess sich wirklich nicht öffnen. Ihr Blick fiel auf einen Stuhl, der neben dem Schrank in der Ecke des Raumes stand. Sie hob ihn hoch und schleuderte ihn mit aller Kraft, die sie aufbringen konnte, gegen das Fenster. Es gab einen Knall. Zwei Stuhlbeine brachen ab, und alles fiel auf den Boden. In der Scheibe war aber nicht einmal ein Riss zu sehen.

«Das nützt nichts. Die Leute, die vor uns hier gewohnt haben, haben Fenster mit Spezialglas einbauen lassen, weil sie Angst hatten, ihre Kinder könnten beim Spielen gegen die Fenster fallen und sich verletzen, wenn das Glas splittert», sagte die Frau kaum hörbar.

«Wie bitte?», fragte Andrina ungläubig.

«Unsere Vorgänger waren sehr», der Mann schien nach einem Wort zu suchen, «seltsam.» Er sprach mit erstaunlich ruhiger Stimme.

Andrina hob ein Bein vom Stuhl auf und schlug gegen die Wand.

«Die Nachbarin ist schwerhörig. Sie lebt alleine. Und bevor Sie es versuchen, die Wohnung unter uns steht leer. Oben ist nur der Estrich. Bitte hören Sie auf. Das Einzige, das Sie damit erreichen, ist, ihn», er wies mit dem Kopf zur Wohnzimmertür, «sehr wütend zu machen. Das ist das Resultat.» Er hob die Hände hoch. «Können Sie die Fesseln lösen?»

Andrina kehrte zu ihm zurück und zerrte an dem Seil. Doch je mehr sie sich bemühte, desto fester zog sich das Seil um die Handgelenke.

«Es tut mir leid, ich bekomme den Knoten nicht auf. Haben Sie hier ein Messer oder eine Schere?»

Der Mann schüttelte den Kopf. «Er hat alles durchsucht und solche Dinge mitgenommen. Sogar an das Telefon hat er gedacht. Können Sie mir bitte einen Schluck Wasser geben?»

Er deutete mit dem Kopf auf den Tisch, auf dem eine Plastikflasche mit Wasser und drei Gläser standen. Andrina goss etwas Wasser ein und hielt dem Mann das Glas an die Lippen. Gierig trank er.

«Wie lange bin ich hier?», fragte sie.

«Ungefähr zwei Stunden», antwortete er.

Andrina hob den Kopf zur Wanduhr. Inzwischen war es kurz vor sechs Uhr. War Feller schon im Büro? Hatte er das E-Mail bekommen? Sie goss Wasser in ein anderes Glas und gab es der Frau zu trinken. Dankbar lächelte diese Andrina an.

«Er hat Sie übel zugerichtet.»

Andrina tastete an ihren Kopf.

«Warum hat er Sie entführt?»

Andrina begann zu erzählen. Zunächst stockend, dann sprudelte es aus ihr heraus.

«Das meiste kennen wir aus den Medien», sagte der Mann, nachdem sie geendet hatte. «Was wollen Sie tun?»

«Ich weiss es nicht. Er hat mich erwischt, als ich meinem …» Sie stockte. «Als ich meinem Freund ein E-Mail geschickt habe.»

«Arbeitet Ihr Freund bei der Polizei?»

«Marco Feller», sagte Andrina langsam.

«Das ist der leitende Beamte», flüsterte die Frau.

Der Mann nickte. «Er ist ein fähiger junger Mann. Ihm wird bestimmt etwas einfallen», sagte er.

Seine Stimme klang zuversichtlich. Andrina wünschte, seinen Optimismus teilen zu können.

«Ich bin Paul Schmid, und das ist meine Frau Louisa.»

Er hielt die gefesselten Hände hoch, und Andrina begriff, dass er ihr die Hand reichen wollte. Sie ergriff seine Hände und drückte sie.

«Es tut mir leid, weil ich Sie nicht davon befreien kann, Herr Schmid, aber ich bekomme den Knoten wirklich nicht auf. Je mehr ich es versuche, desto fester wird er.»

«Nenn mich Paul.»

Andrina fand es bemerkenswert, dass der alte Mann ihr das Du anbot.

«Mach die Arbeit, mein Mädchen, damit wir nicht mehr von seinem Zorn abbekommen.»

«Hast du Internet?», wollte Andrina wissen.

«Nein, mit dem neumodischen Kram kommen wir nicht zurecht.»

Andrina klappte den Deckel auf und loggte sich ein. Sie schaltete die Taste mit der WLAN-Funktion ein. Ein Hoffnungsschimmer blitzte auf, als auf der Liste einige Einträge erschienen. Sogleich machte sich Enttäuschung breit, denn die Netzwerke waren alle passwortgeschützt.

Andrina senkte den Kopf. Es war ihre Schuld, dass Paul und Louisa Schmid in die Sache hineingeraten waren. Hätte sie doch das Mail nicht abgeschickt.

Tränen traten in ihre Augen. Heul bloss nicht, schalt sie sich. Sie musste sich zusammenreissen. Schon allein wegen der beiden alten Leute.

Andrina tastete nach ihrer Kette und erschrak. Sie war weg. Nun hatte sie Brigitta endgültig verloren. Andrina schloss die Augen.

***

Andrina lehnte sich nach hinten und schielte zum Fenster. Die Sonne schien mitten in den Raum, und es wurde allmählich unerträglich heiss. Sie warf einen Blick auf die Auflistung der WLAN-Netzwerke. Inzwischen war kein neues hinzugekommen. Alle waren nach wie vor passwortgeschützt.

Die Tür flog auf, und Meister stürmte mit wutverzerrtem Gesicht herein. Er vergass trotzdem nicht, die Wohnzimmertür abzuschliessen.

Andrina klickte das WLAN-Fenster weg.

Er stiess sie vom Laptop und öffnete Outlook.

«Hast du es nicht sein lassen können?», brüllte er.

«Was?»

«Hast du etwa geschafft, ein Mail zu versenden?» Er nahm ihr die Maus weg und klickte auf die WLAN-Funktion. «Warum habe ich nicht daran gedacht?»

Andrinas Herz klopfte bis zum Hals. «Ich habe kein Mail geschickt. Schicken können, denn es gibt hier nur geschützte Netzwerke.»

«Kannst du mir bitte erklären, wo die Polizei herkommt?»

«Welche Polizei?»

Ein Hoffnungsschimmer flammte auf.

Meister zog Andrina hoch und zerrte sie zum Fenster.

«Da unten. Wie gut, dass ich auf meinen Instinkt gehört habe.»

Zwei Streifenwagen standen mit Blaulicht vor ihrem Haus.

In der Einfahrt parkte ein schwarzer BMW. Andrina schluckte. Es war Fellers Wagen, auf dessen Dach das mobile Blaulicht in regelmässigen Abständen zuckte.

Ein Van hielt gerade quer vor dem BMW an. Männer in weissen Schutzanzügen stiegen aus und liefen ins Haus.

Ihr seid zu spät, dachte sie. Die Verzweiflung drohte überhandzunehmen.

«Vielleicht hat Sie jemand gesehen und die Polizei verständigt», brachte sie heraus.

«Das glaubst du selbst nicht.»

Meister packte ihr Kinn und zwang sie, ihn anzusehen. Seine Augen waren schmale Schlitze.

«Ich weiss zwar nicht, wie, aber du hast es irgendwie geschafft, sie zu verständigen. Wie hast du es gemacht? Hattest du gestern Zeit gehabt, direkt auf die Webseite der Kripo eine Nachricht abzuschicken?»

Andrina schwieg.

«Ein Mail hast du nicht geschickt, das hätte ich ja irgendwo auf deinem Computer finden müssen.»

Andrina antwortete nicht.

«Ich frage mich immer noch, wieso du da unten Internetanschluss hattest, denn WLAN-Empfang gab es in dem Zimmer nicht.»

Andrina presste die Lippen aufeinander. In seinen Augen loderte der Zorn. Gleich würde er sich auf sie stürzen. Unverhofft liess er ihr Kinn los und marschierte im Zimmer auf und ab.

Andrina machte einen Schritt auf das Fenster zu. In diesem Moment trat Feller aus dem Haus. Mit der Hand fuhr er durch die Haare. Es war eine inzwischen so vertraute Geste, dass es schmerzte.

Ich bin hier oben, dachte Andrina und zog vorsichtig den Vorhang zur Seite. Bitte schau hoch.

Feller lehnte sich an den Türrahmen, verschränkte die Arme vor der Brust und hob den Kopf.

«Das könnte dir so passen!»

Meister riss Andrina vom Fenster zurück und stiess sie zum Sessel. Er holte zwei Stricke hervor. Mit dem einen band er Andrinas Hände zusammen. Den zweiten schlang er um ihre Füsse und fesselte sie ans Tischbein.

«So kann ich aber nicht weiterarbeiten.»

«Wo ein Wille ist, ist ein Weg», knurrte er, löste aber die Fesseln an den Händen so weit, damit Andrina die Hände nebeneinander auf die Tastatur legen konnte.

Er stand auf und zog den Vorhang zu. Meister marschierte zur Tür, drehte sich aber nochmals um. Er holte ein Taschenmesser hervor und beugte sich über den Laptop. Er schaltete den WLAN-Empfänger aus und hebelte mit dem Messer die Taste zum Einschalten der WLAN-Funktion heraus. Ein Lächeln huschte über sein Gesicht, als er auf die zerstörte Taste drückte und nichts mehr passierte.

«Das Risiko, dass du plötzlich Zugang zu einem ungeschützten Netzwerk hast, haben wir auch gelöst», knurrte er und verliess den Raum.

Fassungslos starrte Andrina auf die zerstörte Taste. Damit war die letzte Hoffnung beseitigt. Verzweiflung schlug wie eine Woge über ihr zusammen.

Sie zerrte an ihren Händen, aber das Seil lockerte sich nicht. Im Gegenteil, es zog sich fester zusammen. Es musste sich um einen speziellen Knoten handeln.

***

Sie wehrte sich nicht. Das macht mich sauer. Ich legte ihr das Seil um den Hals. Sie reagiert nicht. Schaut mich nur an. Zu viel Beruhigungsmittel. Das dachte ich. War aber falsch. Sie war voll da. Ich zog die Schlinge um den Hals zu. Sie bekommt das voll mit. Aber nichts war mit Schreien. Im Gesicht war Stolz und Triumph. Dann starb sie. Einfach so. Ich bin sauer. Habe mir mehr versprochen.

Andrina senkte den Kopf. Tränen tropften auf die Tastatur.

Er hatte Brigitta gequält, aber sie hatte ihm nicht die Genugtuung gegeben und gejammert und gebettelt. Ganz ruhig hatte sie ihrem Tod entgegengeblickt.

Warum hatte Andrina die Male nicht an ihrem Körper gesehen, als sie in der Leichenhalle gewesen war?

In ihrem Kopf tauchte Brigittas Bild auf der Bahre im Gerichtsmedizinischen Institut auf. Sie war zugedeckt gewesen.

Feller hatte nichts erwähnt. Natürlich nicht. Er hatte es sogar vermieden. Immer wieder, wenn ihr Gespräch in diese Richtung verlief, hatte er geschwiegen oder ein anderes Thema angeschnitten. Er hatte ihr dieses Wissen ersparen wollen. Andrina sah ihn vor sich, wie er im Strandkorb gesessen hatte und ihre Frage, ob Brigitta ähnlich zugerichtet gewesen war wie die Puppe, nicht beantwortet hatte. Da war dieser Ausdruck in seinen Augen gewesen. Spätestens da war Andrina klar gewesen, dass Meister Brigitta gequält haben musste, aber so etwas hatte sie sich nie in ihrem Leben vorstellen können. Sie hatte jede Vorstellung, was er mit ihr gemacht haben könnte, zur Seite gedrängt.

Andrina schluchzte auf. Obwohl sein Schreibstil eine Katastrophe war, kam Meisters Grausamkeit mit voller Wucht herüber.

Lag das daran, dass sie die Opfer kannte? Brigitta.

Ich zog ihr Kleider an. So sieht das bestimmt am Anfang wie Selbstmord für die Polizei aus. Wenn sie in der Leichenhalle ausgezogen wird, sehen sie dann mein Meisterwerk. Ich trage sie ins Wohnzimmer. Hänge sie an die Decke. Stelle den Stuhl darunter. Dann gibt es ein Erdbeben. Wow, das fühlt sich cool an. Das ist das Zeichen. Ich kann weitermachen.

Sie war kurz vor dem Beben gestorben. Wenn Andrina den Text richtig verstand, musste er bereits länger bei ihr gewesen sein. Vermutlich kurz nachdem sie Andrina das letzte E-Mail geschickt hatte.

Andrina presste die Hände vor die Augen. Als er Brigitta misshandelt hatte, war sie bei Feller gewesen.

Brigitta! Ein Schütteln durchlief Andrinas Körper.

«Was musst du da lesen, mein Kind?» Pauls Stimme holte sie in die Gegenwart.

«Ich …» Andrina wischte über ihre Augen. Das halb zugeschwollene Auge brannte. «Er hat aufgeschrieben, wie er sie umgebracht hat.»

Verständnislosigkeit huschte über Pauls Gesicht.

«Er nennt es Real-Life-Krimi. Ich muss es lektorieren, damit es in dem Verlag, in dem ich arbeite, veröffentlicht wird.»

Neue Tränen liefen über Andrinas Gesicht.

«Hier beschreibt er gerade, wie er meine Chefin getötet hat.»

«Oh mein Gott», stiess Paul Schmid hervor.

«Im letzten Kapitel hat er notiert, wie er mich töten wird und was er vorher mit mir alles machen will.»

Louisa erbleichte. Andrina lehnte den Kopf nach hinten.

In diesem Moment öffnete sich die Wohnzimmertür.

«Nachrichtenzeit», rief Meister und schloss die Tür ab. «Auf das Sofa mit dir. Ich habe das Anrecht auf den Logenplatz.»

Er löste Andrinas Fesseln an den Füssen. Mit steifen Beinen humpelte sie zum Sofa und liess sich neben Louisa fallen.

Meister griff nach der Fernbedienung und schaltete den Fernseher ein.

Fernsehen! Radio! Sie waren nicht von der Umwelt abgeschnitten. Warum hatte sie das nicht vorher realisiert?

Allerdings nützte ihr das nichts, wurde Andrina im nächsten Augenblick klar. Sie konnte zwar das Leben ausserhalb dieses Raumes verfolgen, aber der Informationsfluss blieb einseitig.

«Sie halten eine Medienkonferenz.» Meister drehte sich zu Andrina um. «Das kommt auch ins Buch.»

Kurz darauf erschien Feller auf dem Bildschirm. Neben ihm sassen zwei weitere Beamte, die Andrina nicht kannte. Die drei Männer füllten den Bildschirm aus. Reporter waren nicht zu sehen. Ihre Stimmen kamen aus dem Hintergrund.

«Woher hatten Sie den Hinweis, dass Andrina Kaufmann in ihrem eigenen Haus gefangen gehalten wurde?»

«Das ist Gegenstand der Ermittlungen. Daher kann ich Ihnen hierzu keine Auskunft geben», antwortete Feller.

Er war blass. Nein, das Gesicht wirkte eher grau. Unter den Augen hatte er dunkle Ringe.

«Herr Feller, stimmt es, dass Sie Kontakt zu Andrina Kaufmann hatten?»

«Keinen Kommentar.» Er presste den Mund zusammen.

«Verdammt! Wie hast du es geschafft, mit ihm in Kontakt zu treten?»

Andrina schaffte es, Meister in die Augen zu schauen, als sie den Kopf schüttelte.

«Wie denn?», brachte sie hervor.

«Du hattest Internetverbindung. Wie lange?»

«Zu kurz, Sie waren da, bevor ich ...» Der Ausdruck in seinem Gesicht liess sie verstummen.

«Wissen Sie, wer hinter den Morden und Andrina Kaufmanns Entführung steht?»

«Das darf und kann ich Ihnen nicht sagen.»

«Was können Sie uns sagen?»

Ein Lächeln, das allerdings Fellers Augen nicht erreichte, huschte über sein Gesicht. Er beugte sich vor.

Um seinen Hals blitzte eine goldene Kette auf. Im Ausschnitt des Hemdes erschien der obere Teil ihres Anhängers. Er hatte Brigittas Kette gefunden.

«Ich kann Ihnen nur das sagen, was in dem Communiqué, das Sie vor der Pressekonferenz erhalten haben, steht. Ich bitte Sie um Verständnis, wenn ich nicht mehr mitteilen kann und darf. Es würde sonst das Leben ...» Er stockte. Ein Schatten huschte über sein Gesicht. «Ich darf nichts sagen, was Andrinas ... Andrina Kaufmanns Leben gefährden würde.»

Er richtete sich auf. Der Kettenanhänger verschwand im Ausschnitt seines Hemdes.

Andrina schloss für einen kurzen Augenblick die Augen. Brigitta, dachte sie, bring ihn bitte auf die richtige Spur.

«Stimmt es, dass Sie und Frau Kaufmann ein Paar sind?»

Feller prallte zurück.

«Private Dinge gehen Sie nichts an», knurrte er.

«Es stimmt also», hakte der Reporter nach.

«Kein Kommentar!»

Andrina spürte eine Berührung an ihrem Arm. Louisa Schmid nickte ihr zu.

«Besteht überhaupt die Chance, Frau Kaufmann lebend zu finden?»

Feller schloss die Augen. Als er sie öffnete, las Andrina Verzweiflung in ihnen.

«Wir hoffen es», sagte er leise.

Andrina hörte seiner Stimme aber an, dass er nicht daran glaubte. Ihr Herz setzte einen Augenblick aus. Bitte gib mich nicht auf, dachte sie.

«Stammt das Blut, das Sie in dem Haus gefunden haben, wirklich von ihr?»

«Das können Sie im Communiqué nachlesen.»

«Hat sich der Entführer bereits bei Ihnen gemeldet?»

Feller schüttelte den Kopf. «Nein, aber das steht auch in den Unterlagen, die wir Ihnen gegeben haben.»

«Haben Sie ausser denen von Frau Kaufmann weitere Fingerabdrücke im Haus gefunden?»

«Kein Kommentar.»

Aus den Augenwinkeln bemerkte Andrina, wie Meister erbleichte. Er hatte einen Fehler gemacht. Nie hatte er Handschuhe getragen, erinnerte sich Andrina.

Doch dann huschte ein Lächeln über sein Gesicht. Sein Mund bewegte sich. Er war in keiner Polizeiakte registriert, und seine Fingerabdrücke waren somit namenlos, las Andrina von seinen Lippen ab.

Täusch dich mal nicht, dachte sie. Ich habe ihm deinen Namen genannt.

Feller legte die Hände auf den Tisch.

«Ich bitte Sie, uns unsere Arbeit machen zu lassen. Wir werden Sie in regelmässigen Abständen über den weiteren Verlauf der Ermittlungen informieren.»

Gemurmel brandete auf, als er aufstand.

«Herr Feller, eine letzte Frage.»

Er wandte ihnen aber den Rücken zu und verliess, gefolgt von den Beamten, den Raum.

Meister schaltete den Fernseher aus. Er grinste.

«Nichts als heisse Luft», sagte er zufrieden. «Sie haben nichts!» Er lachte. «Gib mir dein T-Shirt.»

«Was?»

«Zieh dein T-Shirt aus!»

«Wie denn?», rief Andrina und hob ihre Hände.

«Mach keine Dummheiten, sonst garantiere ich für nichts», sagte Meister und löste das Seil.

Andrina rieb über die Striemen an ihren Handgelenken. Der Schweiss und das Reiben des Seils hatten die Haut weggescheuert, und die Wunden begannen zu nässen.

«Mach vorwärts!», knurrte Meister und reichte Andrina eine rosa Bluse. Sie musste Louisa gehören.

Andrina stand auf und wandte sich um, als sie das schweissdurchtränkte T-Shirt über den Kopf streifte. Sie liess es auf den Boden fallen und zog die Bluse über. Schnell knöpfte sie sie zu.

Als Andrina sich umdrehte, glitzerte es in Meisters Augen. Er hielt ihr die Hand hin und deutete auf das T-Shirt am Boden. Andrina bückte sich und reichte es ihm.

Sofort griff Meister nach ihren Händen und knotete das Seil

erneut um ihre Handgelenke. Ohne ein weiteres Wort verliess er den Raum.

Regungslos blieb Andrina im Zimmer stehen.

«Du bedeutest ihm sehr viel», sagte die alte Frau.

«Was? Ich? Wem?»

«Herrn Feller», antwortete sie. «Er wird nichts unversucht lassen, dich zu finden. Und er wird dich finden.» Louisa hob die gefesselten Hände.

Andrina schüttelte resigniert den Kopf.

***

Andrina schloss kurz die Augen. Deutlich konnte sie Meisters Wut spüren, als sie ihn bei der Ermordung von Gabi gestört hatte. Sie las die Textstelle nochmals. Ihre Hände begannen zu zittern, und ihr wurde bewusst, wie knapp sie entkommen war.

Hätte Franz Gysin nicht ihren Namen gerufen, hätte Meister sich auf sie gestürzt. Da er Gysin nicht sehen konnte und auch nicht wusste, wie viele Leute auf dem Waldweg waren, hatte er vorsichtshalber die Flucht ergriffen.

«Mach eine Pause, Kind», sagte Louisa Schmid. «Du bist seit bestimmt sechs Stunden ununterbrochen dabei, diesen Mist zu korrigieren.»

Andrina schüttelte den Kopf.

«Andrina», sagte Louisa. «Lass es gut sein.»

«Es ist gleich zehn vor zehn. Zeit für die Abendnachrichten», meinte Paul. «Bring mir bitte die Fernbedienung.»

Der Fernseher und das Radio waren die einzige Abwechslung und Verbindung, die sie zur Aussenwelt hatten. Andrina wunderte sich, dass Meister dies zuliess. Aber es bedeutete für ihn keine Gefahr, sondern quälte Andrina unnötig, wenn sie in den Nachrichten mitverfolgte, wie man nach ihr suchte.

Paul schaltete den Fernseher ein. Das Erste, was Andrina sah, war ihr Foto neben der Nachrichtenmoderatorin. Es war im Kurtheater in Baden aufgenommen worden, kurz bevor Strahms Leiche auf der Bühne gefunden worden war. Andrina hatte in die Kamera gelächelt, und in ihren Augen blitzte es erwartungsvoll.

«... Nach wie vor bleibt die Suche nach der zweiunddreissigjährigen Andrina Kaufmann erfolglos. Nun mehren sich allerdings die Hinweise, dass die junge Frau tot sein könnte.» Andrina richtete sich auf. «In einem Waldstück oberhalb von Thalheim in der Nähe von Aarau wurde von einem Passanten ein blutiges T-Shirt gefunden. Der Bericht von Gregor Meier.»

Auf dem Bildschirm erschien ein blonder Mann, der vor einem Wald stand. Im Hintergrund waren Beamte und Hunde zu erkennen.

«Heute, am späten Vormittag, hat ein Passant ein T-Shirt mit dunkelroten Flecken gefunden. Sein Hund schlug an, als der Mann mit ihm spazieren ging. Er verständigte die Polizei, weil er annahm, es könne sich um Blut handeln. Das T-Shirt wurde tatsächlich später als das von Andrina Kaufmann identifiziert, das sie am Tag ihres Verschwindens trug. Des Weiteren fanden die Beamten einige Meter von dem T-Shirt entfernt das Velo, mit dem Andrina Kaufmann an dem Tag unterwegs gewesen war.»

Andrina begann zu zittern. Klar, welches Velo dieses war. Feller musste den Medien untersagt haben, es als seines zu bezeichnen.

Der Moderator drehte sich zur Seite. «Neben mir steht Marco Feller von der Kripo Aarau.»

Die Kamera machte einen Schwenk, und Feller tauchte im Bild auf. Sein Name wurde unten im Bildschirm eingeblendet. Hinter ihm erkannte Andrina den Gipfel der Gisliflue.

Wie häufig war sie mit Brigitta diesen Weg entlangspaziert und anschliessend auf den Berg gestiegen.

Ein Mikrofon mit dem Logo des Schweizer Fernsehens erschien im Bild, und die Stimme des Moderators war aus dem Hintergrund zu hören.

«Herr Feller, ist es korrekt, dass es sich bei dem T-Shirt um das von Andrina Kaufmann handelt?»

«Ja. Das Kleidungsstück ist eindeutig identifiziert worden.»

Andrina schluckte. Feller musste es gewesen sein, der das T-Shirt erkannt hatte.

«Die dunkelroten Flecken sind wirklich Blut?»

«Wie uns inzwischen bestätigt wurde, handelt es sich um Andrinas Blut.»

Er nannte ihren Vornamen, was ihm offenbar nicht auffiel.

«Andrina?», hakte der Moderator sofort nach. «Es wurde bereits öfter spekuliert, dass Sie und Frau Kaufmann einander nahestehen. Stimmt das?»

Der Blick, den Feller in die Kamera warf, hätte jemanden töten können.

«Wie schwer ist es, nach einem Menschen zu suchen, der einem nahesteht?»

«Können Sie das bitte lassen und sich auf das Wesentliche konzentrieren?» Fellers Stimme klang ruhig und beherrscht.

Der Tonfall täuschte zwar den Moderator, aber nicht Andrina. Inzwischen kannte sie ihn genug, um zu wissen, wie stark es in ihm brodelte und dass er nur mit Mühe seinen Zorn unter Kontrolle halten konnte.

«Welche Rückschlüsse ziehen Sie aus der Tatsache, dass das blutverschmierte T-Shirt und Ihr Velo hier gefunden wurden?» Feller kniff die Augen zusammen. Sofort korrigierte der Moderator seinen Fauxpas. «Ich meine natürlich Frau Kaufmanns Velo.»

Die Falte zwischen Fellers Augenbrauen vertiefte sich. Jedem Zuschauer musste inzwischen klar sein, mit wessen Velo Andrina unterwegs gewesen war.

«Bedeutet es definitiv, dass Frau Kaufmann tot ist?»

Der Schatten unter Fellers Augen vertiefte sich. «Davon müssen wir ausgehen.»

«Nein, Marco», rief Andrina. «Du irrst dich!»

Sie spürte eine Hand an ihrem Arm. Paul Schmid drückte ihn leicht.

«Wir sehen im Hintergrund eine Hundestaffel. Sie suchen also den Wald ab.»

Feller nickte.

«Vermuten Sie also, die Leiche von Frau Kaufmann ist in diesem Wald vergraben worden?»

«Es ist anzunehmen.»

«Nein!», rief Andrina. «Hast du das Manuskript nicht gelesen? Wozu habe ich es dir geschickt?»

«Steht denn etwas von deinem blutigen T-Shirt darin, das in einem Wald deponiert wird?», fragte Paul Schmid.

«Was?» Andrina fuhr herum. «Nein.»

«Eben. Das Drehbuch kann jederzeit geändert werden.»

«Er ist auf dem Holzweg. Weisst du, was das bedeutet? Marco hat mich aufgegeben.» Ihre Stimme bebte.

«Hat er nicht», mischte sich Louisa ein. «Schau ihn dir an, wie er leidet.»

«Er hat die Hoffnung aufgegeben. Er erklärt mich für tot. In der Öffentlichkeit. Er hat mich verraten.» Die Verzweiflung schlug in Wut um. «Er ist unfähig!»

«Nein, das ist er nicht, mein Kind.» Louisa strich mit den gefesselten Händen über Andrinas Wange. «Er sieht aus, als habe er eine Ewigkeit nicht mehr geschlafen.»

Andrina lehnte ihren Kopf an die Schulter der alten Frau und schluchzte.

Paul nahm die Fernbedienung und drückte auf eine Taste. Der Bildschirm wurde schwarz.

«Wir müssen uns überlegen, wie wir ihn auf die richtige Fährte zurückbringen können.»

EINUNDZWANZIG

Der Donner grollte. Bald würde es draussen eine Abkühlung geben, von der sie hier drinnen nicht profitieren konnten.

Zwar schien die Sonne seit circa elf Uhr vormittags nicht mehr in dieses Zimmer, aber es wurde immer stickiger und unerträglicher.

Der Schlüssel drehte sich im Schloss. Meister schob Paul Schmid ins Wohnzimmer. Andrina stand auf.

«Darf ich bitte auch auf die Toilette?»

«Schon wieder?», knurrte Meister. «Das ist ja schlimmer als bei Babys. Die lassen einen nämlich mehr schlafen.»

Andrina ging auf ihn zu. «Es ist wirklich dringend.»

«Also gut, aber die nächste Zeit bekommst du weniger zu trinken.»

Andrina atmete auf. Bevor sie Meister folgte, warf sie Paul Schmid einen Blick zu. Er neigte kaum wahrnehmbar den Kopf und drehte sich um. Die Spitze eines Kugelschreibers lugte aus der Hosentasche.

Meister öffnete die Tür. «Mach aber keine Dummheiten und beeile dich.»

Andrina schlüpfte ins WC und schloss die Tür. Sie kramte in der Tasche ihrer Jeans und ignorierte den Schmerz, den das Seil an ihren Handgelenken verursachte.

Endlich gelang es ihr, den Zettel herauszuziehen.

Hilfe! Ich werde zusammen mit Paul und Louisa Schmid in ihrer Wohnung gefangen gehalten. Bitte informieren Sie die Polizei. Andrina Kaufmann.

Als Postnachtrag hatte sie die genaue Adresse aufgeschrieben und in welchem Stock die Wohnung lag.

Andrina öffnete mit beiden Händen den Spiegelschrank. Tatsächlich hatte Paul Schmid etwas gefunden, das sie gebrauchen konnten. Eine kleine Plastikflasche Nagellackentferner stand auf dem Regal, die er zur Hälfte mit Badesalz gefüllt hatte. Er musste die Flasche ausgeschüttet haben, denn ein leichter Geruch nach Aceton hing in der Luft.

Mit dem Kugelschreiber hatte er «Hilfe» auf das Etikett gekritzelt.

Andrina rollte den Zettel zusammen und schob ihn in die Flasche, was kein leichtes Unterfangen mit den gefesselten Händen war.

«Mach vorwärts!», hörte sie Meister vor der Badezimmertür.

«Ich bin gleich so weit», rief sie zurück. «Mit den Fesseln geht es nicht schneller.»

Ein undefinierbares Schnauben drang durch die Tür.

Andrina stieg auf den WC-Deckel, damit sie an den Griff des leicht erhöhten Fensters kam. Sie drehte den Griff und atmete auf, als das Fenster sich öffnete. Meister hatte es zum Glück nicht abgeschlossen. Ein lauer Windstoss wehte ins Bad. Frische Luft!

Andrina holte tief Atem. Sie spähte hinunter.

Es war dunkel. Nur das Licht der Laternen erhellte die Strasse, die menschenleer war. In der Ferne zuckten Blitze. Nun musste sie weit genug werfen, damit die Flasche auf dem Gehweg landete.

Paul Schmid hatte gesagt, sie solle das übernehmen, weil er es sich nicht zutraute. Andrina schob beide Hände mit der Flasche durch die Fensteröffnung, holte so gut es ging aus und warf. Dabei verlor sie das Gleichgewicht, konnte sich jedoch im letzten Moment am Fenstersims festhalten.

Die Flasche verschwand aus ihrem Blickfeld. Nach einer Weile meinte Andrina, einen Aufprall zu hören. Oder war es nur Einbildung?

Meister klopfte erneut an die Tür. Andrina schloss das Fenster und betätigte die Spülung. Dann wusch sie sich die Hände und das Gesicht.

Als das Wasser über ihre Handgelenke lief, hätte sie beinahe aufgeschrien. Es brannte wie Feuer in den Wunden, die sich allmählich zu entzünden schienen. Anschliessend trank sie einige Schlucke Leitungswasser.

Sie hob den Kopf und schaute ihr Spiegelbild an. Die Haare fielen strähnig über die Schultern und waren mit Blut verklebt. Rund um das linke Auge wies die Haut blaulila Schattierungen auf.

Immerhin war es nicht mehr so stark geschwollen, und Andrina konnte es wieder fast ganz öffnen. Die Platzwunden an der Stirn waren inzwischen auch verkrustet. Trotzdem sah sie aus, als sei sie im Boxring gewesen.

Meister hämmerte gegen die Tür.

«Was machst du da?»

«Ich mache mich frisch.»

«Das nützt eh nichts.» Er riss die Tür auf. «Dein Liebhaber sieht dich nicht. Komm jetzt.»

Er brachte sie zum Wohnzimmer und schob sie hinein.

«Jetzt will ich von euch bis morgen früh nichts mehr hören.»

Er schloss die Tür ab, und seine Schritte entfernten sich.

Paul und Louisa musterten sie fragend.

Andrina nickte.

Zwar glaubte sie nicht an diese Aktion. Ihre Wut über Fellers Unfähigkeit war immer noch nicht verraucht. Im Gegenteil, sie stieg allmählich ins Unermessliche.

Trotzdem durfte man nichts unversucht lassen.

Andrina legte die Hand auf den Lichtschalter. Louisa und Paul nickten ihr zu. Das Licht erlosch. Andrina trat ans Fenster. Ein Blitz erhellte die Nacht. Donnergrollen folgte. Dann begann es zu regnen.

Andrina legte die Stirn gegen das Glas. Hoffentlich war es nicht Meister, der die Flasche fand.

***

Angewidert betrachtete Andrina das Sandwich auf dem Teller, der auf dem Wohnzimmertisch stand.

Meister hatte vor einer halben Stunde ihr Mittagessen gebracht, aber sie hatte sich nicht überwinden können, einen Bissen davon zu nehmen.

«Du musst etwas essen, Kind», sagte Louisa.

«Ich kann nicht. Mir ist schon übel genug.»

«Das ist, weil du nichts isst. Du bist nur Haut und Knochen.»

Andrina schüttelte den Kopf und stand auf. Sie trat zum Fenster und schaute hinaus. Hatte inzwischen jemand das Fläschchen gefunden?

Im Radio meldete sich der Nachrichtensprecher zu Wort und berichtete über den Fall Andrina Kaufmann.

Andrina wollte eigentlich nicht hinhören, trotzdem drangen seine Worte zu ihr vor.

«In dem Waldstück oberhalb von Thalheim bei Aarau hat man heute Morgen eine männliche Leiche gefunden. Über die Identität der Person machte die Polizei keine näheren Angaben. Man suche aber weiterhin nach der Leiche von Andrina Kaufmann, wie Marco Feller von der Kripo Aargau gegenüber Radio Argovia bestätigte.»

Andrina versuchte die Hände auf die Ohren zu pressen, was nicht gelang, da die Fesseln nicht viel Spielraum zuliessen. Sie wollte nichts mehr davon hören. Ihre Wut auf Feller wuchs weiter. Warum unternahm er nichts, das wirklich nützte?

«The show must go on», schmetterte Freddie Mercury aus dem Radio. Beinahe hätte Andrina aufgeschrien. Genau den gleichen Song hatten sie gehört, als sie von Bern nach Aarau gefahren waren und Feller versucht hatte, sie mit einem Witz über den Stau aufzumuntern.

Andrina trat an die Balkontür und rüttelte mit beiden Händen am Griff. Wie oft sie das bereits gemacht hatte, wusste sie nicht. Andrina ging zum nächsten Fenster und rüttelte auch daran. Gegen den Griff mit der Kindersicherung und die Fenster aus Spezialglas hatte sie keine Chance. Wenn Passanten vorbeigekommen waren, war Andrina vor dem Fenster auf und ab gesprungen und hatte mit einer roten Serviette gewunken, die sie im Wohnzimmerschrank gefunden hatte. Allerdings hatte keiner der Leute hochgeschaut und reagiert. Hin und wieder hatte Andrina SOS an die Wand geklopft. Die schwerhörige Frau hatte jedoch nicht reagiert. Frustriert hämmerte Andrina mit beiden Fäusten gegen die Fensterscheibe.

«Das bringt nichts, Andrina», sagte Paul Schmid. «Das Einzige, das du damit erreichst, ist, ihn wütend zu machen. Komm zu uns und versuche bitte, wenigstens ein paar Bissen zu essen. Es nützt uns nichts, wenn du umkippst. Du bist unsere einzige Hoffnung.»

«Wie kann ich das sein?», rief Andrina verbittert. «Meine Schuld ist es, dass ihr hier sitzt.»

Paul schüttelte den Kopf. «Nein, ein dummer Zufall ist schuld.»

«Marco ist schuld. Hätte er schneller auf das Mail reagiert …»

«Es nützt niemandem, wenn wir einen Schuldigen suchen», sagte der alte Mann. «Marco tut alles, was in seiner Macht steht.»

«Nein, das macht er nicht. Er sucht nach Leichen, die es gar nicht gibt.»

Paul Schmid hob die Augenbrauen. «Offenbar haben sie in dem Waldstück jemanden gefunden.»

«Was nützt uns das?» Ihr Zorn steigerte sich ins Unermessliche.

«Hast du mal überlegt, wie es für ihn sein muss, wenn er nach der Leiche seiner Freundin suchen muss?», mischte sich Louisa ein.

«Muss er nicht. Es gibt keine Leiche von mir. Noch bin ich lebendig.»

«Woher soll er das wissen?»

Andrina schnaubte. «Wenn er seine Arbeit richtig machen würde, wüsste er das.» Sie warf den Kopf in den Nacken. Tränen der Wut liefen über ihr Gesicht. «Wenn er weiter so trödelt, hat er bald das, was er sucht.» Erschrocken schaute Paul Schmid sie an. «Es ist eine Frage der Zeit, bis Meister das letzte Kapitel umsetzt. Vielleicht dürft ihr sogar Zeugen sein.» Den letzten Satz hatte Andrina herausgeschrien.

Louisa zog die Luft ein. «Kind, das bringt nichts», sagte sie. «Setz dich zu uns.»

In diesem Moment drehte sich der Schlüssel im Schloss. Meister schwenkte eine Zeitung und warf sie auf den Tisch.

«Du bist berühmt. Das hast du mir zu verdanken.»

Auf der Titelseite des «Blicks» war ein Foto von Feller abgebildet, das zeigte, wie er ein Interview gab. Daneben war ein Bild von ihr abgedruckt.

Das Foto war ein Schnappschuss, den Gabi einmal im Büro aufgenommen hatte. Andrina lachte in die Kamera. Zu diesem Zeitpunkt war die Welt in Ordnung gewesen.

Der Titel, der die Hälfte der Seite einnahm, lautete: «Marco Feller sucht die Leiche seiner Freundin».

«Wie muss sich ein Mann fühlen, nach der Leiche der Frau zu suchen, die er liebt», stand darunter.

Danach folgte der Bericht, der in etwa das wiedergab, was Andrina bereits am Vorabend im Fernsehen gesehen hatte.

«Nach wie vor hält die Polizei die Identität des Mannes, der heute Morgen tot aufgefunden wurde, geheim», meldete sich der Moderator von Radio Argovia wieder zu Wort. «Die Spekulationen um den Fall Andrina Kaufmann werden so weiter angetrieben.»

«Das möchtest du sicher auch wissen», sagte Meister. Er lachte und nahm die Fernbedienung, mit der er das Radio ausschaltete. «Lange habe ich überlegt, ob ich es wirklich machen soll, denn er gab einen wunderbaren Sündenbock ab. Doch ich bin zu dem Schluss gekommen, dass das der Sache eine spezielle Würze verleiht. Ausserdem ist er eine Memme. Die ganze Zeit hat er mir die Ohren vollgeheult und ist mir ziemlich auf den Wecker gegangen.»

Erwartungsvoll schaute er sie an.

«Rate mal.»

Andrina schwieg.

«Mach mir die Freude.»

Als Andrina immer noch nichts sagte, verfinsterte sich seine Miene.

«Du bist eine Spielverderberin. Dein Liebhaber hat deinen Eric da oben gefunden.» Andrina zuckte zusammen. «Eigentlich müsstest du mir dankbar sein, weil ich dich von diesem Übel befreit habe. Leider wirst du es nur kurz auskosten können. Denn irgendwann ist das letzte Kapitel erreicht. Dabei ist es eigentlich schade um dich.»

Er beugte sich zu ihr hinunter und strich über ihre Wange.

Mit der grössten Willensanstrengung gelang es Andrina, nicht zurückzuweichen. Sie wusste inzwischen, wie rasend ihn das machte.

ZWEIUNDZWANZIG

Andrina stand am Fenster und beobachtete, wie es langsam hell wurde. Nun waren bereits ein Tag und eine Nacht vergangen, seit sie die kleine Flasche mit der Nachricht zum Badezimmerfenster hinausgeworfen hatte. Nichts war seitdem geschehen. Sie musste weiter in dem Todesmanuskript lesen, wie sie es inzwischen nannte.

Gestern Abend war sie mit Meister aneinandergeraten, weil er ihre Korrekturen für unangemessen befand. Schliesslich hatten sie sich geeinigt, Andrina solle einen ersten Durchgang machen. Diesen würde er durchsehen. Andrina könnte anschliessend einen weiteren Durchgang machen. Wieder ein Zeitgewinn.

Früher oder später war es allerdings so weit, und Feller konnte die Leiche seiner Freundin finden, nach der er bereits suchte. Es war pure Ironie.

Andrina ballte die Hände zu Fäusten. Das geschah ihm recht. Warum musste er sich mit Nichtigkeiten beschäftigen und suchte statt nach ihrer Leiche in irgendwelchen Waldstücken nicht direkt nach ihr?

Sie lehnte den Kopf gegen das Fensterglas und starrte auf Lisas Haus. Plötzlich stutzte sie. In der Einfahrt stand ein schwarzer BMW. Sie fuhr herum.

«Was ist passiert?», fragte Louisa, die Andrina schemenhaft im Dunkeln auf dem Sofa sitzen sah.

«Marcos Auto», stammelte Andrina.

«Wo?»

«In unserer Einfahrt.»

Ein Lächeln huschte über das Gesicht der alten Frau. In dem Dämmerlicht sah Andrina ihre Zähne aufblitzen.

«Bist du sicher?», flüsterte Louisa.

«Ja, er muss es sein.»

«Siehst du. Er ist nicht unfähig.»

«Das heisst gar nichts, wenn sein Auto da ist.»

Andrinas Herzschlag beschleunigte sich. Auf der Strasse schlenderte ein Mann auf eine junge Frau zu. Die beiden sprachen miteinander. Der Mann wies an das Ende der Strasse, und die Frau eilte davon.

Der Mann steckte eine Zigarette an und ging zu einem anderen Passanten, der aus dem Haus gegenüber trat. Wieder wies er in die Richtung, in die die Frau verschwunden war.

Der Mann stieg in ein Auto und fuhr weg. Ein anderer Mann überquerte die Strasse und stellte sich zum ersten. Er drehte sich um, und Andrina erkannte sein Gesicht.

Das war ja Max Wagner.

Sie wagte nicht zu atmen. Die beiden sprachen miteinander.

Eine Bewegung bei Lisas Haus zog Andrinas Aufmerksamkeit auf sich.

«Marco», flüsterte sie.

Feller trat aus ihrem Haus und wandte sich um. Er sagte etwas zu jemandem, der sich im Haus befinden musste, und schloss die Haustür.

Anschliessend ging er zum BMW und holte etwas heraus. Andrina kniff die Augen zusammen, konnte aber nicht erkennen, was es war.

Feller steckte den Gegenstand hinten in seinen Hosenbund und überquerte die Strasse. Er reckte den Daumen in die Luft und gesellte sich zu den beiden anderen Männern.

Die Wohnzimmertür wurde aufgestossen.

«Schlampe!», brüllte Meister und stürzte hinein.

Er fasste Andrina am Arm und zog sie hinter sich her. Nachdem er die Wohnzimmertür abgeschlossen hatte, zerrte er Andrina durch den Gang zur Wohnungstüre.

«Einen Mucks, und du bist tot», zischte er.

Er schleifte Andrina ins Treppenhaus und zog sie die Stufen hinunter. Nur mit Mühe konnte Andrina mit ihm Schritt halten.

Im Erdgeschoss angekommen, riss er die Tür zu einer der beiden Wohnungen auf, die sich dort befanden. Er stiess sie hinein und verriegelte die Tür. Dann dirigierte er sie ins Wohnzimmer.

«Setzen!», befahl er und deutete auf das schwarze Ledersofa.

«Hände her!»

Andrina kam seiner Aufforderung nach. Er kontrollierte den Sitz der Fesseln und zog sie vorsichtshalber fester zu. Sie schrie auf.

«Klappe!», schnauzte er. «Mitkommen!»

Meister zog Andrina vom Sofa hoch und schob sie vor sich her zur Terrassentür. Sie warf einen Blick über die Schulter. Wo waren die Leute, die hier wohnten?

«Schieb die Tür auf!»

«Das geht mit den Fesseln nicht.»

Plötzlich drückte etwas Kaltes gegen ihre Schläfe.

«Mach, sonst puste ich dir gleich eine Kugel in den Kopf.»

Andrina mühte sich mit der Tür ab und schaffte es, sie einen Spalt zur Seite zu schieben.

«Das reicht.»

Meister schob sie in den Türspalt. Auf der anderen Strassenseite parkte ein weisser Van. Ein blonder Mann kam dahinter zum Vorschein. Er hielt ein Megafon vor seinen Mund.

«Herr Meister, machen Sie keinen Unsinn», rief er.

«Ich will mit ihrem Freund reden», brüllte Meister dicht neben Andrinas Ohr.

«Lassen Sie Frau Kaufmann frei.»

«Mit dir diskutiere ich nicht. Ich rede nur mit dem Freund, diesem Feller.»

Mit einem Ruck zog er Andrina zurück und schlug die Tür zu. Er schubste sie auf das Sofa. Andrina rappelte sich hoch und setzte sich an das andere Ende, möglichst weit von Meister entfernt. Er starrte sie an und hielt weiterhin seine Waffe auf sie gerichtet.

«Wie hast du es geschafft, dass sie uns gefunden haben?»

Andrina schwieg.

Er fuchtelte mit der Waffe. «Rück damit raus!»

«Ich habe nichts gemacht.»

Meister kniff seine Augen zusammen. In diesem Moment klingelte das Telefon, das auf einem kleinen Tischchen neben dem Sofa stand.

«Gib her!»

Andrina kam seiner Aufforderung nach und hob mit beiden Händen den Hörer des schnurlosen Telefons von der Station. Sie warf einen Blick auf das Display und erstarrte. Marcos Handynummer.

Meister riss ihr das Telefon aus der Hand und nahm das Gespräch entgegen. Sein Mund verzog sich zu einem Grinsen.

«Moment.»

Er nahm den Hörer vom Ohr und drückte auf eine Taste.

«Herr Meister, sind Sie noch dran?», füllte Fellers Stimme den Raum.

«Du bist ja schnell.»

«Sie wollten mit mir reden?»

«Ich verlange ein Auto und dass du deine Hampelmänner abziehst.»

«Es bringt nichts, Herr Meister.»

«Ich will ein Auto, sonst ist deine hübsche Freundin tot.»

Schweigen. Andrina konnte Feller atmen hören.

«Ich mache Ihnen einen Vorschlag.»

«Auf deine Vorschläge kann ich verzichten.»

«Ich stelle mich als Austausch für Andrina zu Verfügung.»

«Was?»

«Sie lassen Andrina frei und nehmen mich stattdessen mit. Das Auto steht nach dem Tausch bereit, und wir ziehen die Leute ab.»

«Wie süss», sagte er zu Andrina. «Muss Liebe schön sein.»

Er lachte. Ein Ausdruck trat in seine Augen, bei dem es Andrina kalt über den Rücken lief.

«Okay, wenn Sie hier sind, lasse ich sie frei.»

«Nein, Marco!»

«Andrina!»

«Tu das nicht», rief Andrina. «Er lässt mich nicht frei, und dann sind wir beide ...»

«Halt die Klappe!», brüllte Meister und holte mit dem Griff der Waffe aus.

Der Schlag traf Andrina an der Schläfe. Sie schrie auf. Etwas Warmes rann über die Schläfe und über die Wange.

«Andrina!», rief Feller.

«Ich habe deiner Schlampe gerade eine Ohrfeige verpasst, damit sie endlich ruhig ist. Du kommst sofort. Keine Tricks, verstanden! Deine Waffe lässt du am besten auch da, wo du bist.»

«Ich bin unbewaffnet.»

«Hältst du mich für blöd! Ich will sehen, wie du sie abgibst.»

Ein tiefes Ein- und Ausatmen drang aus dem Hörer.

«Noch etwas. Wenn ich einen einzigen Scharfschützen sehe und das Auto nicht innerhalb von einer Viertelstunde hier ist, seid ihr beide tot.»

Meister warf den Hörer auf das Sofa und zog Andrina hoch. Wieder schob er sie zur Terrassentür und wies sie an, sie einen Spalt zu öffnen.

Neben dem weissen Van stand Feller, der das Handy ans Ohr hielt. Als er sie bemerkte, sagte er etwas zu jemandem im Van, zog seine Waffe aus dem Hosenbund und hob sie deutlich sichtbar hoch.

Anschliessend reichte er sie ins Wageninnere. Dann hob er beide Hände hoch. In der einen hielt er das Handy. Feller überquerte langsam die Strasse.

«Nein, Marco», schrie Andrina.

«Halt endlich die Klappe», zischte Meister und presste den Lauf der Waffe gegen ihre Schläfe.

Plötzlich hörte sie irgendwo in der Wohnung ein Bersten. Meisters Griff lockerte sich an ihrem Arm, der Lauf der Waffe zeigte nach unten. Andrina spürte, wie er sich etwas abwandte.

Feller hatte inzwischen die andere Strassenseite erreicht.

Jetzt oder nie!

Andrina riss sich aus dem gelockerten Griff los und taumelte auf Feller zu.

«Nein, Andrina!», schrie Feller. «Scheisse!»

Er liess das Handy fallen und rannte ebenfalls los.

Es knallte.

«Runter!», brüllte er.

Er hatte sie fast erreicht und machte einen Sprung auf sie zu.

Ein neuer Schuss. Die Kugel streifte Andrinas Oberarm. Feller hob die Hände und gab ihr einen Stoss. Sie taumelte. Wieder schoss Meister. Etwas traf ihr rechtes Schulterblatt. Der Schmerz jagte eine Welle bis in ihren Kopf. Sie versuchte die gefesselten Hände zu heben, um den Sturz abzufangen, fiel aber wie ein Sandsack zu Boden.

Ein neuer Schuss. Die Kugel zischte dicht an ihrem Kopf vorbei. Etwas Schweres landete auf ihr und presste die Luft aus ihrer Lunge. Mit dem Kopf schlug sie gegen eine harte Kante.

Das Letzte, was Andrina wahrnahm, bevor die Dunkelheit über ihr zusammenschlug, war der Geruch von Fellers Rasierwasser.

DREIUNDZWANZIG

Die Blumen und Kränze waren vom Grab geräumt worden. Nur ein kleiner Strauss war vergessen worden. Die Blätter waren verdorrt und die Blumen verwelkt. Er sah auf der nackten Erde richtig verloren aus. An einzelnen Stellen begannen einige Grasbüschel zu wachsen. Einen Grabstein gab es auch nicht. Die kleine Fläche sah nackt aus. Unwürdig nackt.

Andrina fragte sich, wann Elisabeth Brigittas Grab bepflanzen würde. So konnte es nicht bleiben. Am liebsten würde sie es machen, aber sie wollte Elisabeths Zorn nicht auf sich ziehen.

Es war viel Zeit vergangen, bis Andrina wieder ins Leben zurückgekehrt war. Jetzt war es eine Woche her, seit sie aus dem künstlichen Koma erwacht war.

Das Problem war nicht die Schussverletzung gewesen, auch wenn sie viel Blut verloren hatte. Die Kugel hatte sie an der Schulter getroffen. Dort war sie stecken geblieben, aber sie hatte zum Glück keinen grösseren Schaden verursacht. Probleme hatte die Gehirnerschütterung gemacht, die Andrina sich zugezogen hatte, als Feller sie zu Fall gebracht und sich auf sie geworfen hatte. Sie hatte sich dabei den Kopf an einem Stein angeschlagen.

Als man sie aus dem künstlichen Koma geholt hatte, war sie sehr schläfrig gewesen. Selbst heute fühlte sie sich noch matt und ausgelaugt. Aber sie hatte nicht länger im Spital bleiben wollen. Ein Grund war die Nachrichtensperre gewesen, die ihr Arzt verhängt hatte. Sie solle sich erst richtig erholen und sich nicht aufregen, hatte er gesagt. Alle hatten sich daran gehalten und sie mit Samthandschuhen angefasst. Selbst Feller, was sie ihm übel nahm. Nun hatte Andrina sich durchgesetzt und war entlassen worden.

Sie fuhr mit der Hand über ihre Stirn. Auch wenn es nicht mehr so unerträglich heiss wie vor zwei Wochen war, laugte es sie aus, in der prallen Sonne vor dem Grab zu stehen.

Eine Hand berührte ihre Schulter.

«Wollen wir nicht lieber fahren?», fragte Feller.

Er hatte sie aus dem Spital abgeholt. Andrina hatte ihn gebeten, sie zuerst zu Brigittas Grab zu bringen. Dieser Bitte war er widerstrebend nachgekommen.

«Ich möchte zuerst wissen, was alles passiert ist, als ich im Spital lag», erwiderte Andrina.

«Was? Hier?»

«Ja.»

«Jetzt?»

«Die Nachrichtensperre ist von nun an aufgehoben. Von mir.»

«Das können wir auch später …»

«Nein, ich möchte jetzt darüber reden und nicht später.»

Feller seufzte. Sein Atem streifte ihren Nacken.

«Lass uns wenigstens irgendwo hinsetzen. Du bist ziemlich wackelig auf den Beinen.»

«Nein, hier. Bei Brigitta. Bitte.»

Andrina senkte den Kopf und betrachtete ihre Handgelenke. Die Wunden, die die Seile verursacht hatten, verheilten gut. Die Kruste begann sich sogar zu lösen. Es würden keine Narben bleiben, hatte der Arzt gesagt.

Feller legte die Arme um Andrina. Dankbar lehnte sie sich nach hinten gegen ihn.

«Also gut. Was möchtest du wissen?»

«Alles», sagte sie und schmiegte sich an ihn. «Was ist passiert, nachdem du mich wie ein Bulldozer umgewalzt hast? Was ist mit Paul und Louisa und mit diesem …?» Andrina brach ab.

Feller lachte leise. «Umgewalzt klingt nicht gerade nett.»

«Vermutlich war es ziemlich dumm von mir, einfach loszulaufen.»

Feller gab einen undefinierbaren Laut von sich.

«Als ich dich gesehen habe … Als ich mir vorstellte, dass du auch …» Sie brach ab.

«Auf der einen Seite war es sicher eine Kurzschlusshandlung. Auf der anderen weiss ich nicht, was sonst passiert wäre. Die Sache ist zum Glück glimpflich ausgegangen.»

«Du hast mir das Leben gerettet. Hättest du mich nicht umgeworfen, wäre die Kugel …»

Erneut musste Andrina abbrechen. Sie starrte über den Friedhof. Ihr Blick blieb an einem grossen Grabstein hängen. Die Entfernung war aber zu gross, um den Namen darauf entziffern zu können.

«Ja, sie hätte einen viel grösseren Schaden angerichtet», meinte Feller und hielt kurz inne. «Dafür bin ich schuld an deinem Brummschädel.»

«Nein. Ich bin wie ein Mehlsack umgefallen.»

«Lassen wir das.» Ein leichtes Lachen schwang in seiner Stimme mit, das aber sofort verschwand, als er weitersprach. «Meister wurde ebenfalls angeschossen, aber er ist wieder auf dem Damm und sitzt im Gefängnis. Da wird er auch nicht mehr herauskommen. Die Beweismittel sind zu belastend. Besonders das Manuskript, das du mir per E-Mail geschickt hast. Da steht ja wirklich alles drin.» Ein Schütteln durchlief seinen Körper. «Meine Theorie hat tatsächlich gestimmt.»

Er schwieg.

«Moment mal. Soll das heissen, er bekommt eine Absage von mir und bringt deswegen Leute um? Das kann nicht alles sein.»

Feller seufzte. «Du bist hartnäckig. Also gut, du wirst das irgendwann sowieso aus den Medien erfahren. Meister wollte schon als kleiner Junge ein grosser und bekannter Schriftsteller werden und hat bereits früh angefangen, Gedichte zu schreiben. Sein Vater war alles andere als begeistert. Er solle nicht so ein Weichei sein. Meister hat heimlich weiter Gedichte geschrieben. Später kamen Kurzgeschichten hinzu. Ich habe sie gelesen.» Feller hielt kurz inne. «Besonders gut sind sie nicht, wenn ich als Laie das beurteilen kann. Später hat er sogar Gedichte für das Mädchen geschrieben, in das er verliebt war. Sie hat ihn abblitzen lassen. Schlimmer noch, sie hat ihn ausgelacht. Er ist zum Gespött der Klasse geworden. Bereits vorher hat er sich ziemlich ausgegrenzt. Nach diesem Zwischenfall hat er sich immer mehr zurückgezogen. Das Schreiben war seine Leidenschaft, auch wenn er völlig unbegabt war. Das Schlimmste war, niemand hat ihn verstanden. Im Gegenteil, er wurde verhöhnt. Hin und wieder sind seinem Vater einige Texte in die Hände gefallen. Er hat seinen Sohn jedes Mal verprügelt, in der Hoffnung, endlich einen richtigen Kerl aus ihm zu machen. Meister hat eine Lehre als Automechaniker begonnen, damit sein Vater Ruhe gab. Kurz nachdem er volljährig geworden ist, starben seine Eltern bei einem Autounfall. Man ging von einem Selbstunfall aus. Nach dieser Geschichte hat man die Akten nochmals hervorgeholt. Das Auto könnte manipuliert gewesen sein. Sicher wird man das allerdings nicht mehr bestätigen können. Es ist zu viel Zeit vergangen.» Feller schwieg einen Moment, bevor er fortfuhr. «Deine Absage war der Tropfen, der das Fass zum Überlaufen gebracht hat. Er wollte einen richtig grossen Bestseller schreiben, um der Welt zu beweisen, dass alle ihn unterschätzt und ungerecht behandelt haben. Gleichzeitig konnte er auf diesem Weg diejenigen bestrafen, die ihn so arrogant abgespeist haben.» Andrina setzte zu einer Erwiderung an, aber Feller liess sie nicht zu Wort kommen und sprach weiter. «Das hat er wortwörtlich so gesagt. Meister wollte ausserdem weitermachen, nachdem er euch vom Cleve-Verlag bestraft hat. Seine Mitschüler und Lehrer wären als Nächste dran gewesen.» Feller stockte.

«Was passiert jetzt?»

«Es kommt zum Prozess. Du wirst als Zeugin aussagen müssen.»

Andrina schnitt eine Grimasse.

«Ich weiss, es ist nicht gerade verlockend für dich, das Ganze nochmals durchleben zu müssen.»

Andrina holte Luft und liess sie langsam durch den Mund entweichen.

«Mir bleibt nichts anderes übrig. Vielleicht hilft es mir auch, alles zu verarbeiten», sagte sie, obwohl sie nicht daran glaubte.

«Es wird einen ziemlichen Rummel geben. Ich meine, wir beide werden erst einmal nicht viel Privatleben haben, auch wenn ich alles daransetze, damit sie dich in Ruhe lassen.» Er räusperte sich. «Radio Argovia hat uns beide bereits zur Person der Woche erklärt. Das wird nicht das Letzte sein.»

«Ich glaube, da muss ich durch», meinte Andrina. «Irgendwie werde ich es schaffen. Wenn diese Bestie für immer hinter Gittern verschwindet, ist es das wert. Irgendwann gibt es interessantere Dinge für die Medien als uns zwei. Das hoffe ich zumindest.»

«Ich denke es auch. Spätestens nach dem nächsten Erdbeben oder wenn ein neues Land in der EU kurz vor dem Bankrott steht.»

«Was ist mit Paul und Louisa?», fragte Andrina nach einer Weile.

«Den Schmids geht es gut. Körperlich. Sie werden von unserer Polizeipsychologin betreut, aber sie sind zäh. Ich habe mit ihnen gesprochen, und sie lassen dich herzlich grüssen.»

«Das sind wunderbare Menschen. Ohne sie hätte ich es nie durchgestanden.»

Schweigen setzte ein und dehnte sich aus.

«Komm, fahren wir nach Hause.»

Andrina zuckte zusammen. Nun war der Augenblick gekommen, vor dem sie sich gefürchtet hatte. Sie musste Lisas Haus betreten.

«Ich glaube, das kann ich nicht», sagte sie stockend. «Bestimmt sehe ich die ganze Zeit diese Schaufensterpuppe von der Decke baumeln und das Blut auf dem Boden. Dann der Keller. Da bringen mich keine zehn Pferde mehr hinunter.»

«Das kann ich verstehen. Ich dachte allerdings auch nicht an Lisas Haus, als ich sagte, fahren wir nach Hause.»

Andrina versteifte sich.

«Ich meinte ein anderes Haus. Eines, das einen Strandkorb im Garten hat. Ein idealer Platz, um sich zu erholen und etwas Abstand zu gewinnen.»

«Das kann ich nicht.»

«Wieso nicht?»

«Ich kann nicht einfach bei dir einziehen.»

«Warum nicht?»

Andrina schwieg. Feller stützte sein Kinn auf Andrinas Schulter und legte seine Wange an ihre. Leicht kratzten die Bartstoppeln über ihre Haut.

«Ich weiss, ich überrumple dich gerade, und ich weiss auch, das ist nicht fair. Mir ist allerdings auch klar, dass du nicht in die WG zurückkannst, nach dem, was alles passiert ist.»

Andrina erwiderte nichts.

«Zu Hause ist es ohne dich leer. Zu leer.»

Andrina senkte den Kopf und schwieg weiterhin.

«Ich mache dir einen Vorschlag. Komm erst einmal mit zu mir. Ob es ein Provisorium oder endgültig ist, kannst du immer noch entscheiden.»

Andrina legte den Kopf nach hinten und lehnte ihn gegen seine Schulter. Sie starrte in den Himmel. Weisse Wolken zogen vorbei.

«Okay», sagte sie. «Gehen wir.»